W0374754

Mara Andeck

Wolke 7 ist auch nur Nebel

Weitere Titel der Autorin:

Wen küss ich und wenn ja, wie viele?
Wer liebt mich und wenn nicht, warum?
Wenn Liebe die Antwort ist, wie lautet die Frage?
Hundherum glücklich
Liebe in echt
Natural Born Chillers
Wenn das Leben dich nervt, streu Glitzer drauf

Titel in der Regel auch als E-Book erhältlich

MARA ANDECK

WOLKE 7 IST AUCH NUR NEBEL

MOYAS LIEBESEXPERIMENT

one

MIX
Papier aus verantwortungsvollen Quellen
FSC® C014496
FSC www.fsc.org

Dieser Titel ist auch als Hörbuch und E-Book erschienen

Originalausgabe

Copyright © 2016 by Bastei Lübbe AG, Köln

Umschlaggestaltung: FAVORITBUERO, München
Umschlagmotiv: © shutterstock/Mikael Damkier; Marina Boda, Bastei Lübbe
Satz: two-up, Düsseldorf
Gesetzt aus der Arno
Druck und Einband: GGP Media GmbH, Pößneck

Printed in Germany
ISBN 978-3-8466-0021-4

5 4 3 2 1

Sie finden uns im Internet unter: www.one-verlag.de

Ein verlagsneues Buch kostet in Deutschland und Österreich jeweils überall dasselbe. Damit die kulturelle Vielfalt erhalten und für die Leser bezahlbar bleibt, gibt es die *gesetzliche Buchpreisbindung*. Ob im Internet, in der Großbuchhandlung, beim lokalen Buchhändler, im Dorf oder in der Großstadt – überall bekommen Sie Ihre verlagsneuen Bücher zum selben Preis.

Für meine
zauberhaften, chaotischen, scharfsinnigen, kreativen
Töchter

Es gibt zwei Arten, sein Leben zu leben: entweder so,
als wäre nichts ein Wunder, oder so, als wäre alles eines.
Ich glaube an Letzteres.

ALBERT EINSTEIN

Neuseeland - To-do- Liste

Passbilder machen lassen und Reisepass beantragen ✓

Internationalen Führerschein besorgen ✓

Bank - Kreditkarte!!! ✓

Jugendherbergsausweis beantragen ✓

Geld ???

Working Holiday Visum beantragen

Arzt: Impfung gegen Hepatitis A und B

Versicherungen? Paps fragen!

Reiseroute grob planen

Flug buchen

Bewerbungsunterlagen auf Englisch schreiben

And then:

Moya goes Kiwi!!!

LOVE TEST

TEIL 1 – DIE STUDIE

$$\mathcal{L} = \sqrt{\heartsuit_x^2 + \heartsuit_y^2}$$

1 MOYA

Ich griff zum Handy und wählte Lenas Nummer. Es tutete mindestens zehn Mal, aber sie ging nicht dran. Unruhig trommelte ich mit den Fingern auf die Tastatur meines Computers. Wo steckte sie nur?
Endlich hörte ich ihre Stimme. »Hey, Moya, wie geht's?« Sie klang, als wäre sie eben erst aufgewacht.
Komisch. Es war Samstagnachmittag, halb vier. Nächste Woche begannen die Abiprüfungen, und Lena sollte jetzt wirklich lernen. Wenn sie an der Journalistenschule studieren wollte, von der sie träumte, brauchte sie richtig gute Noten. Ich wollte schon den Mund aufmachen, um ihr das zu sagen, aber dann klappte ich ihn schnell wieder zu. Genau genommen sollte ich jetzt ja auch lernen und tat es nicht.
»Ich hab was gefunden!«, schmetterte ich stattdessen in den Hörer. »Wir werden Versuchskaninchen!«
»Versuchskaninchen?« Lena dehnte das Wort, als hätte ich etwas Unanständiges gesagt.
»Genau. Bist du online? Gib mal www.testpersonen-gesucht.de ein.«
»Hmmm.«
»Siehst du das? Die suchen Leute für Forschungsprojekte. Test-

esser, fünfundzwanzig Euro pro Mahlzeit. Testschläfer, hundert pro Nacht. Und hier, da werden sogar Leute gesucht, die unter wissenschaftlicher Aufsicht fernsehen. Dafür bekommt man fünfzehn Euro für eine halbe Stunde. Mensch, rechne das mal zusammen. Wenn wir das ein Wochenende lang durchziehen, dann haben wir sage und schreibe zweihundertvierzig Euro verdient, und dafür nur genau das getan, was wir sowieso tun, wenn die Prüfungen endlich rum sind: essen, schlafen, fernsehen.«

Lena schwieg.

»Hey!« Ihr Desinteresse ärgerte mich. »Zweihundertvierzig Tacken. Pro Nase. Das ist fast ein Zehntel von dem Betrag, der uns noch fehlt. Außerdem dienen wir damit der Wissenschaft. Und Spaß macht es bestimmt auch.« Sie musste doch kapieren, was diese Entdeckung für uns bedeutete. Für ein Jahr Work and Travel in Neuseeland brauchte man ungefähr fünftausend Euro. Lena und ich jobbten schon seit einem Jahr dafür und hatten beide gerade mal die Hälfte zusammen.

Trotzdem sagte Lena wieder nichts. Wahrscheinlich war sie immer noch im Halbschlaf. »Pass mal auf.« Ich sprach betont langsam und deutlich. »Klick mal auf ›Angebote‹ und dann auf ›Medizin/Psychologie‹. Da gibt's am meisten Geld. Allein in Berlin laufen zurzeit zehn Studien, die infrage kommen. Ist das toll oder ist das toll?«

»Hmmm«, brummte Lena wieder. Irgendwie hörte ich etwas in ihrer Stimme, das da nicht hingehörte. Plötzlich wurde ich hellhörig.

»Lenalein?«

»Ja?« Ihre Stimme war auf einmal eine halbe Oktave zu hoch.

»Was ist los? Du klingst so komisch.«
»Alles okay«, piepste sie noch höher. Und dann schniefte sie ein bisschen.
»Lena?«, fragte ich ganz vorsichtig.
Auf einmal wurde das Schniefen lauter. Und noch lauter. Und dann explodierte das Telefon an meinem Ohr. Zumindest hörte es sich so an. »Hiiib, hiiib, hiiib«, machte Lena beim Einatmen. Und »pfrrr« beim Ausatmen.
»Lena!« Ich sprang auf und fiel dabei fast vom Stuhl. »Nicht weinen! Sag ganz schnell, was passiert ist!«
»Hiiib, hiiib, hiiib«, machte sie schon wieder, aber dann kam doch etwas Neues: »Pfrrrtrick.«
»Patrick?«, riet ich.
Sie jaulte auf, also hatte ich richtig geraten. Das war aber auch nicht schwer gewesen. Seit drei Monaten waren Lena und Patrick ein Paar, und seitdem ging es in jedem unserer Gespräche irgendwann um ihn. Entweder war alles gut, dann schwebte sie auf Wolke sieben, oder Patrick hatte irgendetwas falsch gemacht, dann schäumte sie über wie eine durchgeschüttelte Sprudelflasche. Aber so verzweifelt wie jetzt hatte sie noch nie geklungen.
»Her his heit hestern mit Halice husammen«, schluchzte Lena jetzt.
Nee, oder? Das konnte ich doch jetzt nur falsch verstanden haben. »Er ist mit Alice zusammen? Seit gestern???«
Treffer. Sie schluchzte wieder.
Okay, das war ernst. »Wo bist du?«, fragte ich im Befehlston.
»Zuhauhauhause.«
»Bleib, wo du bist! Ich bin gleich da.«

Fünfzehn Minuten später stand ich schwer atmend vor Lenas Haus. Normalerweise brauchte ich für die Strecke mit dem Fahrrad genau fünfundzwanzig Minuten. Diesmal aber war ich durch die Stadt gejagt, als wäre das hier die letzte Etappe der Tour de France. Ich warf mein Rad ins Gebüsch und bohrte meinen Finger förmlich in die Klingel.

Als der Summer ertönte und die Tür aufsprang, nahm ich auf dem Weg nach oben jeweils drei Stufen auf einmal.

Lena stand im Flur. Ihr zartes Gesicht war bleich und aufgequollen, die blonden Haare waren verwuschelt, ihre Augen verweint. Sie zog ihre Strickjacke fest um sich, dabei war es gar nicht kalt.

Ich stolperte in die Wohnung, ließ mich gegen die Wand fallen und sank langsam zu Boden. Okay, das war ziemlich theatralisch, aber genau das sollte es auch sein. Als Lena grinsen musste, wusste ich, dass ich fast gewonnen hatte. Das war es, was sie jetzt brauchte: einen Grund zu lächeln, ob sie wollte oder nicht. Selbst wenn sie nur die Mundwinkel hochzog und mir zuliebe so tat, würde ihr Gehirn Glückshormone ausschütten – sie konnte dann aus rein biochemischen Gründen gar nicht mehr so richtig traurig sein, egal, was passiert war.

Und tatsächlich. Obwohl an ihren Wimpern immer noch eine Träne hing, sah sie plötzlich wieder eher aus wie Lena. Das war gut. Nächster Schritt. Bei Körperkontakt schüttet das Gehirn ein Kuschelhormon namens Oxytocin aus, und das macht ebenfalls automatisch glücklich. Ich nahm Lena daher in den Arm und drückte sie so fest, dass sie quietschte. Wieder musste sie lachen, und ich wertete das als Erfolg.

Aber dann machte ich einen dummen Fehler. »Wirst schon sehen«, sagte ich siegesgewiss, legte meinen Arm um ihre Schulter und schob sie auf ihr Zimmer zu. »Das geht vorüber. Wir arbeiten gemeinsam dran, und in spätestens zwei Wochen ist Patrick Luft für dich. Schlechte Luft.«
Autsch. Das hätte ich nicht sagen sollen, denn sofort füllten sich Lenas Augen erneut mit Tränen. Sie rannte in ihr Zimmer und warf sich aufs Bett. »Hiiib, hiiib, hiiib«, drang es erstickt aus den Kissen. Alle Glückshormone waren futsch.
Okay, jetzt half leider doch nur noch das klassische Freundinnen-Liebeskummer-Ding, das ich aus Filmen kannte: zu zweit mit Esslöffeln Vanilleeis aus einer Großpackung essen, reden, reden, zuhören, nicken, Taschentücher reichen, alle Männer doof und das Leben beschissen finden. Und das Ganze, wenn's sein musste, bis zum Morgengrauen. Ich seufzte. Das hatte ich uns beiden eigentlich ersparen wollen, aber jetzt mussten wir da durch. Und so schwer konnte es ja nicht sein, oder?

War es aber. Nach zwei Stunden war mir schlecht. Erstens von dem vielen Eis und zweitens von dem, was Lena sagte.
»Kennst du das?«, fragte sie. »Kennst du das, wenn du jemanden siehst, den du eigentlich schon ewig kennst, und nie war da was zwischen euch, aber auf einmal steht er da, auf einer Party, und du kannst deinen Blick nicht mehr von ihm lösen? Und seine Freunde reden gerade mit ihm, aber er sieht auf, eure Blicke treffen sich, und er verliert total den Faden. Und plötzlich sagt er gar nichts mehr, er reagiert nicht mal mehr auf seine Kumpels, obwohl ihn einer von ihnen sogar gegen die Schulter boxt. Er

sieht nur noch dich, und ihr versinkt gegenseitig in euren Augen. Kennst du das? Deine Seele trifft eine verwandte Seele. Das ist ein magischer Moment.« Sie schniefte und nahm noch einen Löffel Eis. »So war das bei Patrick und mir. Auf dieser Party, als alles begann.« Ich reichte ihr ein neues Taschentuch, mit dem sie ihre Augen betupfte.

Nein. Das kannte ich nicht. Ich verliebe mich nämlich selten. Eigentlich nie, wenn ich's genau betrachte. Also, nie so richtig. Ich hatte schon manchmal was laufen, klar, gehört ja irgendwie zum Leben dazu. Aber Magie? Echt nicht. Und den Beginn der gemeinsamen Geschichte von Lena und Patrick kannte ich so auch nicht, einfach, weil es so nicht gewesen war. Ich war nämlich an diesem Abend auch auf der Party gewesen. Patrick war schon bei unserer Ankunft so blau gewesen, dass er garantiert keinem mehr lange in die Augen sehen konnte. Den Faden hatte er aus demselben Grund verloren. Und versunken ist Lena an diesem Abend in etwas ganz anderem als seinen Augen. Irgendwann hat er nämlich nach dem Papierkorb der Gastgeber gegriffen und sich den ganzen Wodka, den er getrunken hatte, noch einmal durch den Kopf gehen lassen. Dabei hat er den Korb verfehlt und aus Versehen auf Lenas Schuhe gereihert. So war das gewesen, und ähnlich magisch und romantisch ging es weiter. Patrick, dieses testosterongesteuerte Schrumpfhirn, dieses Berufs-Söhnchen, dieser Möchtegern-Rich-Boy, hat selbst, als er schon längst mit Lena zusammen war, immer noch alles angebaggert, was nicht bei drei auf dem Baum war. Und dann hat er von Lena erwartet, dass sie ihn für seine angebliche Beliebtheit bei den Mädels auch noch bewundert. Und Alice. Also echt.

Dass er auf ihre offensichtliche Anmache reingefallen war, bewies nur wieder meine Theorie vom Schrumpfhirn.
Mal ehrlich: Klang diese »Liebesgeschichte« nach Verzauberung? Nach Seelenverwandtschaft? Nach forever yours? Lena fand das. Ich nicht.
Aber das sagte ich jetzt natürlich nicht, obwohl es mir schwerfiel. Ich meine, da saß diese wunderhübsche, kluge, witzige Lena, die jetzt eigentlich für ihr Abi lernen und nebenher noch unsere große Reise planen sollte. Die Lena, die es wirklich verdient hatte, glücklich zu sein. Und diese meine Lieblings-Lena weinte bitterlich. Um einen Idioten, einen Wurm, einen charakterlichen Grobmotoriker, der sie betrogen hatte. Und jetzt – das war der Hammer –, jetzt fragte sie auch noch: »Hab ich was falsch gemacht?« *Sie?!* Ich hörte wohl nicht richtig!
Rasch stützte ich meinen Kopf in beide Hände und presste mir dabei unauffällig die Finger auf den Mund, damit ich bloß nicht sagte, was ich dachte. Aber zwei Hände reichten dafür nicht aus, so sauer, wie ich war.
»Lena«, sagte ich durch die Finger hindurch. »Du doch nicht! Er! Patrick ist ein personifizierter Fehler auf zwei Beinen.«
Lena schüttelte heftig den Kopf. »Patrick hat das doch auch nicht gewollt. Es ist ihm einfach so passiert. Vielleicht war seine Liebe einfach plötzlich weg.« Sie schniefte. »Oder seine Gefühle zu Alice waren eben stärker. Da kann er doch nichts für.«
Ich schnaubte. »Liebe? Gefühle? Hormone waren das.«
»Oh!« Sie riss die Augen auf und starrte mich an. »Glaubst du etwa, dass er mich nicht geliebt hat?« Wieder rann eine Träne über ihre Wange.

»Nein! Obwohl, das heißt, ich meine …« Ich überlegte, ob ich sagen sollte, was ich wirklich dachte. Doch vermutlich war das nicht der passende Moment.

Lena schnäuzte sich lautstark in ein Taschentuch und sagte dann undeutlich durch die drei Papierlagen: »Na los. Sag's halt. Ich seh dir doch an, dass was in dir arbeitet.«

»Hmmm. Kann es nicht sein, dass du dich irrst?«, fragte ich zögernd. »Also, ich meine, kann es nicht sein, dass er dich nicht geliebt hat und dass auch du Patrick nicht geliebt hast? Dass da der Fehler lag? Also in der Benennung des Gefühls?«

»Wie meinst du das?«, fuhr Lena auf. »Glaubst du, ich spiel dir hier was vor?«

Beschwichtigend hob ich beide Hände. »Nein, natürlich nicht!«

»Nur – was wäre, wenn es Liebe gar nicht gäbe? Wenn dieser ganze Romantikquatsch nur eine publikumswirksame Erfindung wäre, so wie der Yeti oder das Ungeheuer von Loch Ness? Dann wären wir alle ganz schön bescheuert, weil wir uns Probleme schaffen, wo in Wahrheit gar keine sind, oder?«

»Der Yeti?«, fragte Lena und machte die Augen ganz schmal. »Probleme, wo gar keine sind?«

Oje. Das lief nicht gut. Gar nicht gut. Trotzdem, jetzt gab es kein Zurück mehr. »Lena, lass uns das doch einfach mal ganz kühl und nüchtern betrachten. Ich denke darüber schon länger nach. Liebe könnte doch eine Art Massenwahn sein. Eine künstlich erzeugte Sucht nach einer Droge, die es gar nicht gibt. Erschaffen durch die größte PR-Kampagne in der Geschichte der Menschheit. Das heißt: Eigentlich geht's hier um Sex, um Hormone und um die Angst vorm Alleinsein. Und die rosarote Soße dient nur

dazu, uns auf einem Nebenschauplatz des Lebens zu beschäftigen und zu binden. Weil's die Gesellschaft stabilisiert oder so.«
Lena schnappte nach Luft.
»Halt, widersprich noch nicht«, bremste ich sie. »Hör's dir einfach mal an und trau dich, diesen Gedanken zuzulassen. Man muss doch eigentlich nur mal nachdenken, um das zu durchschauen: Was sind denn die ersten Geschichten, die uns als Kinder in ihren Bann ziehen? Märchen! Und wie enden die? Na? Ganz klar: Prinz und Prinzessin kriegen sich und dann – erst dann! – leben sie glücklich bis an ihr Lebensende. Später kommen dann Liebesromane, Liebesfilme, Theaterstücke, Liebesgedichte, angebliche Liebesgeschichten aus dem wahren Leben, meistens von Promis, die kein Mensch persönlich kennt, bla, bla, bla. Man kann dem ganzen Liebesgetue ja gar nicht entkommen. Wir werden also auf Liebesromantik geprägt wie ein Entenküken auf seine Mami. Und das macht die meisten von uns blind für ein eigentlich ganz offensichtliches Phänomen: Wo sind sie denn im wahren Leben, diese Paare, die sich in einem romantischen Moment in die Arme sinken und dann glücklich bis an ihr Lebensende zusammenleben? Schon mal eins davon persönlich gekannt? Ein wirklich glückliches? Also eins, das sich nicht spätestens bei der Frage nach der Gestaltung des Abendprogramms heillos verkracht? Mal ehrlich, ich kenne keins!«
»Und was war mit Patrick und mir?« Lenas Stimme klang auf einmal gefährlich ruhig.
»Na, wenn's Seelenverwandtschaft gewesen wäre, dann wäre er doch jetzt nicht mit Alice zusammen. Oder hat er rein seelisch betrachtet eine so große Verwandtschaft?«

Lena sah auf die Uhr. »Moya, ich glaube, du musst jetzt nach Hause.«

Ich schüttelte den Kopf. »Muss ich nicht. Hast du schon mal vom Noceboeffekt gehört?«

»Nein. Und im Moment will ich auch gar nicht ... «

»Also, das ist der Gegenteil vom Placeboeffekt. Nocebo heißt: Wenn du ganz fest daran glaubst, dass eine negative Körperreaktion eintritt, dann kann sie auch tatsächlich eintreten.«

»Eine negative Körperreaktion?«, fragte Lena.

Ich überhörte die Warnung in ihrer Stimme. »Ja. Wie zum Beispiel Liebeskummer.«

»Du spinnst ja.«

»Okay, wir nehmen erst mal ein anderes Beispiel. Den koreanischen Ventilatortod. In Korea glauben viele Leute, dass sie sterben, wenn sie nachts vergessen, ihren Ventilator auszuschalten. Sie sind der festen Überzeugung: Ventilator plus Schlaf ist gleich Tod. Aber in Korea ist es im Sommer heiß, und sie brauchen Ventilatoren, und manchmal schlafen sie dabei ein. Und weißt du was? Tatsächlich sterben in Korea in jedem Sommer Menschen unter mysteriösen Umständen, die in einem Raum mit laufendem Ventilator geschlafen haben. Überall sonst auf der Welt stirbt daran keiner. Und warum? Es liegt wohl einfach daran, dass die Koreaner so fest daran glauben.«

»Und was hat das mit mir zu tun?« Lenas Stimme klang jetzt ziemlich scharf.

»Na, ich denke, man kann das übertragen. Wenn man nur fest genug glaubt, dass es wahre Liebe gibt, dann wird man sich irgendwann wirklich in einen Typen so sehr verlieben, dass man vor Kummer fast den Verstand verliert, wenn er einen verlässt. Du müsstest dir also jetzt nur klarmachen, dass Patrick in Wahrheit …«

»Was?«

Ein Idiot ist, hatte ich sagen wollen, und dass es Liebe sowieso nicht gibt. Aber die Wörter blieben mir im Hals stecken. Inzwischen musterte Lena mich mit eiskalten Augen. »Vielleicht ist Freundschaft ja auch nur eine Art Massenwahn«, sagte sie langsam.

Autsch. Es war wohl besser, dieses Gespräch schnell zu beenden. »Ich glaub, ich muss los.« Ich erhob mich und Lena nickte nur.

Super, dachte ich, als ich draußen vorm Haus mein Fahrrad aus dem Gebüsch zog. Das hatte ich ja richtig gut gemacht. Jetzt hatte Lena nicht nur Liebeskummer, jetzt hatte sie auch noch ein Problem mit mir. Und ich hatte Angst, meine Freundin gekränkt zu haben. Zu Recht. Ich war richtig blöd gewesen. Sie wollte reden, und stattdessen hatte ich sie vollgequatscht. Warum hatte ich nicht einfach die Klappe gehalten?

Bestimmt hat Lena deswegen getan, was sie später an diesem Abend tat. Sie war einfach wütend.

2 LENA

Ich war an diesem Tag nicht wirklich sauer auf Moya. Ich war nur genervt. Das habe ich gemerkt, als sie weg war. Ich wusste ja, wie Moya tickt, und hatte sowieso irgendeine wissenschaftliche Theorie von ihr erwartet. In diesem Moment hatte ich aber echt andere Sorgen. Und ich musste dringend nachdenken, da bin ich unfreundlich geworden. Ich war eindeutig nicht in Bestform.

Ich kam mir vor wie eine Sanddüne, die von Gedankenwellen ausgehöhlt wird und gleich in sich zusammenstürzt. Und so war's dann auch. Als Moya weg war, bin ich komplett zusammengeklappt und musste erst mal ungestört alles aus mir rausweinen. Ich hatte das mit Patrick und Alice ja erst ein paar Minuten vor ihrem Anruf erfahren. Er war vorbeigekommen und hatte es mir gesagt.

Als Moya dann kam, habe ich mich sehr gefreut. Ich war dankbar für die Ablenkung, und es war eigentlich fast egal, was sie gesagt hat. Richtig oder falsch, das gab es in diesem Moment gar nicht. Es ging einfach nur darum, dass sie da war.

Aber irgendwann musste ich mich dann meinen Gedanken stellen, und sie hatte sich gerade total in diesen Liebe-Gibt-Es-Gar-Nicht-Quatsch reingeredet. Deswegen war es besser, dass sie erst mal gegangen ist.

Ich weiß ja, warum sie das alles gesagt hat, aus Selbstschutz, schon klar. Wenn man wie sie dreimal täglich eine Liebeserklärung von wildfremden Jungs erhält, einfach nur, weil man so hübsch ist, bekommt man natürlich Zweifel an der Liebe. Sie muss eben die Spreu vom Weizen trennen, und Hormone spielen dabei bestimmt eine große Rolle. Und dann die Sache mit ihren Eltern. Sie führen eine so distanzierte Beziehung, da ist es nicht verwunderlich, dass Moya das mit der Liebe nüchtern sieht. Aber ich konnte da in dem Moment nicht drauf eingehen. Es ging einfach nicht.

Als ich mich wieder beruhigt hatte, habe ich dann aber noch lange über Moyas Worte nachgedacht.

Ist Liebe so was wie der Yeti? Ja, vielleicht hat sie recht, möglicherweise gibt's da Parallelen, aber anders, als Moya denkt. Der Affenmensch mit Zottelfell, der angeblich im Himalaya lebt, den gibt es sicher nicht, der ist nur ein Mythos. Aber in einigen Himalaya-Sprachen ist »Yeti« das Wort für Braunbär. Und es gibt Hinweise darauf, dass im Himalaya vielleicht wirklich eine noch unbekannte Bärenart lebt.

Genau so könnte es auch mit der Liebe sein: Die Sorte, die uns in Märchen, Filmen und Romanen versprochen wird, gibt es nicht. Und Moya hat sicher recht, Liebespaare, die nie streiten, gehören auch ins Reich der Legenden. Aber trotzdem gibt es Liebe. Meine Großeltern zum Beispiel haben sich fünfzig Jahre lang innig geliebt.

Woher ich das weiß? Ich habe es gesehen. Als meine Oma dieses Zittern in den Fingern bekam, das sie daran hinderte, ihren Alltag selbst zu bewältigen, hat mein Opa immer mehr ihrer Aufgaben übernommen, obwohl er eigentlich ein typischer Macho war und Kochen und Haushalt so gar nicht sein Ding waren. Okay, das beweist noch nichts, irgendwer musste ja für sie einspringen. Aber jetzt kommt's: Man muss wissen, dass meine Oma sich immer gern hübsch gemacht hat, das war ihr wichtig. Kostüm, passender Hut, schicke Frisur, Make-up. Doch schminken konnte sie sich irgendwann nicht mehr. Eines Morgens war ich bei ihnen und wollte sie zu einem Ausflug abholen. Sie waren noch nicht fertig, also wartete ich im Wohnzimmer. Die Tür zum Flur stand einen Spalt weit offen, und da habe ich gesehen, wie er vorm Garderobenspiegel ganz vorsichtig mit einem Lippenstift ihre Lippen betupft hat. Und dann hat er sie angesehen und gesagt: »Du siehst wundervoll aus.« An seinen Augen erkannte ich, dass das keine Floskel war. Er fand sie wirklich wunderschön. Ich musste vor Rührung weinen. Das war nämlich echte Liebe und hatte mit Hormonen überhaupt nichts zu tun.

War das mit Patrick so eine Liebe wie bei meinen Großeltern? Gute Frage! Nüchtern betrachtet muss ich zugeben: Natürlich nicht. *Noch* nicht. In den ersten Monaten einer Beziehung ist vermutlich alles erst mal »nur« Verliebtheit. Wobei »nur« nicht abwertend gemeint ist. Verliebtsein ist umwerfend und atemberaubend und der Anfang von etwas. Und ich war gespannt und voll Hoffnung, was aus mir und Patrick werden könnte. Tatsächlich war's dann der Anfang vom Ende.

Ich habe also im eigentlichen Sinne des Wortes keine Liebe verloren. Das stimmt. Aber ich bin trotzdem unendlich traurig, immer noch, und das rede ich mir nicht nur ein.

Moya würde jetzt sagen: Das ist Liebeshormonentzug, und der

fühlt sich genauso fies an wie ein Drogenentzug. Was sie aber vielleicht einfach nicht weiß: Das, was man Liebeskummer nennt, ist nicht nur etwas Körperliches, wie sie behauptet. Bei dieser Sorte Kummer schmerzt der ganze Mensch. Da ist zum einen dieses Verlust-Gefühl: Ich habe eine Seite von Patrick kennengelernt, die andere nie gesehen haben. Ich habe Momente mit ihm geteilt, in denen er ganz anders war als der Patrick, den man in der Schule oder auf Partys erlebt. Liebenswert, zärtlich, offen. Und wenn ich in seine Augen gesehen habe, dann war es, als würden wir zusammen einen geheimnisvollen, wunderschönen Raum betreten, eine Art Schatzkammer, die für alle anderen verschlossen war. Dort waren wir glücklich. Jetzt ist er mit Alice dort. Und das tut richtig weh.

Doch dann ist da auch noch dieses andere Kummergefühl. Es hat was mit Selbstzweifeln zu tun. Warum sie und nicht ich? Woran hat's gelegen? Bin ich ein unangenehmer Mensch? Küsse ich schlecht? Benehme ich mich linkisch und doof? Oder bin ich nicht hübsch genug?

Aber egal, darum sollte es hier ja gar nicht gehen. Ich wollte nur kurz erklären, warum ich damals so reagiert habe und wie das mit dem Love Test angefangen hat.

Das ist schnell getan: Moya ist weggegangen. Ich hab Rotz und Wasser geheult. Danach schmerzte mein Kopf, und ich wollte durchatmen und mich eine Weile von meinem Kummer ablenken. Ich habe also die Homepage angesehen, die Moya mir empfohlen hatte, und da ein bisschen rumprobiert. Verschiedene Orte und Termine eingegeben, verschiedene Themenbereiche angeklickt. Dabei habe ich ihn entdeckt, den Love Test.

Hier in Berlin. Und weil Moya gesagt hatte, dass es wahre Liebe gar nicht gibt, musste ich dabei natürlich sofort an sie denken. Also hab ich sie einfach angemeldet, und ihr mit einem kurzen Kommentar die Unterlagen geschickt. Ich fand das witzig. Wenn sie nicht will, dann muss sie ja nicht hingehen, hab ich gedacht. Ich hab diesen Test für harmlos gehalten. Wer nicht an die Liebe glaubt, dachte ich, dem kann dabei nichts passieren. Ich konnte ja nicht ahnen, dass gerade ihre Zweifel sie zum interessanten Testobjekt machen würden.
Und auch auf den Gedanken, dass sie mir zuliebe teilnehmen würde, bin ich nicht gekommen. Dabei ist das so typisch für Moya. Sie hatte ein schlechtes Gewissen und wollte bei mir was gutmachen.
Oh Mann, ich wünschte, ich hätte das nicht getan!

3

Von: Lena Falk <lena.falk@gmx.net>
An: Moya Berger <berger.moya@gmail.com>
Betreff: Da musst du hin ...

... denn ich hab dich angemeldet (siehe unten). Termine kommen per Post.

Alles Liebe

Lena

Love Test – Infos für Studienteilnehmer

Ziel:

Was ist Liebe?

Ist sie Schicksal? Magie? Seelenverwandtschaft? Oder nur ein Rausch der Hormone? Das sind die Fragen, die wir uns am Institut für interdisziplinäre Psychologie im Rahmen einer Studie stellen. Dazu suchen wir männliche und weibliche Teilnehmer im Alter von 18 bis 25 Jahren.

Zeitrahmen:

Drei aufeinanderfolgende Tage an einem Wochenende im Juni/Juli (Fr/Sa/So., 9–17 Uhr), Termin nach Vereinbarung

Was kommt auf die Teilnehmer zu?

An Tag 1 ermitteln wir mit Fragebögen die persönliche Einstellung der Teilnehmer zum Thema Liebe.

An Tag 2 finden verschiedene medizinische und biochemische Tests statt (Speichelproben, Blutabnahme …).

An Tag 3 unterziehen sich die Teilnehmer speziellen Verhaltenstests, die von Anthropologen ausgewertet werden.

Ausschlusskriterien für die Teilnahme:
Sofern moralische, ethische, religiöse oder andere Bedenken gegen Körperkontakt mit Testpersonen des anderen Geschlechts bestehen, ist die Teilnahme nicht möglich.
(Hinweis: Es kommt dabei NICHT zu sexuellen Kontakten!)

Aufwandsentschädigung
Für die Teilnahme an allen drei Untersuchungstagen erhalten die Testpersonen insgesamt 300 Euro. Eine Teilnahme an nur einem oder zwei Tagen ist nicht möglich. Bei vorzeitigem Abbruch der Studie kann keine Aufwandsentschädigung geleistet werden.

Datenschutz
Alle Angaben und Messwerte der Studienteilnehmer werden streng vertraulich behandelt und anonymisiert. Sie werden nur bis zum Abschluss der Studie gespeichert, also ca. sechs Monate lang. Einige Teilnehmer erhalten nach der dreitägigen Studienteilnahme die Gelegenheit zu weiteren Tests.

Sie interessieren sich für eine Studienteilnahme oder haben noch Fragen?

Gerne können Sie sich unverbindlich bei uns informieren.

Wir freuen uns auf Ihren Anruf oder Ihre Mail!

Ihre Ansprechpartnerin:

Dr. T. Gutmann
Institut für interdisziplinäre Psychologie
an der Freien Universität Berlin
Tel.: 030/2045699
Mail: gutmann@ifip.de

4 MOYA

Da musst du hin, hatte Lena in ihrer Mail geschrieben. Musste ich natürlich nicht. Aber okay, ich würde teilnehmen, als Friedensangebot sozusagen. Der Test klang ja ganz interessant.
Bei der Sache mit dem Körperkontakt stutzte ich kurz, aber ich wusste, dass mich bei einer wissenschaftlichen Studie niemand zu irgendetwas zwingen durfte. Und gegen ein bisschen Händchenhalten zu Forschungszwecken hatte ich nichts einzuwenden.
Dann vergaß ich den Love Test, denn in der Prüfungszeit verschwamm die Welt um mich herum wie in einem nebligen Traum. Mein Vater fuhr mich an jedem Prüfungstag zur Schule, weil er mir beistehen wollte, obwohl das gar nicht nötig war. Dabei sah er jedes Mal so bekümmert aus, als müsse er selbst gleich über den Aufgaben brüten. Es war an diesen Tagen ungewöhnlich heiß, und wir kämpften in den stickigen Klassenräumen mit der Hitze. Papierrascheln, Stühlerücken, Lehrer, die mich mit strengen Wehe-du-schreibst-ab-Blicken durchbohrten. Lena war in dieser Zeit kreidebleich, sie wirkte unkonzentriert und teilnahmslos. Lag das an den Prüfungen oder an Patrick und Alice? Sie behauptete, sie sei nervös, das sei ganz normal. Aber ich bin sicher, dass ihr die Prüfungen komplett egal waren, so

wie ihr auf einmal alles egal war. Sie versuchte, tapfer zu sein, doch ich kannte sie gut und wusste, dass sie das nur spielte.
»Weißt du, eigentlich geht es mir ohne Patrick doch viel besser«, sagte sie eines Morgens, als wir zum Kaffeeautomaten liefen. »Ich brauche ihn nicht. Er hat mich wirklich oft runtergezogen. Und ich komme jetzt auch gut damit klar, dass er mit Alice zusammen ist. Ich bin viel stärker, als er denkt.« Es war offensichtlich, dass sie sich damit vor allem selbst überzeugen wollte. Doch nicht einmal das gelang ihr sonderlich gut, wie ihre angespannten Gesichtszüge verrieten.
Trotzdem nickte ich natürlich und lächelte sie ermutigend an.
Gerade wollte ich den Mund aufmachen, um etwas Aufbauendes zu sagen, da ergoss sich warmer Kaffee über meinen linken Turnschuh. Lena war der Becher aus der Hand gefallen. Sie stand wie versteinert da und starrte auf eine Vitrine im Flur, in der deformierte Gipszwerge ausgestellt waren, Kunstwerke der Fünftklässler. Diese Wesen sahen wirklich krass aus, aber musste Lena mich deswegen gleich mit Kaffee begießen? Zum Glück war die Plörre aus dem Schulautomaten immer lauwarm, sonst hätte ich jetzt gekochte Zehen gehabt.
Und dann bemerkte ich den wahren Grund für Lenas Schockstarre: In der Ecke neben der Vitrine standen Patrick und Alice. Sie hatte sein Gesicht mit ihren Händen umfasst und küsste ihn zärtlich. An ihrem Handgelenk fiel mir das breite Lederband auf, das bisher sein Markenzeichen gewesen war.
Ich wollte etwas sagen, aber Lena war plötzlich weg, und ich sah nur noch, wie die Tür zu den Mädchentoiletten zuschlug. Ich versuchte, nicht in der Kaffeepfütze auszurutschen, und rannte

ihr nach. Als ich an den beiden vorbeilief, knutschten sie immer noch.

Aus der Kabine am Fenster hörte ich gedämpftes Schluchzen.

»Lena?«

»Hiiib, hiiib, hiiib. Doch nicht tapfer«, piepste es hinter der Tür.

»Doch, bist du. Du machst das super. Und du hast recht, du brauchst den nicht.«

Ich musste zwanzig Minuten lang auf Lena einreden, bevor sie bereit war, die Kabine zu verlassen und zur Prüfung anzutreten. Wir erschienen gerade noch rechtzeitig, Lena mit rotgeweinten Augen. Sie tat mir unendlich leid. Selbst wenn es die Liebe nicht gab – Lena war mit Patrick glücklich gewesen, und dieses Glück war jetzt vorbei. Das konnte ich nicht wegdiskutieren.

Und das versuchte ich auch gar nicht mehr, denn ich hatte dazugelernt. Statt sie zu belehren, gab ich mir alle Mühe, Krisensituationen vorherzusehen und Lena daran vorbeizumanövrieren. Ich kam deswegen jeden Morgen ein paar Minuten früher und checkte den Weg zum jeweiligen Prüfungsraum. Und wenn Patrick und Alice da irgendwo rumstanden, suchte ich nach Umwegen. Trotzdem liefen die Prüfungen bei Lena nicht gut, war ja klar.

Doch alles Übel nimmt irgendwann ein Ende, und schließlich hatten wir die letzte Prüfung geschafft. Endlich feiern! Und das Beste war: Ich hatte gehört, dass Patrick und Alice mit ein paar Leuten eine Hütte an einem See gemietet hatten, sie waren also weg, die Luft war rein. Deswegen zog ich Lena einfach in den Trubel hinein, obwohl ihr erst überhaupt nicht nach Feiern zumute war. Aber manchmal muss man sich eben zwingen, und tatsächlich konnte Lena ihren Kummer ab und zu vergessen.

Als wir dann Samstagnacht nach einer Bad-Taste-Party auf einer Wiese im Park lagen und in den Sternenhimmel blickten, waren wir beide glücklich.

»Nach denen greifen wir jetzt«, sagte ich und zeigte nach oben. »Bis heute waren wir gefangen wie Zootiere. Aber jetzt sind wir frei. So frei wie noch nie.«

Lena war nicht so euphorisch wie ich. »Ähm, du weißt schon, dass wir noch mündliche Prüfungen haben, oder?«

»Ja klar. Aber da gehen wir rein und sagen tschüss, und das war's dann«, behauptete ich. »Und dann fängt das Leben an.«

Ich zitierte einen Spruch, den ich mir vor einem Jahr über den Schreibtisch gehängt hatte, an dem Tag, an dem Lena und ich unsere Neuseeland-Reise beschlossen hatten: »In zwanzig Jahren wirst du dich mehr über die Dinge ärgern, die du nicht getan hast, als über diejenigen, die du getan hast. Also wirf die Leinen los. Verlasse den sicheren Hafen. Lass den Passatwind in deine Segel wehen. Erforsche. Träume. Entdecke.«

Lena drehte sich zu mir um, stützte ihr Kinn in beide Hände und sah mich sorgenvoll an. »Moya! Ist das der Alkohol?«

Ich lächelte sie an. »Nein. Das ist Mark Twain.« Und dann betrachtete ich wieder die Sterne. »Selbstleuchtende Himmelskörper aus Gas und Plasma. Sie sind so weit von uns entfernt, dass ihr Licht Jahre braucht, um uns zu erreichen. Manche sind schon längst erloschen, aber wir können sie immer noch sehen. Ist das nicht romantisch?«, fragte ich.

»Nö«, sagte sie. Und dann nach einer Pause: »O wie ist alles fern …«

»Wie bitte?«

»… und lange vergangen.« Sie dachte kurz nach. »Ich glaube, der Stern …«

»Hallo?«, fragte ich vorsichtig.

» … von welchem ich Glanz empfange, ist seit Jahrtausenden tot.«

»Lena! Ist das der Alkohol?«

»Nein, das ist Rilke. Und romantisch.«

»Das ist doch dasselbe, was ich eben gesagt habe.«

»Eben nicht.«

Ein paar Tage später fand ich einen Brief im Briefkasten, darauf stand als Absender: Institut für interdisziplinäre Psychologie. Erst da fiel mir dieser Test wieder ein. In dem Schreiben wurde ich an den Termin erinnert, den Lena für mich festgelegt hatte. Zum Glück lag er nach der Ausgabe der Abi-Zeugnisse, aber vor dem Beginn des Putzjobs, den wir angenommen hatten, um Geld für die Reise zu verdienen. An einem Freitagmorgen um sieben wälzte ich mich daher aus dem Bett, um mich dem ersten Testtag zu stellen.

Als ich mit dem Fahrrad zu der angegebenen Adresse radelte, kamen mir Zweifel. Ich wusste ja gar nicht, was die von mir wollten. Was würde mich dort erwarten?

Endlich stand ich vor dem Gebäude, einer alten Stadtvilla. Das schwere Portal stand offen und gab den Blick auf eine riesige Eingangshalle mit Marmorfußboden frei. Im Hintergrund sah ich eine breite Steintreppe, die in einer sanften Kurve nach oben führte. In ihrer Biegung stand eine nackte Venusstatue, ebenfalls mit sanften Kurven.

Zögernd ging ich hinein und blieb stehen. Ich hatte ein Unigebäude aus Glas und Beton erwartet. Das hier sah eher nach dem Wohnsitz des Bundespräsidenten aus. Gerade als ich überlegte, ob ich mich nicht doch in der Adresse geirrt hatte, räusperte sich jemand, und das Geräusch hallte unheimlich in dem großen Raum wider. Erst jetzt bemerkte ich einen Schalter neben der Tür, hinter dem ein Mann saß. Er trug Anzug und Krawatte, seine Haare waren ordentlich gescheitelt und nach hinten gekämmt. Er sah wichtig aus. Überhaupt sah in diesem Gebäude alles ganz fürchterlich wichtig aus.

»Öhm ... Ich möchte zu einem wissenschaftlichen Experiment«, sagte ich vorsichtig.

»Raum 212, zweites Obergeschoss, links.« Das kam wie aus der Pistole geschossen. Fast hätte ich erwartet, dass der Anzugmann salutierte.

Ich schritt die marmorne Treppe neben der Venus hinauf, denn auf einer solchen Treppe kann man nur schreiten, und versuchte, dabei nicht auf das nackte weiße Hinterteil der Statue zu starren, auf das man von hier aus einen interessanten Blickwinkel hatte.

Im zweiten Stock erwarteten mich ein Gewirr von Gängen und eine sehr kreative Art der Zimmernummerierung. Von logischen Zahlenreihen hielten die hier ganz offensichtlich nichts, und ich musste eine Weile suchen, bis ich Raum 212 fand.

Schüchtern klopfte ich an die weiße Holztür. Nichts geschah. Ich klopfte wieder, denn ich konnte da doch nicht einfach reingehen, oder? War das ein Büro? Ein Labor? Ein Sekretariat? Keine Ahnung, am Türschild stand nur die Zimmernummer. Ich nahm all meinen Mut zusammen, öffnete die Tür und war erleichtert. Dieser Raum sah nicht so fürchterlich wichtig aus wie der Rest des Gebäudes. Eher wie eine Art nobles Klassenzimmer. Vorn stand ein Pult, dahinter sah ich weiße Arbeitstische, hufeisenförmig angeordnet. Durch die hohen Fenster schien die Sonne. Etwa zwanzig Mädchen saßen schon hier, alle ungefähr in meinem Alter.

Ich atmete tief durch. Nur Mädchen, sehr gut! Erst mal war also offenbar kein Körperkontakt mit »Personen des anderen Geschlechts« geplant. Ich grüßte in die Runde, ohne irgendjemanden wirklich anzusehen, setzte mich auf den nächsten freien Platz, zog mein Handy aus der Tasche und checkte die Nachrichten. Da waren zwar keine, aber ich wollte beschäftigt wirken, um meine Nervosität zu verbergen.

Doch dann schoss mir der Gedanke durch den Kopf, ob die Wartezeit vielleicht schon Teil des Experiments war. Gab es hier versteckte Kameras? Oder waren ein paar der Mädchen gar keine Studienteilnehmerinnen, sondern getarnte Mitarbeiterinnen des Instituts, die uns beobachteten? Plötzlich wurde mir klar, wie sehr man sich bei einem solchen Experiment an fremde Menschen ausliefert, die man noch nie gesehen hat und wahrscheinlich auch nie wieder sehen wird. Kein angenehmes Gefühl. Die konnten uns hier ja alles erzählen. Vielleicht ging es bei diesem Versuch nicht mal um Liebe. Konnte auch gut sein, dass die Wissenschaftler uns mit dieser Studie nur ablenken wollten und dass sie in Wahrheit etwas ganz anderes erforschten, zum Beispiel die Farbe der Limonade in den Flaschen auf den Tischen. Vielleicht würden sie die jeden Tag ein bisschen verändern und messen, wie viel wir tranken, wenn sie heller oder dunkler war. Ich hatte mal etwas über eine ähnliche Studie gelesen. Aber dann schob ich diese Gedanken beiseite. Mir konnte es ja eigentlich egal sein, worum es hier wirklich ging. Ich brauchte das Geld, darum ging es *mir*. Aber wenn mir ein Test wirklich unangenehm war, konnte ich trotzdem verzichten und aussteigen. Kein Grund zur Panik.

Ich steckte mein Handy in die Hosentasche und sah mich um. Falls eine von den anderen ein Kuckucksei war, welche war es dann wohl? Das Mädchen am Fenster, das etwas älter aussah als wir anderen? Oder die Kleine, die vorne links saß und uns alle neugierig musterte?

Bevor ich mich entscheiden konnte, betrat ein Mann den Seminarraum. Er war um die sechzig, groß und hager. Seine weißen Haare standen hinter den Ohren ab, und mit seinem weißen Bart erinnerte er mich an den Druiden Miraculix. Allerdings reichte sein Bart nicht bis zum Boden, sondern nur bis zum Hemdkragen.

Miraculix stellte sich als Eckhard Melchior vor, Professor für Psychologie. »Bitte entschuldigen Sie, dass ich Ihnen keine Details über Ziel und Zweck unserer Experimente verraten kann«, sagte er nach der Begrüßung. »Würde ich Ihnen nämlich sagen, was wir beweisen wollen, könnte das die Untersuchungsergebnisse beeinflussen. Sie wären dann voreingenommen.«

Also war die Studie vielleicht doch ein Fake. Ich betrachtete die Farbe der Limo auf dem Tisch. Ich fand sie zu grell.

»Mein Name ist Cora Beck«, meldete sich die Kleine mit dem wachen Blick zu Wort, die ich im Verdacht gehabt hatte, nicht echt zu sein. »Erfahren wir die Ergebnisse nach dem Test?«
Melchior nickte. »Wir schicken Ihnen per Post eine ausführliche Zusammenfassung Ihrer Ergebnisse und nach Abschluss der Untersuchung natürlich auch ein Exemplar der gesamten Studie zu.«
Das Mädchen lehnte sich zurück, sie schien beruhigt.
Nun folgten organisatorische Details: Wir mussten uns in eine Anwesenheitsliste eintragen und eine Art Vertrag unterschreiben. Darin versicherten wir, dass wir engagiert und sorgfältig an der Studie mitwirken und alle Fragen wahrheitsgemäß beantworten würden. Außerdem erklärten wir uns damit einverstanden, bei den Tests gefilmt zu werden.
»Was heißt das genau?«, wollte das Mädchen von eben wissen.
Melchior-Miraculix schien auf diese Frage gewartet zu haben. »Gut, dass Sie das ansprechen. Für die Analyse unserer Forschungsergebnisse ist es erforderlich, dass wir einige Situationen filmisch auswerten. Deswegen sind in diesen Räumen Kameras installiert. Sie laufen nicht ständig, nur in bestimmten Situationen. Um Sie nicht nervös zu machen, erfahren Sie nicht, wann wir aufzeichnen.«
Oh, wie beruhigend! Ich zog die Augenbraue hoch, aber der Professor ließ sich davon nicht beeindrucken. »Gefilmt werden Sie außerdem bei den Interviews. Dann allerdings in Gegenwart einer sichtbaren Kamera samt Techniker, der die Kamera bedient. Ich versichere Ihnen, dass alle Aufnahmen nach der Auswertung baldmöglichst gelöscht werden.«

»Und wenn ich damit nicht einverstanden bin?«, fragte das Mädchen. »Im Infomaterial stand dazu nichts.«
»Dafür habe ich vollstes Verständnis. Aber dann können Sie an der Studie leider nicht teilnehmen.«
Das Mädchen erhob sich. »Dann gehe ich jetzt lieber.«
Der Professor nickte. Sein freundlicher Gesichtsausdruck veränderte sich nicht. Das Mädchen verließ wortlos den Raum, und Melchior strich ihren Namen von der Teilnehmerliste.
Mir war der Gedanke, heimlich gefilmt zu werden, auch unangenehm, aber für dreihundert Euro musste man wohl schon ein paar Zugeständnisse machen. Außerdem waren Filmaufnahmen, soweit ich wusste, bei wissenschaftlichen Tests nicht ungewöhnlich. Und genau genommen wurden wir inzwischen doch fast überall heimlich von Kameras überwacht, in Parkhäusern, beim Einkaufen, auf Straßen und Plätzen. Warum also nicht auch hier?
Dann fingen die Tests an, und sie waren unendlich langweilig. Wir saßen Stunde um Stunde schweigend hinter einem Stapel von Papieren und bearbeiteten ein Formular nach dem anderen.
Die ersten Fragen waren ähnlich aufgebaut wie die eines Intelligenztests. Wir mussten geometrische Figuren anstarren und entscheiden, ob es sich dabei um identische oder nur ähnliche Abbildungen handelte. Dann folgten Zahlenreihen, die wir ergänzen, und Rechenaufgaben, die wir lösen mussten.
Danach arbeiteten wir uns durch Fragebögen, auf denen Charaktereigenschaften aufgezählt wurden. Mutig. Zärtlich. Frech. Sanft. Intelligent. Fröhlich. Sensibel. Schwermütig. Seite um

Seite ging das so. Wir mussten auf einer Skala von eins bis neun entscheiden, wie stark diese Eigenschaften bei uns ausgeprägt waren. Und dann ging's ans Eingemachte. Nach ein paar einleitenden Fragen nach Berufswunsch, Hobbys und Musikvorlieben wurden die Themen privater.

Wie sind Ihre Schulnoten? (Abi 1,4) Wie ist Ihr Verhältnis zum Vater? (Sehr gut) Zur Mutter? (Ganz okay) Haben Sie Geschwister? (Nein) Einen Freund? (Nein) Wie viele Beziehungen hatten Sie schon? (Vier) Wie wichtig ist Ihnen dabei a) reden, b) kuscheln, c) küssen, d) Sex? (Alles wichtig, wozu brauche ich sonst einen Freund?)

Worauf legen Sie bei der Auswahl Ihres Partners besonders viel Wert? a) Sozialer Status (Nö) b) Aussehen (gefallen muss er mir schon) c) Intelligenz (unbedingt!) d) gemeinsame Interessen (muss nicht sein). So ging es seitenlang weiter. Öde und ermüdend.

Zum Glück konnte ich auch hier, genau wie in der Schule, beim konzentrierten Arbeiten alles andere ausblenden. Geräusche, Gefühle, Gedanken, alles war weg. Nichts außer den Formularen zählte. Das machte mich ziemlich schnell. Als ich den ganzen Stapel durchgearbeitet hatte, tauchte ich auf wie aus einem Traum, sah mich um und merkte, dass die anderen noch lange nicht fertig waren. Alle sahen angestrengt und genervt aus.

Das war ich zwar auch, aber ich tröstete mich mit dem Gedanken an das Geld. Ein normaler Schultag war auch nicht besser, und dafür wurde man nicht mal bezahlt. Um die Zeit totzuschlagen, berechnete ich im Kopf, was ich in den vergangenen zwölf Jahren verdient hätte, wenn ich an jedem Schultag meines Lebens hundert Euro bekommen hätte, so wie hier. Ich kam auf ungefähr zweihundertvierzigtausend Euro und musste abgrundtief seufzen.

»Ist Ihnen nicht gut?«, fragte Professor Melchior und sah mich besorgt an.

»Alles bestens«, beruhigte ich ihn.

Irgendwann gab's dann in der Kantine ein kostenloses, fades Mittagessen, und danach wurden wir in vier Gruppen eingeteilt. Nun folgten die Interviews vor laufender Kamera. Wir losten in unserer Gruppe die Reihenfolge aus und ich war die Erste. Was für ein Glück! Wer sein Interview hinter sich hatte, durfte nämlich nach Hause gehen.

Eine Psychologin, die sich als Tamara Gutmann vorstellte, begleitete mich zu einem kleinen, fensterlosen Raum. Die Luft hier roch so schal, wie abgestandenes Mineralwasser schmeckt, und war so stickig, als wäre jedes Molekül in diesem Raum schon mindestens drei Mal ein- und wieder ausgeatmet worden. Vermutlich war das sogar so. Zwei Stühle standen sich gegenüber. Andere Möbel gab es nicht, sie hätten auch nicht reingepasst. In der Ecke neben der Tür war eine Kamera auf einem Stativ aufgebaut.

Tamara Gutmann wies mir einen Stuhl zu und setzte sich auf den anderen. »Wir warten noch auf den Techniker, der die Kamera bedient.« Sie lächelte mechanisch, ich nickte.

Plötzlich sprang sie auf. »Mist. Ich habe den Ordner mit den Fragen vergessen. Ich bin gleich wieder hier.« Und schon war sie weg.

Hahaha, dachte ich, hält die mich für doof? Ich war sicher, dass die Kamera längst lief und dass das hier Teil der Studie war. Nach kurzem Zögern stand ich auf und setzte mich rücklings wieder auf den Stuhl, sodass die Kamera nur noch meinen Hinterkopf filmen konnte. Was sagte das jetzt über mich aus? Und über meine Fähigkeit zu lieben? Einerseits wollte ich natürlich niemandem seine Forschungsergebnisse vermiesen, indem ich ihm nur meine Kehrseite zeigte. Aber andererseits: Wenn die hier typisches Moya-Verhalten filmen wollten, dann verhielt ich mich jetzt eben wie Moya. Und eine typische Moya möchte nicht heimlich beim Warten beobachtet werden.

Plötzlich ging die Tür auf. Ich sprang auf und drehte mich um. Ein Typ betrat den Raum. Ungefähr zwanzig. Groß. Dunkelhaarig, graue Augen, unrasiert. Sah echt gut aus. In der Hand trug er einen Pappbecher, der verführerisch nach Kaffee duftete, aber offenbar heiß war. Denn als der Junge mich ansah, schwappte der Kaffee aus seinem Becher, und er verzog vor Schmerz sein Gesicht. Er starrte den Kaffee böse an.

»Hey«, sagte er, mehr zu dem Becher als zu mir. »Ich bin Luke.«

»Moya«, stellte ich mich vor.

»Für mich bist du Testperson 73.« Er tippte irgendetwas in das Display seiner Kamera ein.

»Klingt ja auch viel besser«, sagte ich. »Aber wieso eine so hohe Zahl? Wir sind doch nur knapp zwanzig.«

»Wir machen das hier schon seit drei Wochen.« Er sah mich wieder nicht an, während er mit mir sprach. »Und die Jungs filmen wir auch. Deswegen bist du Nummer 73 Schrägstrich weiblich.«

»Jungs? Ich hab keine gesehen. Wo sind die?«

»In einem anderen Gebäude.«

»Aha. Und hast du die auch schon gefilmt? Oder bist du auf Mädchen spezialisiert?«
»Mal so, mal so.«
Wow, war der gesprächig. »Gibt's da Unterschiede?«, fragte ich, denn jetzt wollte ich ihn unbedingt zum Plaudern bringen. »Ich meine: bei den Interviews. Reden die Jungs weniger? Oder mehr?«
»Weiß nicht. Hab nicht darauf geachtet.«
Na, das war ja echt ein Sonnenschein. »Macht dir das eigentlich Spaß hier?« Die Frage war als Provokation gemeint, und ein kurzes Aufblitzen in seinen Augen verriet mir, dass Luke das sehr wohl bemerkt hatte.
Er zuckte mit den Schultern. »Ist ein Job.« Jetzt drehte er an einer Schraube des Stativs. Dann sah er mich kurz an, und, Wahnsinn!, er stellte mir auch eine Frage: »Wie ist das denn mit den Tests? Macht das Spaß?«
Jetzt zuckte ich mit den Schultern. »Ist ein Job.«
Er richtete sich auf und sah mir voll ins Gesicht. Eigentlich hätte er nett ausgesehen, wenn er nicht so sichtlich schlechte Laune gehabt hätte. »Würde ich nie machen, so was«, sagte er, dann wandte er seine Aufmerksamkeit wieder der Kamera zu.
»Warum hab ich nur das Gefühl, dass du mich ärgern willst?«, überlegte ich laut.
Er runzelte die Stirn, als würde er nachdenken. »Weil ich dich ärgern will vielleicht?«
Ich musste wider Willen grinsen. Doch bevor ich etwas sagen konnte, kam Tamara Gutmann zurück. In der Hand hielt sie einen schmalen Ordner. »Oh, ich sehe, ihr habt euch schon

bekannt gemacht. Dann können wir ja anfangen. Läuft die Kamera?«

Luke schnappte seinen Kaffeebecher, der immer noch auf dem Stuhl stand, und stellte ihn neben sich auf den Boden. Dann drückte er auf einen Knopf und an der Kamera leuchtete ein rotes Licht auf. »Läuft«, bestätigte er knapp. Okay, dann war sie bis jetzt wohl wirklich ausgeschaltet gewesen. Uff, es ging los. Plötzlich merkte ich, dass ich nervös wurde. Aber vor diesem Typ würde ich mir davon nichts anmerken lassen. Cool sein, das konnte ich auch.

5

Studie »Love Test«

Lehrstuhl Prof. Dr. Eckhard Melchior
Abschrift Interview Versuchsperson
73/weiblich

Bitte stellen Sie sich kurz vor:
Mein Name ist Moya Berger. Ich bin achtzehn und mache gerade Abi.

Erzählen Sie mir etwas über Ihre Eltern.
Mein Vater ist Physiker, an der Uni. Meine Mutter arbeitet bei einer Umweltorganisation und rettet den tropischen Regenwald. Nicht mit Tropenhelm im Dschungel, wie ich als Kind dachte. In High Heels und Kostüm bei Klimagipfeln und Kongressen und so. Sie ist beruflich dauernd unterwegs.

Wohnen Sie noch bei Ihren Eltern?
Bei meinem Vater. Und wenn meine Mutter in Berlin ist, wohnt sie auch bei uns. Sie ist aber selten da. Höchstens ein- oder zweimal im Monat.

Wie beurteilen Sie die Beziehung Ihrer Eltern?
Hmm, ich würde sagen: Sie haben keine.

Können Sie das näher erklären?
Meine Eltern haben sich mit Mitte zwanzig zufällig auf einem Kongress getroffen. Sie hatten da wohl eine … äh, kurze Beziehung. Das Ergebnis war dann ich. Meine Mutter wollte kein Kind, und eine Beziehung wollte sie auch nicht. Und auch mein Vater konnte auf eine Partnerin gut verzichten. Aber das Kind wollte er. Sie hat mich also zur Welt gebracht und mich dann mit Stoffwindeln, ökologischen Kautschukschnullern und einem Babyautositz mit dem Testsiegel ›sehr gut‹ bei ihm abgeliefert. Ich bin bei meinem Vater aufgewachsen.

Das ist ungewöhnlich. Wie fühlt sich das für Sie an?
Nicht ungewöhnlich. Für mich ist es Alltag.

Wäre es Ihnen lieber, Ihre Eltern würden in einer Beziehung zusammenleben?
Ich möchte, dass sie glücklich sind, Details interessieren mich nicht. Sie sind alt genug, um selbst zu wissen, was gut für sie ist.

Leben Sie selbst derzeit in einer Beziehung? Wenn ja, mit wem?
Nein. Mal was anderes: Ist Ihnen schon aufgefallen, wie bescheuert das Wort Beziehung klingt? So abstrakt. Und gedehnt.

Nein. Ist mir noch nicht aufgefallen. Wie lange liegt Ihre letzte Beziehung zurück?
Lange.

Erzählen Sie uns etwas über diese Beziehung.
Er war in meiner Handballmannschaft. Wir haben uns nach dem Spiel manchmal getroffen und den Abend miteinander verbracht. Und die Nacht.

Wie lange waren Sie zusammen?
Sechs Monate.

Und warum haben Sie sich getrennt?
Er ist weggezogen. Nach Japan.

Oh. Waren Sie traurig?
Nein. Es geht ihm gut.

Aber vermissen Sie ihn denn nicht?
Nein. Wir skypen oft.

Es gibt ja gewisse Dinge, die man per Skype nicht tun kann …
Ist das so?

Ähm. Ja. Sie sind also seit einiger Zeit Single. Warum sind Sie keine neue Beziehung eingegangen?
Ich sah keine Notwendigkeit dafür.

Aber jeder Mensch wünscht sich doch Liebe und Zärtlichkeit.
Ich finde dieses Interview nicht sehr wissenschaftlich. Sie scheinen schon zu wissen, was sich jeder Mensch wünscht. Warum stellen Sie mir dann noch Fragen?

Wie meinen Sie das?
Sie konfrontieren mich mit Ihren Ansichten und ignorieren, dass ich sie nicht teile. Neue Erkenntnisse gewinnen Sie so garantiert nicht.

Ich habe hier einen vorgeschriebenen Fragenkatalog.
Das macht es nicht besser. Aber okay. Bringen wir's hinter uns. Nächste Frage.

Mit welchem Liebespaar aus Film oder Literatur würden Sie Ihre Eltern vergleichen?
Kennen Sie *Bernard und Bianca*? Das sind Mäuse in einem Zeichentrickfilm. Und in diesem Film gibt es einen Albatros. Albatrospaare treffen sich nur einmal im Jahr. Den Rest ihres Lebens fliegen sie allein.

Und mit welchem Liebespaar aus Film oder Literatur wären Sie und Ihr letzter Partner vergleichbar?
Harry Potter und Hermine.

Die sind kein Liebespaar, nur gute Freunde.
Eben.

Aber die hatten auch keinen Sex.
Ist das so?

Davon steht nichts in den Büchern.
Da steht auch nicht, dass die beiden sich je die Zähne geputzt oder ihre Zehennägel

geschnitten haben. Haben sie aber bestimmt getan.

Ja klar.
Da sehen Sie mal, wie viel man in Situationen hineininterpretiert.

Und wie heißt der beste Liebesfilm, den Sie kennen?
Seit *Bernard und Bianca* habe ich keinen mehr gesehen.

Nicht mal *Titanic*?
Doch. Aber da geht's doch nicht um Liebe. Rose und Jack hatten einfach Sex miteinander.

Ist das so?
Die Titanic startete am 10. April und kenterte am 14. April. In diesem Zeitraum spielt sich die ganze Geschichte ab. Das kann man ja wohl nicht mal als Affäre bezeichnen.

Sie sind sehr realistisch in Ihrer Betrachtung von Liebe.
Meiner Meinung nach wird Liebe komplett überschätzt.

Aha. Okay, ich bin mit den Fragen durch. Wollen Sie noch etwas wissen?

Ja. Was ist Ihr Lieblingsliebesfilm?

***Titanic*.**

Hmmm.

Liebe Tamara,

Probandin 73 ist für uns überaus interessant! Ihr Liebesverhalten scheint auffallend wenig durch romantisierende Liebesdarstellungen geprägt. Bitte legen Sie mir alle Unterlagen dieser Testperson vor, ich möchte sie selbst auswerten.

MfG
E. Melchior

6

Kommentar von Luke Steinbach, Kameravolontär, zum Interview mit Moya Berger

Moya ... Irgendwie war mir schnell klar, dass sie bei unserem Projekt eine besondere Rolle spielen würde. Sie war anders als alle, die ich bisher gefilmt hatte. Das heißt nicht, dass ich sie besonders sympathisch fand. Nee, wirklich nicht. Aber trotzdem war ich von ihr fasziniert.

Aber ich fange wohl besser von vorn an, um zu erklären, was das Besondere an ihr war. Und ich muss auch erwähnen, dass ich an diesem Tag nicht gut drauf war. Kann sein, dass ich mit meiner Einschätzung aus diesem Grund falsch lag. Ich hatte nämlich an diesem Wochenende zum dritten Mal Dienst, und zwar in Folge. Deswegen hatte es Streit mit meiner Freundin gegeben.

Sophie war Anfang des Monats von Freiburg nach Berlin gezogen, nur um mit mir zusammenzuleben. Jetzt war ich dauernd beim Dreh, und sie saß allein in meiner Wohnung rum. Nein, stopp, in unserer Wohnung. Klar, dass sie sauer war, das kann ich verstehen. Aber was hätte ich machen sollen? Es gab zu der Zeit einen Engpass, weil eine Mitarbeiterin Mutter geworden war, und mein Chef konnte mich deshalb nicht entbehren. Job ist Job.

Mich hat das ziemlich genervt. Wenn's wenigstens ein toller Film gewesen wäre. Oder ein spannendes Thema. Aber dass ich ausgerechnet diesem schwachsinnigen Love Test mein eigenes Liebesleben opfern musste, war geradezu ein schlechter Witz.
Ich war also ziemlich geladen an diesem Tag, und ich wusste nicht, wen ich peinlicher fand: die Wissenschaftler, die sich aufspielten, als ginge es hier um den Fortbestand der Menschheit. Die Testpersonen, die gutgläubig wie Schafe taten, was man ihnen sagte, nur weil sie dafür Geld bekamen. Oder mich. Denn ich filmte diesen Scheiß ja auch nur, weil ich dafür Geld bekam. Dabei hatte ich meinen Beruf eigentlich mal aus ganz anderen Gründen gewählt.
Und dann war da dieses Mädchen. Ich sah sie zunächst nur auf einem Monitor im Technikraum und nur von hinten. Sie hatte sich, nachdem Tamara die Nummer mit dem vergessenen Fragenkatalog abgezogen hatte, demonstrativ mit dem Rücken zur Kamera gesetzt. Und da saß sie nun und wartete. Zierlich, dunkelhaarig, Pferdeschwanz, Jeans, knappes Top, gute Figur.
Aber auf den ersten Blick nichts Besonderes.
Natürlich wollten wir bei diesem Test wissen, wie sich die Probanden in einer unbeobachteten Situation unter innerer Anspannung verhielten. Deswegen war Tamara rausgegangen. Aber dieses Mädchen boykottierte die Spielregeln. Als Einzige übrigens. Schon da fand ich ihr Verhalten provokativ, und irgendwie hat mich das geärgert.
Ich bin dann wie immer erst mal allein in den Raum gegangen, da ist sie aufgesprungen und hat mich angesehen. Und dann – Flash. Ihr Blick war – ja, wie eigentlich? Unglaublich intensiv

und lebendig, als würde sie direkt in mich hineinsehen, aber das ist eigentlich noch viel zu schwach ausgedrückt. Egal, besser kann ich es nicht beschreiben.

Wie lange ich in diese überirdischen Augen gesehen habe, weiß ich nicht. Zu lange auf jeden Fall, denn ich habe mir die Finger an dem blöden Kaffee verbrannt, was mich noch gereizter gemacht hat. Und dann hab ich irgendwas gesagt, an das ich mich nicht mehr erinnere, einfach um aus dieser Situation rauszukommen. Ich weiß nur noch, dass ich auf keinen Fall noch mal in diese Augen sehen wollte, weil sie mich verwirrten, und dass ich dieses Mädchen plötzlich auch provozieren wollte, was mir aber nicht gelang. Sie lachte nur. Das war der Moment, in dem ich kurz dachte, sie hätte was drauf.

Aber dann dieses Interview. Da hat sie mich enttäuscht. Ich hab so dermaßen genug von Leuten, die behaupten: »Liebe? Gibt's doch gar nicht. Alles nur Hormone.« Und dann setzen sie auf schnellen Sex und finden sich cool. Dabei haben sie in Wahrheit bloß Angst. Unbewusst. Und zwar wahrscheinlich davor, dass keiner sie je lieben wird. Dabei geht's bei Liebe nicht ums Geliebtwerden. Lieben ist ein aktives Wort. Du musst es tun. Und wollen.

Liebe = Freundschaft + Sympathie + sexuelle Anziehung + Vertrauen + gleiche Ansichten + der Wille, das Leben zusammen anzugehen. That's it.

Aber Moya wusste alles besser. Sie war unglaublich selbstbewusst und schnoddrig, offen und direkt. Wie eine Ohrfeige mitten ins Gesicht. Das Interview war eigentlich eher ein Schlagabtausch, und ich fragte mich, warum dieses Mädchen so kämpferisch auftrat. Sie war doch schließlich freiwillig hier.

Aber ich glaube, genau deswegen ist sie den Leuten an diesem Tag aufgefallen. Die wollten genau so was haben. Eine Kämpferin, die einem mit ihren Augen Löcher in die Fassade brennt. Der Test war denen doch eigentlich fast egal.

7 LENA

Ich erinnere mich noch gut, wie sauer Moya nach dem ersten Testtag war. »Ich dachte, die wollten herausfinden, wie ich ticke«, schimpfte sie am Telefon. »Aber in Wahrheit wollten sie mich nur in irgendeine Schublade stecken. Es war, als wüssten sie schon längst, was bei der Studie herauskommen soll, und als sei ich nur dazu da, ihre Thesen zu bestätigen.« Ich musste den Hörer ein paar Zentimeter vom Ohr weghalten, so laut sprach sie. »Und das soll Wissenschaft sein?«

»Ach«, sagte ich. »Ist ja doof.«

»Wie unpräzise die arbeiten!«, schimpfte Moya weiter. »Schon dieser Selbsteinschätzungstest. Wie selbstbewusst bist du? Wie mutig bist du? Wie stolz bist du? Ich meine, unter diesen Wörtern versteht doch jeder was anderes.«

»Ist doch egal, was andere darunter verstehen. Es heißt vielleicht Selbsteinschätzungstest, weil es um deine Selbsteinschätzung geht.« Ich gähnte und das hatte sie offenbar gehört.

»Irgendwie hab ich das Gefühl, dass du das Problem nicht verstehst«, sagte Moya.

Da hatte sie recht. Ich verstand es nicht und ich wollte es auch nicht verstehen. Es klang für mich nämlich nach einem ziemlich kleinen Problem. Und ich hatte gerade ein großes: Heute Nacht war ich aufgewacht, weil jemand Steinchen an mein Fenster geworfen hatte. Als ich meine Stirn an die Scheibe lehnte und in die Dunkelheit hinaussah, erkannte ich Patrick. Barfuß schlich ich durch die stille Wohnung ins Treppenhaus, tastete mich die Treppe hinab und öffnete die Tür.

»Lena«, flüsterte er atemlos und folgte mir ins Haus. »Ich weiß nicht, warum, aber ich musste dich sehen.« Er stand dicht vor mir, und ich nahm seinen Geruch wahr. Herbes Rasierwasser, würzig, männlich. Und dann war da noch der warme Dunst von Alkohol. Wie gut ich diesen Geruch kannte. Als Patrick mein Gesicht in beide Hände nahm und mich küsste, spürte ich plötzlich, wie sehr ich mich nach ihm gesehnt hatte. Meine Lippen lagen auf seinen, und endlich fühlte sich alles wieder richtig an.

»Lena«, seufzte er wieder und vergrub sein Gesicht in meinen Haaren. »Ich will dich, ich will dich so sehr.«

Ich löste mich von ihm, griff nach seiner Hand und zog ihn sanft mit mir, die Treppe hoch. Leise tasteten wir uns durch die dunkle Wohnung in mein Zimmer. Ich sah im Licht der Straßenlaternen, wie er sein T-Shirt mit einer einzigen Handbewegung abstreifte. Wieder flüsterte er meinen Namen, diesmal, als würde er mich rufen. Ich legte die Hand auf seinen warmen Brustkorb und ließ sie langsam nach unten wandern. Als ich den Knopf seiner Jeans öffnete, atmete er scharf ein und streifte die Träger meines Nachthemds über meine Schultern. Dann fühlte ich seine Hände auf meiner Haut, überall. Wir sanken aufs Bett und liebten uns. In diesem Moment war alles egal. Was passiert war, war unwichtig. Er war hier, das allein zählte.

Dass mir Tränen übers Gesicht liefen, nahm ich erst wahr, als Patrick viel später neben mir lag. Er merkte nichts.
»Was machen wir hier bloß?«, flüsterte er in der Dunkelheit.
Ich ließ meine Stirn an seinen Brustkorb sinken und fühlte seinen Herzschlag. Was wir machten? Keine Ahnung. Aber es war schön.
»Ich …«, stammelte Patrick.
»Schschsch.« Ich legte meinen Zeigefinger auf seine Lippen.
»Ich brauche Zeit«, sagte er.
»Du hast Zeit«, sagte ich sanft. Ich wollte ihn nicht drängen. Zu gar nichts. Irgendwann erhob er sich und ich hörte, wie er sich anzog. Wenig später war er weg.
Und von diesem Moment an wartete ich. Worauf? Ich wusste es nicht, aber ich konnte an nichts anderes mehr denken.
»Lena?«, fragte Moya jetzt am Telefon. Ihr war offenbar aufgefallen, dass ich lange nichts gesagt hatte. »Alles in Ordnung? Sorry, dass ich dich eben vollgequatscht habe.«
»Schon okay«, erwiderte ich rasch. »Mir geht's gut. Und die Studie klingt echt interessant.« Das war zwar geschwindelt, aber ich wollte jetzt einfach nicht über Patricks Besuch reden. Ich wusste ja selbst noch nicht, was ich davon halten sollte.
Doch Moya ließ sich von meiner aufgesetzten Fröhlichkeit wieder einmal nicht täuschen. »Hey du! Soll ich vorbeikommen? Oder wollen wir ins Kino gehen?«
Ja, warum eigentlich nicht? Ablenkung war sicher keine schlechte Idee. »Kino klingt gut. Und danach kannst du mir mehr von diesem Test erzählen.«
»Aber nur, wenn du es wirklich hören willst«, sagte Moya.

»Morgen wird's übrigens spannender. Da sind diese ganzen medizinischen Messungen dran. Da werden wenigstens objektive Daten erhoben.«
Komisch, dachte ich. Mir wäre das viel unangenehmer als die Psycho-Tests vom ersten Tag. Aber Moya freute sich darauf.

8 MOYA

»Tschüss, Paps!« Ich drückte meinem zeitunglesenden Vater einen Schmatz auf die unrasierte Wange. Dann warf ich meinen Rucksack über die Schulter und verließ das Haus.
Draußen schien die Sonne so hell, dass ich erst mal kurz die Augen schließen musste, aber ich verzichtete trotzdem auf meine Sonnenbrille. Eben hatte ich nämlich im Wissenschaftsteil der Zeitung gelesen, dass man Müdigkeit und schlechte Laune vertreiben kann, wenn man gleich morgens mit den Augen helles Licht tankt. Dann schüttet der Körper sommerliche Glückshormone aus, und die wollte ich haben. Das ging nur ohne Sonnenschutz.
Das mit dem Licht funktionierte wirklich. Als ich wenig später durch die Straßen Berlins radelte, war ich richtig gut drauf. Und nicht nur ich. Die Straßencafés waren voll von vergnügt aussehenden Menschen, die gemütlich frühstückten. Sogar die Spatzen, die zwischen den Tischen nach Krümeln pickten, sahen fröhlich aus.
Im Park sauste ich unter dem Sprühregen der Rasensprenger durch und genoss die kühlen Tröpfchen auf meiner Haut. Sommerfeeling pur.
Wieder stand das Portal der alten Villa weit offen. Wieder trat

ich in das kühle Foyer und tauchte in eine andere Welt ein. Im Innern war es dämmrig wie in einer Kirche und so still, als hätte jemand den Ton abgeschaltet.
Ich straffte die Schultern und ging mutig auf den untadelig gekleideten Anzugmann zu, der an genau derselben Stelle saß wie gestern. Wie schaffte der das, bei diesen Temperaturen mit langer Hose und Jackett nicht zu hyperventilieren? Hier drinnen war es zwar kühler als draußen, aber so kühl dann doch nicht. Und irgendwie musste der Typ ja hergekommen sein. Oder blieb er etwa die ganze Nacht dort wie versteinert sitzen? Das würde wiederum meine Theorie bestätigen, dass er nicht echt war. Ein echter Mensch hätte in diesem Outfit wenigstens ein paar Schweißtropfen auf der Stirn haben müssen.
Ich lächelte ihn an. »Raum 212, zweites Obergeschoss, links, oder?«
»Falsch«, sagte er und hob eine Augenbraue. »Raum E-03, Erdgeschoss, gleich hier rechts.« Seine Stimme klang so unpersönlich wie die eines Navigationsgeräts. Betont würdevoll neigte ich den Kopf und wandte mich nach rechts.
Auch im Erdgeschoss war die Zimmernummerierung seltsam. Eine Tür mit der Aufschrift E-03 fand ich zwar schnell, aber dann entdeckte ich daneben eine weitere mit derselben Nummer. Und als ich den Gang entlanglief, sah ich noch eine dritte und eine vierte, die alle angeblich zu E-03 führten. Verunsichert öffnete ich die nächstbeste Tür.
Jep, Treffer. Beim Eintreten sah ich zwei von den Mädchen, die auch gestern schon dabei gewesen waren, ich war also richtig. Und jetzt erkannte ich auch den Grund für die Zimmernum-

merierung: Raum E-03 war riesig. Er nahm fast den gesamten rechten Gebäudeflügel ein und besaß mehrere Türen. Auf den ersten Blick erinnerte er mich mit den hohen Sprossenfenstern und dem Parkettboden an einen dieser Säle, in denen Mädchen in Filmen immer Ballett tanzen. Nur die Stange an der Wand fehlte. In diesem Saal konnte man aber heute garantiert nicht tanzen, denn überall standen Tische und Stühle in kleinen Gruppen zusammen. Helferinnen in weißen Kitteln bereiteten dort irgendetwas vor. Ganz hinten in der Ecke stand sogar eins dieser Sportfoltergeräte, wie man sie aus Fitnessstudios kennt, ein Crosstrainer.

»Guten Morgen«, sagte eine Stimme, die ich als die von Tamara Gutmann erkannte. Schade, ich hatte gehofft, diese verkniffene Person nie wieder sehen zu müssen. Und ich glaube, ihr ging es mit mir genauso. »Sie sind die Letzte!«, sagte sie in einem Tonfall, der keinen Zweifel daran ließ, dass sie eigentlich lieber »*das* Letzte« gesagt hätte. »Setzen Sie sich doch bitte zu uns«, forderte sie mich auf.

Erst jetzt bemerkte ich, dass in einer Ecke des Raums Stühle in Reihen bereitstanden, auf denen die anderen Mädchen gerade Platz nahmen. Jungs waren auch heute nicht da, und auch Miraculix war nicht zu sehen. Stattdessen begrüßte uns ein braungebrannter Siegertyp mit schwungvollen Bewegungen, der überhaupt nicht wie ein Wissenschaftler aussah, eher wie der jüngere Bruder von Dieter Bohlen. Dass er trotzdem einer der Forscher sein musste, erkannte ich an dem weißen Kittel, den er trug. Sein Lächeln wirkte, als hätte er mehr Zähne als andere Leute, und seine Stimme klang schon fast übertrieben dynamisch.

»Klingenberg«, schmetterte er in die Runde. »Professor Doktor Klingenberg. Ich bin Arzt.« Es folgte eine gewichtige Pause, um diesen Wörtern Nachdruck zu verleihen. »Meine Damen!« Wieder eine Pause. »Heute stehen medizinische Tests auf dem Programm.« Pausepausepause. »Aber Sie werden sich dabei nicht wie Patientinnen fühlen. Eher wie Topmodels beim Casting.« Das Mädchen vor mir richtete sich auf und warf die langen Haare schwungvoll nach hinten. Klingenberg lächelte sie an, als er weitersprach: »Wir wollen nämlich Ihre Körpermaße erheben. Alle. Und wir werden Sie fotografieren und filmen wie Topmodels. Später wird es dann aber auch ein bisschen medizinisch. Wir müssen Sie gesundheitlich durchchecken, Ihre Kondition prüfen, Puls und Blutdruck messen, Blut- und Speichelproben nehmen, und wir analysieren sogar Ihren Achselschweiß.« Er grinste, als er unsere Gesichter sah. »Keine sehr appetitliche Vorstellung, ich weiß. Aber Sie werden sehen, das ist alles halb so schlimm. Und heute Nachmittag herrscht dann Damenwahl. Sie dürfen sich am PC Ihren Traummann aussuchen. Manchmal ist das Leben eben doch ein Wunschkonzert, nicht wahr? Noch Fragen?«
Das Mädchen mit den langen Haaren hob die Hand. »Worauf kommt es bei dem Shooting an?« Wieder warf sie ihre Mähne nach hinten.
Klingenberg entblößte all seine Zähne, als er sie anlächelte. »Würde ich Ihnen das sagen, könnte dieses Wissen die Untersuchungsergebnisse beeinflussen. Nicht mal die Assistentinnen, die diese Fotos knipsen, wissen Genaueres. Man nennt so etwas Doppelblindstudie. Keiner weiß was, deswegen kann auch nie-

mand unbewusst Ergebnisse verfälschen. Außer mir. Und ich bin gleich weg.«
Okay, wir gaben uns damit zufrieden, so war's dann eben. Mit schwungvollen Schritten enteilte der Halbgott in Weiß und überließ seinen Mitarbeiterinnen das Feld.
Die Messungen begannen sofort, aber Model-Feeling wollte dabei nicht aufkommen. Ich fühlte mich eher wie früher in der Grundschule, wenn der Zahnarzt kam und wir in langen Reihen auf Schulstühlchen warten mussten, bis wir dran waren. Und dann, als ich endlich an der Reihe war, kam ich mir ein bisschen vor wie auf dem Fließband einer Fabrik. Ich wurde von Helferin zu Helferin weitergereicht. Sie maßen meine Füße, meine Beinlänge, den Hüft-, Bauch- und Taillenumfang, die Oberweite, die Schulterbreite, die Arme und sogar jeden einzelnen Finger. Zuletzt war das Gesicht dran. Kopfumfang. Nasenlänge. Augenabstand. Abstand von der Nase zum Kinn. Stirnhöhe. Sogar die Haarlänge.
Als wir damit fertig waren, tauchte eine Fotografin auf und knipste uns von allen Seiten, aber auch das erinnerte kein bisschen an die Foto-Shootings für Models, die ich aus dem Fernsehen kannte. Eher an Fotoaufnahmen von Sträflingen vor der Inhaftierung. Nur das Schild mit der Häftlingsnummer fehlte. Die Fotografin war um die sechzig und wirkte, als hätte sie früher ein Heim für schwer erziehbare Jugendliche geleitet. Sie bellte mir ihre Befehle entgegen – »Mehr nach links«, »Kinn höher«, »Lachen« – und meine Laune sank mit jedem Bild.
Und dann diese Filmaufnahmen! Ich sollte mit »wiegenden Hüften« durch die Halle gehen, mal langsam, mal schnell, mal

barfuß, mal in High Heels. Schuhe standen in allen Größen bereit, aber obwohl ich ein Modell wählte, das eine Nummer zu groß war, machten sie Matsch aus meinen Zehen. Es war schon wieder dieser Luke, der das peinliche Powackeln filmte, doch er verschanzte sich hinter seiner Kamera und sagte kein Wort. Und auch ich hütete mich, ihn anzusprechen. Ich konnte mir schließlich lebhaft vorstellen, was er sagen würde: »Würde ich niiie machen, so was.«

Danach wurde es tatsächlich medizinisch: Sie schabten mir Mundschleimhaut von der Wangeninnenseite, nahmen mir Blut ab, maßen den Blutdruck und das Atemvolumen. Zuletzt kam der Crosstrainer dran. Dafür musste ich ein T-Shirt anziehen, das mit meiner Teilnehmernummer versehen war, Testperson 73/weiblich. Und nun musste ich mich auf dem Fitness-Foltergerät abstrampeln, bis ich ins Schwitzen kam. Danach nahmen die Helferinnen das Shirt wieder an sich, um daraus Schweißproben zu gewinnen. Wie, das wollte ich lieber nicht wissen.

Irgendwann war ich mit allen Tests fertig, doch vor dem Hometrainer warteten noch sechs Mädchen darauf, dass sie drankamen. Das konnte also noch dauern. »Ich geh mich mal auffrischen«, sagte ich zu Tamara Gutmann, die dies mit einem knappen Nicken zur Kenntnis nahm.

Im Vorraum der Toilette sorgte ich mit viel kaltem Wasser und meinem Deo dafür, dass ich mich wieder gesellschaftstauglich fühlte.

Und jetzt? In der schweißgeschwängerten Luft von Raum E/03 den anderen beim Strampeln zusehen? Puh, nee. Ich brauchte

Frischluft! Also schlenderte ich am Anzugmann vorbei und aus dem stillen Gebäude heraus.
Die Morgensonne hatte sich inzwischen in stechende Mittagshitze verwandelt, die mir wie Backofenluft entgegenwaberte, und kurz bereute ich meinen Entschluss. Aber dann entdeckte ich neben dem Fahrradständer ein schmiedeeisernes Tor, das in einen kleinen Park hinter der Villa führte. Da kein Verbotsschild vor dem Betreten warnte, öffnete ich es und trat ein.
Der Park war klein, aber wunderschön. Eine alte, moosüberwachsene Mauer umgab ihn, knorrige Bäume spendeten Schatten. Ich setzte mich auf eine Bank und atmete tief durch. Dieser zweite Testtag war noch langweiliger als der erste. Aber wieso hatte ich auch geglaubt, dass ein wissenschaftliches Experiment spannend sein würde? Ich musste an das Pechtropfenexperiment denken, von dem unser Chemielehrer uns erzählt hatte. Dabei erforschen australische Wissenschaftler seit fast hundert Jahren das Tropfverhalten von Pech bei Zimmertemperatur. Ungefähr alle zehn Jahre fällt tatsächlich ein Tropfen aus einem pechgefüllten Trichter in ein darunter stehendes Glas, was allerdings noch nie jemand live miterlebt hat, weil natürlich keiner die ganze Zeit danebensitzt. Sehr spannend!
In diese Gedanken versunken lüftete ich Kopf und Körper, als ich plötzlich hinter einem blühenden Fliederbusch eine männliche Stimme hörte. »Ein Milliliter reicht«, sagte der Typ. »Die ganze Spritze ist viel zu viel.«
Huch? Was war das? Drogenhandel? Ich erhob mich geräuschlos und wollte gerade wegschleichen, da sprach die Stimme weiter: »Jetzt musst du ihm den Bauch massieren.«

Ähm, das war unter Junkies wohl eher ungewöhnlich. Ich blieb stehen und spitzte die Ohren. »Ganz vorsichtig, mit dem Zeigefinger Richtung After«, sagte die Stimme.
Brrr. Ich hatte keine Ahnung, was die da im Gebüsch taten, aber ich wollte es auch lieber nicht wissen, ich wollte hier weg.
Zu spät! Zweige schwankten und ein Junge, ungefähr in meinem Alter, tauchte hinter dem Strauch auf. Er presste ein Smartphone ans Ohr und hatte mich noch nicht bemerkt. »Und danach leg es auf das Kirschkernkissen. Aber vorher die Temperatur checken. Das Kissen darf auf gar keinen Fall zu heiß sein. Nur lauwarm, okay?« Jetzt sah mich der Typ und stockte in der Bewegung. »Bis später«, sagte er zu seinem Gesprächspartner, dann drückte er ihn oder sie weg und schob das Handy in die Hosentasche. Er war ziemlich groß, hellblond und hatte Muskeln wie Meister Proper. Verlegen lächelte er mich an. Er wirkte harmlos und freundlich, und nach Drogenhandel hatte das Gespräch zumindest im zweiten Teil nicht mehr geklungen, deswegen lächelte ich zurück. Aber über was hatte er da eben gesprochen?
Er bemerkte meinen fragenden Blick. »Ein Hasenbaby«, sagte er. »Mein Neffe hat es auf dem Schulhof gefunden und angefasst. Danach nimmt die Mutter es nicht mehr an. Ich päppele es gerade auf, aber weil ich heute den ganzen Tag unterwegs bin, muss mein WG-Kumpel sich drum kümmern. Und der stellt sich gerade ziemlich doof an.«
»Ach so.« Ich musste lachen. »Und was machst du dann mit dem Tierchen? Behältst du es?«
»Nein, ich bringe es zu Freunden. Die haben einen großen Garten, in dem man es schrittweise auswildern kann, das ist besser

für das Tier.« Er zog sein Smartphone wieder aus der Tasche. »Willst du es mal sehen?« Stolz wie ein junger Vater präsentierte er mir ein Bild, auf dem ich eine sehr große Hand sah, in der ein sehr kleines braunes Fellhäufchen mit langen Ohren lag.
»Oh, wie süß! Hat es einen Namen?«, fragte ich.
»Mein Neffe hat es Muffin genannt, und so heißt es jetzt einfach. Der Name passt für Jungs und Mädchen, und ich hab keine Ahnung, um was es sich hier handelt.« Er zeigte mir ein weiteres Bild, auf dem das Muffin-Häschen gerade aus einer Spritze trank, die fast so groß war wie das kleine Tier. Sehr, sehr niedlich.
In diesem Moment nahm ich im Augenwinkel eine Bewegung wahr. Ich fuhr herum und bekam fast einen Herzinfarkt vor Schreck, als sich aus dem Schatten eines Baumes eine Gestalt löste. Wie lange stand der Typ da schon? Hatte er mich die ganze Zeit heimlich beobachtet? Jetzt nahm er seine Sonnenbrille ab, und ich erkannte Luke, den Kameramann. Er war heute rasiert, aber brummig wirkte er noch immer. In seinen Augenwinkeln sah ich zwar Lachfältchen, doch die waren zurzeit offenbar nicht in Benutzung. Luke nahm dem blonden Jungen ungefragt das Smartphone aus der Hand und warf einen kurzen Blick aufs Display. »Das ist kein Hase«, sagte er. »Das ist ein Kaninchen. Sieht man an den Ohren.«
Der Blonde zuckte mit den Schultern. »Sind doch beides Nagetiere.«
»Falsch.« Luke gab dem Blonden das Handy zurück. »Sind sie beide nicht. Sie gehören zur Ordnung der Hasenartigen.« Er musterte den Blonden und mich mit unergründlichem Blick, dann wandte er sich ab und ging.

»Netter Kerl«, sagte der Kaninchenjunge sarkastisch und blickte ihm nach. »Hinter der Kamera war er mir sympathischer.«
»Mir nicht«, murmelte ich.
»Oh, bist du auch Versuchskaninchen beim Love Test?«, wollte der Blonde wissen.
»Ja.« Ich grinste. »Oder vielleicht auch Versuchshase. Ich kenn mich da nicht so aus.«
Jetzt musste er lachen.
Auf einmal fiel mir ein, dass ich schon ziemlich lange draußen war. »Du, ich glaub, bei uns geht's gleich weiter. Sorry, ich muss los. Viel Erfolg mit Muffin, egal ob Hase oder Kaninchen.«

Vor der Villa stand Tamara Gutmann mit verbiestertem Gesicht und rauchte eine Zigarette. »Da sind Sie ja endlich«, sagte sie statt einer Begrüßung. »Ich habe Sie schon gesucht! Wir wollen gleich weitermachen.«
»Ist jetzt nicht bald Mittagspause?« Ich hatte Hunger!
»Wir machen heute keine«, sagte sie. »Oben gibt es gerade einen Imbiss, danach geht es gleich weiter.«
Auch gut. Dann waren wir vielleicht schneller fertig, und ich konnte abends noch bei Lena vorbeischauen.
»Raum 212, zweites Obergeschoss, links«, sagte der Anzugmann, als er mich sah. Ich hatte den Eindruck, dass seine Gesichtsfarbe eine Idee kräftiger war als heute früh. Und glitzerte da nicht ein bisschen Schweiß auf seiner Stirn? Die Hitze ging wohl doch nicht spurlos an ihm vorbei, er war also echt.
»Danke«, sagte ich und schenkte ihm mein schönstes Lächeln. Kurz sah ich auch bei ihm ein Lächeln aufblitzen. Wow, wenn

ich so weitermachte, bot der mir noch irgendwann das Du an. In ungefähr zehntausend Jahren vielleicht.

In Raum 212 waren die Mädchen schon hungrig über die belegten Brötchen und die Getränke hergefallen. Ich schnappte mir das letzte Käsebrötchen und aß es, so schnell ich konnte. Noch kauend folgte ich Tamara in den Nebenraum, wo auf den Tischen Notebooks für uns bereitstanden. Daneben lagen merkwürdige, futuristisch aussehende Brillen.

»Bitte starten Sie die Computer«, sagte Tamara. »Dann wählen Sie auf dem Desktop die Datei mit dem vielsagenden Namen Test.«

Ich ließ mich auf den nächstbesten Stuhl fallen und schaltete das Notebook ein. Nachdem ich auf »Test« geklickt hatte, öffnete sich ein Fenster, das mich mit einem Fanfarenstoß willkommen hieß. Auch rechts und links, vor und hinter mir ertönte dieser Tusch.

»Setzen Sie nun bitte die Brillen auf, die neben Ihnen liegen. Vorsicht, teuer! Sie messen die Bewegungen Ihrer Pupillen beim Betrachten der Bilder, die das Programm Ihnen gleich zeigen wird. Im ersten Durchgang handelt es sich dabei um männliche Porträtaufnahmen. Ihre Aufgabe besteht darin, die Bilder fünf Sekunden lang zu betrachten und dann auf einer Skala von eins für ›gar nicht attraktiv‹ bis neun für ›sehr attraktiv‹ zu entscheiden, wie gutaussehend Sie die jeweilige Person finden. Jeweils nach fünf Bildern zeigt das Programm Ihnen einige harmonische Landschaftsaufnahmen zur Entspannung. Sie können die Augen während dieser Zeit auch schließen. Sobald es weitergeht, hören Sie einen leisen Klingelton. Wenn Sie mit allen Gesichtern durch sind, beginnt Teil zwei. Sie sehen dann in kurzen Videosequenzen die Silhouetten männlicher Testpersonen, die einige Schritte gehen. Entscheiden Sie bitte auch hier innerhalb von fünf Sekunden, für wie attraktiv Sie die Personen halten.« Sie sah auf ihre Uhr und hob einen Zeigefinger. »Bitte beginnen Sie ... jetzt!«

Ich klickte auf Start und betrachtete das erste Bild. Der Junge war ungefähr so alt wie ich, schmal und blond. Er sah zwar nicht wirklich gut aus, aber sympathisch, und seine Augen blitzten vor Lebensfreude. Ich gab ihm sechs von neun Punkten. Der Nächste hatte einen Zug um den Mund, der mir nicht gefiel, und kalte, herrische Augen. Obwohl er nicht hässlich war, vergab ich nur drei Punkte. Dann kam ein wirklich gutaussehender Typ mit schwarzen Haaren und breiten Schultern. Eindeutig eine Neun. Auf ihn folgten einige Durchschnittstypen, denen ich jeweils fünf Punkte gab. Ein Kameraschwenk über eine Gebirgslandschaft war die Belohnung für meine Mühe. Ich schloss die Augen und überlegte, was die Brille eben wohl aufgezeichnet hatte. Wohin sah ich bei den Gesichtern zuerst? Auf die Augen? Den Mund? Würde ich auch von diesem Test eine Auswertung bekommen? Wäre eigentlich interessant, vielleicht würde ich dabei mehr über mein unbewusstes »Beuteschema« erfahren. Als der Klingelton ertönte, öffnete ich die Augen. Huch! Den kannte ich doch. Auf dem Bildschirm sah ich den Jungen von eben, den blonden Kaninchenjungen. Ich gab ihm neun Punkte. Er sah zwar objektiv betrachtet weniger gut aus als der Schwarzhaarige, aber er wirkte viel sympathischer, und Attraktivität hat ja durchaus auch was mit Ausstrahlung zu tun. Plötzlich kam mir ein Gedanke: Vielleicht saß dieser Kaninchen-Typ jetzt irgendwo hier in der Nähe und betrachtete durch eine Monsterbrille mein Foto. Wie viele Punkte er mir wohl gab? Aber darüber konnte ich nicht länger nachdenken, denn auf dem Display tauchte das nächste Bild auf. Es zeigte einen schmalen Jungen mit großer Nase, eine Drei.

Nach einer Weile wiederholten sich die Bilder. Vermutlich sollten wir die Gelegenheit erhalten, unser Urteil zu überdenken. Ich klickte und klickte.

Der Test dauerte ungefähr zwanzig Minuten, darauf folgten die angekündigten Filmaufnahmen: Ich sah dunkle Silhouetten, wie Schattenrisse, eindeutig männlich, die sich in langsamen Schritten über den Bildschirm bewegten, genau wie wir heute früh, aber natürlich ohne schwingende Hüften und Stöckelschuhe. Dafür mit gewölbter Brust. Man konnte ihre Gesichter nicht erkennen, aber Figur, Haltung und Gang wirkten doch sehr charakteristisch, und beim dritten Bild war ich mir sicher, dass das der Kaninchen-Typ war. Objektiv betrachtet musste ich zugeben: wieder neun Punkte.

Nach diesen Tests wurden wir erneut in Raum 212 geführt. Dort standen jetzt merkwürdige Metallkästen auf den Tischen, die man oben öffnen konnte. Wir wurden aufgefordert, hineinzuschnuppern und den Geruch auf einer Skala von eins (angenehm) bis neun (übelriechend) zu bewerten. Im ersten Moment roch ich überall nur Schweiß, aber nach einer Weile erkannte ich wirklich Unterschiede. Mal mochte ich den Geruch mehr, mal weniger. Eine Neun konnte ich aber beim besten Willen nicht vergeben.

Danach waren wir fertig und konnten gehen. Ich winkte dem

Anzugmann zum Abschied noch einmal zu. Als ich den Fahrradständer ansteuerte, sah ich mich unauffällig nach den Jungs um, entdeckte jedoch keinen von ihnen. Wahrscheinlich schnupperten sie noch immer an unseren verschwitzten T-Shirts herum.

9

Dr. Carl Klingenberg

Testperson 73/weiblich
Zusammenfassung der Ergebnisse des zweiten Testtages

Messungen:
Testperson 73/weiblich ist 1,70 Meter groß. Ihr Knochenbau ist zierlich, ihr Gewicht liegt mit einem Body-Mass-Index von 20 im Idealbereich. Ihr Gesicht ist symmetrisch, was Studien zufolge von den meisten Menschen als schön empfunden wird. In den Proportionen entspricht es fast genau den Werten, die in einer Studie an der Universität Toronto als Indikatoren für weibliche Attraktivität identifiziert wurden. So beträgt der vertikale Abstand zwischen Augen und Mund genau sechsunddreißig Prozent der gesamten Gesichtslänge; der horizontale Abstand zwischen den Augen beziffert sich auf sechsundvierzig Pro-

zent der Gesichtsbreite. Beides sind Idealmaße.
Die Statur von Probandin 73/weiblich ist ebenfalls wohlproportioniert. Mit einem Taille-Hüfte-Quotienten von 0,7 verfügt ihre Figur über exakt den Wert, den Männer Studien zufolge weltweit bevorzugen (Stichwort Sanduhrfigur). Nach neuesten wissenschaftlichen Erkenntnissen muss Testperson 73/weiblich daher objektiv betrachtet als Schönheit bezeichnet werden. Dem entspricht auch der subjektive Eindruck.

Medizinische Tests/Kondition:
Gesundheitlich ist die Testperson in Top-Form und befindet sich daher auf dem Höhepunkt ihrer Fruchtbarkeit, was von männlichen Personen zweifelsohne unbewusst wahrgenommen wird.

Bildtests:
In der Bildauswertung zeigte sich, dass fast alle männlichen Probanden (95 Prozent) die Attraktivität von Testperson 73/weiblich mit der höchsten Punktezahl bewerteten. Die genaue Analyse der Pupillenbewegung ergab beim Gesicht eine Fokussierung der männlichen Blicke auf die Augen der Testperson. Dazu sei angemerkt, dass die großen braunen Augen der

Probandin den Eindruck von Empathie und Wärme vermitteln.
Testperson 73/weiblich zeigte bei ihrer Bewertung der Fotos eine Vorliebe für symmetrische Männergesichter mit freundlicher Ausstrahlung und für Männer mit großer, kräftiger Statur. Eine bestimmte Haar- oder Augenfarbe bevorzugte sie nicht.

Geruchstest:
Die Auswertung des Geruchstests ergab einen hohen Anteil von Pheromon-Lockstoffen im Schweiß dieser Testperson, worauf die männlichen Studienteilnehmer auffallend positiv reagierten.

Kompatibilität mit männlichen Testteilnehmern:
Die Analyse der Blutproben hat gezeigt, dass wir im Testpool einige männliche Exemplare haben, die mit dem Immunsystem von Testperson 73/weiblich hervorragend kompatibel sind. Da die Testperson genau diese Teilnehmer sowohl bei der Bildauswertung als auch beim Geruchstest positiv einschätzte, könnte dies ein erster Beweis dafür sein, dass die Partnerwahl beim Menschen noch stärker als bisher vermutet durch Körperprozesse beeinflusst wird.

Fazit:

Aus meiner Sicht ist Testperson 73/weiblich die ideale Besetzung für die geplante Fortführung des Experiments »Love Test«.

10 LENA

»Hinterher ist man gar nicht immer klüger. Manchmal ist man hinterher auch einfach ärmer oder überfressen oder betrunken oder schwanger.«

Wie wahr dieser Facebook-Spruch ist! Nach der Nacht mit Patrick war ich definitiv nicht klüger. Wenn er wieder vor meiner Tür erschienen wäre, hätte ich ihn auch wieder in mein Zimmer, mein Bett und mein Leben gelassen, obwohl er sich nach dieser Nacht nicht mehr gemeldet hatte und obwohl mich das vergebliche Warten auf ihn fast zerfraß. Und dann merkte ich am nächsten Morgen auch noch, dass meine Pillenpause viel zu lang war. Am Mittwoch hätte ich die erste Tablette der neuen Packung nehmen müssen. Vor drei Tagen! Hatte ich aber nicht. Shit. Vor lauter Stress und Liebeskummer war ich total aus dem Rhythmus gekommen und hatte nicht mehr auf die Wochentage geachtet. War ich jetzt auch noch schwanger?

Jeder vernünftige Mensch hätte sich in einer solchen Situation seiner Mutter oder der besten Freundin anvertraut. Jeder vernünftige Mensch hätte sich Hilfe gesucht und wäre zum Arzt gegangen. Aber ich war damals kein vernünftiger Mensch. Ich rief weder Moya an, noch sprach ich mit meiner Mutter. Ich versuchte nicht einmal, einen Arzttermin zu bekommen.

Ich verkroch mich einfach im Bett und tat – nichts. Heute kann ich mir das selbst nicht mehr erklären. Damals aber konnte ich gar nicht anders handeln. Das vergebliche Warten auf eine Nachricht von Patrick hatte mich wahrscheinlich innerlich so ausgelaugt, dass ich nur noch schlafen wollte. Und an ihn denken. Alles andere war mir egal. Und weil meine Schwester ein wichtiges Handballturnier hatte, war die ganze Familie ausgeflogen. Es gab niemanden, der mich aus meiner Lethargie riss, niemanden, der überhaupt merkte, wie schlecht es mir ging.

Ich lag also im Bett, stellte mir Patricks Gesicht vor und dachte über ihn nach. Es war nicht so, dass ich ihn idealisierte. Ich wusste genau, dass er ziellos war und zu viel trank. Dass er durchs Leben trudelte wie ein Luftballon am Sommerhimmel. Aber ich wusste auch, warum das so war: Es ging Patrick nicht gut. Er hatte Probleme mit dem Druck, den seinen Eltern aufbauten, und auch mit dem, den er sich selbst machte. Er sollte und wollte nämlich später mal in die Fußstapfen seines Vaters treten, aber die waren ganz schön groß. Eine Anwaltskanzlei mit mehr als fünfzig Mitarbeitern, das ist eine Menge Verantwortung. Wenn er doch nur zugelassen hätte, dass ich ihm half, mit diesem Druck besser klarzukommen.

Irgendwann nachmittags wachte ich mit verquollenem Gesicht auf, weil Moya klingelte.

»Was ist denn mit dir los?«, fragte sie, als sie vergnügt wie eine Sommerbrise in mein Zimmer wehte.

»Müde«, sagte ich und verkroch mich unter meinem Kopfkissen. Die Buchstaben fühlten sich in meinem Mund breiig an.

»Kein Wunder.« Mit drei Schritten war Moya am Fenster und riss es auf. »Hier ist ja auch kein einziges Sauerstoffmolekül in der Luft. Du bist vermutlich halb bewusstlos.« Sie ging zum Bett und zog mir die Decke weg.

Ich jaulte auf und rollte mich zusammen. »Hey. Lass das. Ich will das nicht. Ich bleibe heute im Bett.«

»Tust du nicht«, behauptete Moya. »Du gehst mit mir schwimmen.«

»Nein.« Ich schnappte nach meiner Decke und zog heftig daran. Leider konnte ich nicht verhindern, dass Moya dabei mein Gesicht sah. Sie erschrak sichtlich und gab mir die Decke widerspruchslos zurück, unter der ich mich vergrub wie ein Igel unter einem Haufen Blätter.

Irgendwann spürte ich durch die Decke hindurch, wie Moya sich neben mich auf die Matratze legte. Dann nahm sie mich ganz fest in den Arm und gab beruhigende Brummgeräusche von sich. Leider raubte sie mir damit das letzte bisschen Selbstbeherrschung, und ich weinte los.

»Sag mir alles.« Moya war jetzt mit unter meine Decke gekrochen, ihre Stimme war ganz nah bei meinem Ohr. Und tatsächlich, das half. In dieser stickigen Höhle konnte ich ihr von Patrick erzählen. Und von Patrick natürlich. Und Patrick. Patrickpatrickpatrick. Ein anderes Thema gab es für mich nicht. Ich erwähnte auch die Sache mit der Pille und spürte, wie Moya erschrak. »Wird schon nichts passiert sein«, beruhigte ich sie, aber sie schnaubte nur wütend und wühlte sich unter der Decke hervor. »Du gehst jetzt mal unter die Dusche«, ordnete sie in einem Tonfall an, der keinen Widerspruch zuließ. »Und vorher gibst du

mir deine Pillenpackung. Ich geh zur Apotheke und frage, was man da machen kann.«
Zwanzig Minuten später saß ich wieder auf meinem Bett, noch immer nur mit einem Schlafshirt bekleidet. Aber immerhin hatte ich geduscht und mir die Zähne geputzt. Und die Wimpern getuscht. Wenn man auf gar keinen Fall weinen will, hilft manchmal der Gedanke an Wimperntusche. Tatsächlich fühlte ich mich schon ein bisschen besser.
Moya hatte den Hausschlüssel mitgenommen, und irgendwann hörte ich sie im Flur. Sie brachte zwei dampfende Kaffeebecher mit, unter ihrem Arm klemmte eine Tüte mit Croissants. »Erst mal was essen, das ist wichtig. Sonst wird dir schlecht. Und dann kannst du diese Pille nehmen.« Sie legte eine Packung auf den Schreibtisch. »Die Apothekerin hat gesagt, dass du deine normale Pille anschließend wie gewohnt weiternehmen kannst. Aber im Falle eines Falles solltest du im nächsten Monat zusätzlich Kondome verwenden. Und wenn's dir nach der Einnahme der Tablette nicht gutgeht, musst du unbedingt zum Arzt.«
Ich sah Moya skeptisch an. So einfach sollte das sein? Ich hatte mit größeren Problemen gerechnet. »Echt jetzt? Die bekommt man einfach so in der Apotheke, ohne Rezept? Und man muss nicht mal selbst hin?«
»Ja, das geht ohne Rezept.« Sie grinste mich an. »Eigentlich muss man schon selbst hingehen, sonst bekommt man sie nicht. Aber ich hab einfach gesagt, sie sei für mich.«
Ich blinzelte gegen die Tränen an, die schon wieder aufsteigen wollten. Diesmal weinte ich aber nicht wegen Patrick, sondern

vor Rührung. »Danke«, sagte ich und schnäuzte mich in ein Taschentuch. Dann fiel mir etwas ein: »Aber ist es dafür nicht schon zu spät? Ich meine, das mit Patrick ist doch jetzt schon fast zwei Tage her.«

»Sie hat gesagt, das geht auch noch fünf Tage danach. Die Wahrscheinlichkeit, dass es klappt, ist natürlich größer, je früher du die Pille nimmst. Also solltest du vielleicht nicht mehr allzu lange darüber nachdenken. Ist natürlich schon ein großer Eingriff in deine Hormone, aber eine Schwangerschaft ist ein viel größerer.«

Ich biss in ein Croissant, dann spülte ich die Pille mit Kaffee runter. Ich wollte die ganze Angelegenheit einfach hinter mich bringen. Moya nippte an ihrem Becher und schwieg.

»Ist 'ne schwierige Zeit für mich«, sagte ich nach einer Weile. Sie nickte.

»Aber nicht nur wegen Patrick«, fuhr ich fort, wusste dann aber nicht weiter.

Sie nickte wieder, und ich war ihr dankbar, dass sie nichts sagte.

»Weißt du noch, wie du neulich nach der Party gesagt hast, wir wären wie Zootiere, die jetzt frei sind? Und du hast dich darüber gefreut.«

»Ja«, sagte Moya und betrachtete ihren Kaffeebecher. Ich war froh, dass sie mich nicht ansah.

»Mir macht das eher Angst. Ich fühle mich wie ein Pinguin, der bisher immer nur in einem kleinen Betonbecken herumgeschwommen ist, und jetzt steht er plötzlich vor dem Meer. Da draußen ist so viel Wasser. Und es gibt Eisberge. Und Orcas, die mich fressen könnten. Aber wo soll ich überhaupt hinschwim-

men? Und was, wenn ich mich verschwimme und nicht zurückfinde?«
Moya hörte mir weiter schweigend zu und das ermunterte mich, fortzufahren. »Ich bin richtig neidisch auf meine Schwester«, sagte ich. »Die ist jetzt bei ihrem Turnier, heute Abend geht sie auf eine Party, morgen holt sie Schlaf nach, und übermorgen geht sie wieder zur Schule. Sie fährt auf vorgeschriebenen Gleisen, wie eine U-Bahn. Und meine Eltern tun das auch. Sie haben ihre ganz normalen Routinen. Und sie haben sich. Sie wissen heute schon, was sie am Montag tun werden.«
Moya runzelte nachdenklich die Stirn. »Aber vielleicht finden sie das ja langweilig.«
»Kann sein. Aber ich habe gerade richtig Sehnsucht nach ein paar langweiligen Routinen. Ich brauche irgendwas, an dem ich mich festhalten kann. Wie kann es denn sein, dass in meinem Leben von einem Tag auf den anderen alles anders ist als vorher?«
»Ist es doch gar nicht«, sagte Moya. »Stell dir einfach vor, du hättest Sommerferien. Dann würdest du auch ein paar Wochen faul rumhängen. Genau wie jetzt.«
»Klar, rein äußerlich wäre dann alles wie sonst. Aber nicht in echt. Jeder spricht mich doch gerade darauf an, was ich machen will. Und ich weiß es einfach nicht. Ich brauch einen Plan, es muss irgendwie weitergehen mit mir, verstehst du? Hier in dieses Mädchenzimmer passe ich doch schon längst nicht mehr rein.«
Moya betrachtete meine zartrosa Tapete, die weißen Vorhänge, die sich im Wind bauschten, meinen antiken Schreibtisch und die Schulbücher und Hefte, die sich darauf immer noch stapel-

ten. »Stimmt.« Sie nickte. »Du bist hier rausgewachsen wie aus einem zu kleinen Schuh. Aber du hast doch ’nen Plan: unsere Reise. Wir sehen uns die Welt an und entscheiden dann, wo und wie wir in Zukunft leben wollen.« Und dann schmunzelte sie. »Lena, der Pinguin muss doch gar nicht allein durchs Meer paddeln. Ich komme mit. Und wenn's uns zu anstrengend oder zu gefährlich wird, bauen wir uns eben ein Floß.«

Ich musste lachen und mutiger fuhr sie fort: »Alles, was wir brauchen, ist Geld. Und das kommt doch jetzt rein. Pass auf, wir buchen gleich schon mal den Flug. Je früher, desto billiger. Und in zwei Monaten geht's los.«

»Nein.« Ich richtete mich auf und schüttelte den Kopf. »Erst verdienen wir das Geld, dann buchen wir. Sicher ist sicher.«

Was ich in diesem Moment nicht zugeben wollte: Ich brauchte Zeit. Ich wusste nämlich plötzlich nicht mehr, ob ich die Reise wirklich noch wollte. Ich konnte mir nicht vorstellen, dass meine Probleme sich durch ein paar Monate Ferien in Luft auflösen würden. Ich musste aktiv was tun. Außerdem wollte ich nicht so weit weg von Patrick. Ich hasste mich für diesen Gedanken, aber er war nun mal da.

Ich seufzte tief, und Moya sah mich mit ihren braunen Augen voll Mitgefühl an. Ihr zuliebe brachte ich ein schiefes Lächeln zustande. »Irgendwie wird das schon«, sagte ich. »Und wenn nicht, dann halt nicht.«

»Dann halt anders«, meinte Moya und nahm mich fest in den Arm.

11 MOYA

Und täglich grüßt das Murmeltier, dachte ich halb amüsiert, halb resigniert, als ich am Morgen des dritten Testtages an den Leuten in den Straßencafés, an den Spatzen und den Rasensprengern vorbeiradelte. Alles war geradezu erschreckend ähnlich wie gestern. Wurde echt Zeit, dass ich mal eine Weile wegkam, nach Neuseeland, auf die andere Seite der Weltkugel. Ich zumindest hatte keine Sehnsucht nach langweiligen Routinen.

Ich fuhr an der Apotheke vorbei, in der ich gestern die Pille gekauft hatte. Was Lena jetzt wohl gerade tat? Hoffentlich schlief sie noch, sie hatte gestern grauenhaft ausgesehen. Und hoffentlich schlief sie allein. Ich seufzte, als ich an Patrick dachte, denn da machte ich mir nichts vor: Wenn er wieder bei Lena auftauchen würde, würde sie ihn auch wieder reinlassen. Und wieder. Und wieder. Sie kam mir geradezu süchtig nach ihm vor. Als wäre sie eine Alkoholikerin. Und er die Flasche. Haha, das passte.

Als ich mit dem Rad an einem Plakat vorbeisauste, auf dem Dünen und Meer abgebildet waren, wurde mir klar, dass Lenas Bild vom Pinguin am Wasser nicht stimmig war. Man konnte nicht vor dem Leben stehen wie vorm Meer und überlegen, ob man hineinspringen wollte oder nicht. Man war drin. Immer. Und das Leben wartete in der Regel nicht, bis man sich für etwas entschieden hatte. Meistens entschied es mit. Gestern hätte es fast eine Entscheidung für Lena getroffen. Schwanger von Patrick. Allein der Gedanke! All ihre Pläne wären zerstört gewesen. Sie wollte doch nach Neuseeland und danach auf eine Journalistenschule. Sie hatte doch mal Zukunftspläne gehabt. Aber jetzt schien sie auf einmal wie gelähmt und tat gar nichts mehr. Sie hatte ausgesehen, als wären ihr sogar unsere Reisepläne total egal. Wir mussten hier weg, und zwar schnell. Verdammt, wir brauchten Geld!

In diese Gedanken versunken betrat ich das Foyer der alten Villa. »Raum E-03, Erdgeschoss, gleich hier rechts«, schnarrte der Anzugmann. Und dann – wow – lächelte er. Er sah nett aus, wenn er das tat. Irgendwie mochte ich ihn.

Raum E-03 war der mit den vielen Türen. Eine davon stand weit offen, dahinter hörte ich Stimmengewirr, Gläserklirren und leise Musik.

Zögernd trat ich näher und blieb wie angewurzelt stehen. Wo gestern weiß verhüllte Helferinnen mit medizinischen Utensilien geschäftig gewerkelt hatten, standen jetzt hohe, ebenfalls weiß verhüllte Stehtische. Auf ihnen sah ich aber heute keine Spritzen und Tupfer, sondern silberverzierte Platten mit Lachsröllchen, Partybrötchen, Melonenspießen mit Schinken und gefüllten Mini-Croissants. Tamara Gutmann ging von Tisch zu Tisch und füllte Sekt in hohe, schmale Gläser. Was gab es denn hier zu feiern?

Ich fragte mich kurz, ob ich im falschen Raum gelandet war, doch dann sah ich in der Menge ein paar der Mädchen, die ich von gestern und vorgestern kannte. Und da waren sogar Jungs.

Auch sie hatte ich schon einmal gesehen, und zwar ebenfalls gestern, allerdings durch diese Monsterbrille hindurch, auf dem Bildschirm. Oha, das würde ein interessanter Testtag werden. An meinem beschleunigten Herzschlag merkte ich, dass mein Adrenalinspiegel anstieg. Hatten die damals im Info-Brief nicht für den dritten Tag Verhaltenstests angekündigt? Tja, die waren jetzt wohl dran. Und der Körperkontakt …

Irgendwie machte mich der Gedanke daran nervös, aber das wollte ich auf keinen Fall zulassen. Tief durchatmen! Es gab wirklich Schlimmeres. Ab morgen hatte ich den nächsten Job, dann würde ich zusammen mit Lena Schultoiletten putzen. Wetten, dass ich mich dabei ganz schnell nach einem Verhaltenstest bei Sekt und Lachsröllchen zurücksehnen würde?

»Hey! Schön dich zu sehen!« Neben mir stand plötzlich der Hasenjunge. Oder Kaninchenjunge. Wie auch immer. Er trug Jeans und ein weißes T-Shirt.

»Wie geht's Muffin?«, fragte ich.

Er lächelte. »Gut! Gestern war ein Kumpel da, der was von Kaninchen versteht. Und der behauptete, es sei ein Männchen.«

»Oh, gut, dann passt der Name ja.«

»Wieso? Das Wort Muffin ist doch geschlechtsneutral.«

Ich schüttelte den Kopf. »Das hast du gestern schon gesagt, aber es heißt doch *der* Muffin.«

»Ähm, nee.« Er legte die Stirn in tiefe Dackelfalten. »Es heißt *das* Muffin.«

»Heißt es nicht. Ich bin ganz sicher!«

»Der Muffin, das Muffin«, murmelte er vor sich hin, um den Klang auszuprobieren. »Das Muffin. Der Muffin.«

Plötzlich kam ich mir ziemlich oberlehrerhaft vor. »Ach, ist doch eigentlich egal. Sag mir lieber, wie du heißt.«
Er grinste. »Ole. Klingt nach Bullerbü, ich weiß. Aber ist wenigstens eindeutig männlich. Und du?«
»Moya.«
»Wie?«
»Moooya. Das ist ein keltischer Name.«
»Cool. Was bedeutet er?«
»Außergewöhnlich.«
Er sah mich mit seinen blauen Augen aufmerksam an. »Das passt.«
Ich lächelte und wollte etwas sagen, aber ein leises Klingeln ließ mich innehalten. In der Mitte des Raumes stand eine Frau, die mit einem Löffel an ihr Glas klopfte. Die Gespräche verebbten und jemand drehte die Musikanlage leiser.
»Guten Morgen«, sagte die Frau mit einer angenehm ruhigen Stimme. Sie trug eine weiße Bluse und einen perfekt geschnittenen, dunkelblauen Rock, der elegant und teuer aussah. Sie hatte große, dunkle Augen und sie war schön. Nicht nur hübsch, sondern wirklich und wahrhaftig schön.
»Bonjour«, sagte sie nun. »Mein Name ist Marie Lagarde.« Mit einer anmutigen Handbewegung strich sie sich eine lange Strähne ihrer glatten, dunklen Haare hinters Ohr. Sie hatte einen leichten französischen Akzent. »Ich bin Anthropologin und erforsche menschliches Verhalten. Und ich betreue diesen letzten Testtag unseres Experiments.« Sie wies auf die Häppchen und die Sektgläser. »Wie Sie sehen, wird dies für Sie ein sehr angenehmer Tag. Wir möchten, dass Sie sich kennenlernen,

und haben Ihnen dafür ein angenehmes Umfeld geschaffen. Ihre Aufgabe ist es, einfach nur Spaß zu haben.« Sie lächelte uns an. »Und dabei sollen Sie möglichst viele Gäste des jeweils anderen Geschlechts kennenlernen.« Scherzhaft erhob sie einen Zeigefinger. »Die Betonung liegt hier auf ›möglichst viele‹ und nicht auf ›kennenlernen‹. Das heißt also: Smalltalk ist angesagt. Bitte achten Sie darauf, dass Sie sich nicht länger als ungefähr fünf Minuten unterhalten. Gehen Sie einfach von Tisch zu Tisch und suchen Sie sich immer neue Gesprächspartner.« Sie schenkte uns ein überaus professionelles, distanziertes Business-Lächeln. »Bon. Wir treffen uns dann in eineinhalb Stunden zur nächsten Testrunde. Ich wünsche Ihnen viel Vergnügen.«

Mit energischen Schritten verließ sie den Raum.

Wie jetzt? Wieso ging sie weg? War das wieder so ein Doppelblind-Ding, bei dem wir nicht beeinflusst werden durften? Aber hey, auch Tamara war plötzlich verschwunden. Und alle anderen Helferinnen. Wie wollten die uns denn beobachten? Waren da wieder Luke und sein Kameraauge am Werk, diesmal heimlich?

»Na, dann!«, meinte Kaninchen-Ole, reichte mir ein Sektglas und prostete mir zu. »So leicht habe ich noch nie Geld verdient.«

Ich ließ meinen Blick über die Wände und die Decke wandern. »Glaubst du, dass hier Kameras installiert sind?«, fragte ich leise.

Ole zuckte mit den Schultern. »Klar. Sonst könnten sie unser Verhalten ja nicht beobachten. Aber mir ist das egal. Es gibt Schlimmeres.« Er nahm den Teller mit den Häppchen und hielt ihn mir hin. »Bitte schön.«

Ich grinste. »Ist das für die Kamera oder bist du immer so höflich?«

»Weder noch. Du siehst einfach hungrig aus.«

Da hatte er recht. Ich griff nach einem Melonenspieß mit Schinken.

»Danke. Sag mal, warum bist du eigentlich hier? Also, schon klar, wegen Geld und so. Aber wozu brauchst du es?«

»Für eine Tour.« Seine Augen leuchteten. »Ein Kumpel und ich wollen den Appalachian Trail entlangwandern. Das ist schon seit Jahren mein Traum.«

»Cool, da hab ich mal eine Doku drüber gesehen. Das ist doch dieser Pfad in den USA, auf dem man ewig wandern kann, ohne auf Zivilisation zu stoßen, oder? Und wie lang wollt ihr da unterwegs sein? Wollt ihr die ganze Strecke laufen?«

Er schüttelte den Kopf. »Es sind immerhin 3500 Kilometer, dafür braucht man fünf Monate, das können wir in den Semesterferien nicht schaffen. Wir nehmen uns nur einen Teil vor. Und du? Wofür brauchst du das Geld?«

»Neuseeland. Ein Jahr Work and Travel, mit meiner besten Freundin.«

»Toll.« Er nahm sich noch ein Lachsröllchen. Mit seinen hellblonden Haaren und seinem braungebrannten Gesicht fiel er ziemlich auf. Ich stellte fest, dass ein Mädchen am Nebentisch ihn nicht aus den Augen ließ, aber er schien es nicht zu bemerken. »Hab ich nach dem Abi auch gemacht«, erzählte er. »Warte, ich geb dir meine Telefonnummer. Wenn du Infos brauchst, helf ich dir gern.«

Bei jedem anderen hätte ich das für eine blöde Anmache gehalten, aber Ole wirkte, als würde er seine Worte genau so meinen, wie er sie sagte. Ich speicherte die Nummer in meinem Handy.

»Danke! Sag mal, war es für dich schwer, in Neuseeland an Jobs zu kommen?«
Ole schüttelte den Kopf. »Überhaupt nicht! Und für Mädchen ist es noch leichter.«
»Echt? Ich dachte, die wollen da eher Jungs, weil die mehr Kraft haben und angeblich mehr wegarbeiten können. Obwohl das natürlich ein Vorurteil ist.«
»Um Kraft geht's bei den meisten Jobs gar nicht. Beim Work and Travel kriegt man ja Kost und Logis gegen Arbeit. Und Mädchen sind angeblich ordentlicher, wohlerzogener, zuverlässiger. Außerdem denken viele Arbeitgeber, dass sie weniger essen und deswegen günstigere Arbeitskräfte sind. Aber das ist anscheinend auch nur ein Vorurteil.« Er warf einen langen Blick auf meine Hamsterbacken, die ich mir gerade mit Croissants vollgestopft hatte, und grinste frech.
»Waff den, iff hab nipf gepfühpftückt, muff dringend waff effen«, brachte ich heraus und wollte zurückgrinsen. Als jedoch die ersten Krümel aus meinem Mund fielen, ließ ich das lieber.
Ein Trio, bestehend aus drei dunkelhaarigen Jungs, steuerte meinen Tisch an. Hastig kaute ich und versuchte, den Riesenbissen herunterzuschlucken.
»Deine fünf Minuten sind um«, sagte einer von den Jungs zu Ole. Der zuckte mit den Schultern, nahm sein Glas und prostete mir noch einmal zu, bevor er zum Nebentisch ging und dem Mädchen, das dort stand, damit eine große Freude machte.
Ich spülte den Rest Croissant mit einem Schluck Sekt herunter.
»Und euch gibt's gleich im Dreierpack?«, fragte ich meine neuen Smalltalk-Partner.

»Ja«, sagte einer von den dreien, ein Typ mit braunen Locken. »Das ist eine geniale Strategie, die wir eben entwickelt haben. Auf diese Weise hat jeder von uns fünfzehn Minuten Zeit, um dich zu beeindrucken.«

»Ihr wollt mich beeindrucken?«

»Klar.«

Ich zog eine Augenbraue hoch. »Okay, fangt an.« Mit dieser direkten Aufforderung brachte ich die drei ziemlich aus dem Konzept. Was folgte, war albernes Gegockel, das mir nicht wirklich imponierte. So schnell wie möglich flüchtete ich daher zum nächsten Tisch.

In der folgenden Stunde unterhielt ich mich mit fast allen Jungs im Raum. Ich musste mich eigentlich gar nicht mehr von meinem Tisch wegbewegen, die Gesprächspartner kamen alle zu mir, was irgendwie bedauerlich war, denn die Häppchen an meinem Tisch waren bald weg, und auf den anderen Tischen gab es noch welche. Zu schade, dass keiner auf die Idee kam, mir welche mitzubringen. Aber gut, wirklich hungrig war ich zum Glück nicht mehr.

Nach einer Weile konnte ich das Ganze tatsächlich als wissenschaftliches Experiment sehen. Manche Gespräche machten von Anfang an Spaß, manche bis zuletzt nicht, und ich versuchte herauszufinden, woran das lag. Aber das war gar nicht so leicht.

Ungefähr nach Nummer fünfzehn war dann bei mir die Luft raus. Immer nur Smalltalk, das war wie immer nur Gummibärchen essen. Ich hatte es satt.

Nur halb interessiert hörte ich deshalb einem Jungen zu, der mir von seinem Plan erzählte, genügend Geld für ein Auslandssemester zusammenzusparen. Das war eigentlich schade, denn der Typ wirkte sympathisch, und ich hatte ihm gestern neun Punkte für sein Aussehen gegeben. Er hatte milchkaffeebraune Haut, schwarze Haare und warme dunkle Augen. Er wollte in Norwegen studieren, also in einem Land, das auch auf meiner Reiseliste stand.

Plötzlich unterbrach sich der Junge mitten im Satz. »Ich weiß nicht, wie es dir geht«, sagte er nach kurzem Zögern. »Aber ich habe von diesem Smalltalk-Ding so langsam genug. Ist ein bisschen, als würde man dauernd nur Fastfood essen.«

»Oder Gummibärchen«, ergänzte ich. »Irgendwann wird einem schlecht davon.«

»Genau.«

Ich betrachtete den Jungen genauer. Er war auffallend groß und hatte kluge Augen.

»Was ist das Gegenteil von Smalltalk?«, fragte ich. »Bigtalk? Große Bekenntnisse? Worte von bleibendem Wert?«

»Schweigen«, schlug er vor.

»Das ist manchmal gar nicht so leicht«, sagte ich. »Um mit jemandem schweigen zu können, muss man ihn sehr gut kennen.«

Er nickte. »Kennst du das Schweige-Experiment der Performance-Künstlerin Marina Abramović?«

Ich schüttelte den Kopf.

»Sie saß 721 Stunden lang in New York im Museum of Modern Art an einem Tisch, und jeder, der Lust hatte, konnte ihr gegenüber Platz nehmen und sich von ihr schweigend ansehen lassen.«

»Und? Sind welche gekommen?«

»Oh ja! Die Menschen standen stundenlang Schlange, um das zu erleben. Und viele sind in Tränen ausgebrochen, weil Abramovićs stiller Blick sie so berührte. Schweigen ist wirklich ziemlich privat. Man kann sich nicht verstecken, wenn man sich schweigend ansieht.«

»Wollen wir's mal versuchen?«, schlug ich vor.

Der Junge sagte nichts. Er sah mich nur mit ruhigen dunkelbraunen Augen an. Und obwohl ich sicher war, ihn nie zuvor gesehen zu haben – außer natürlich gestern auf den Fotos –, war mir irgendetwas an seinen Augen so seltsam vertraut, als würde ich ihn schon ewig kennen. Ich lächelte und schwieg ebenfalls. Mit ihm war das gar nicht schwer.

Leider wurde ziemlich bald die Musik leiser, und ich hörte die Stimme von Frau Lagarde. Der Test war offenbar beendet.

»Schade«, sagte der Junge. »Ich hätte noch ewig mit dir schweigen können.«

»Wie heißt du«, fragte ich ihn.

»Maximilian. Und du?«

»Moya.« Ich rechnete damit, dass er nachfragen würde, denn ich muss meinen Namen normalerweise immer buchstabieren. Doch Maximilian nickte nur.

In der Mittagspause hätte ich mich am liebsten wie eine Katze irgendwo zusammengerollt, um ein bisschen zu schlafen. Tagsüber Sekt – das hatte mich total fertig gemacht. Aber es war keine Pause vorgesehen, also musste ich durchhalten.

Die Jungs verließen die Villa und gingen zurück in das Nachbargebäude, in dem ihre Tests stattfanden. Und wir Mädchen wurden von Tamara Gutmann erneut in Raum 212 geführt, wo schon wieder Laptops und Monsterbrillen auf uns warteten. Schade, ich hatte gehofft, es käme noch ein interessanter Test, irgendetwas Neues. Doch in der kommenden halben Stunde sollten wir nur ein drittes Mal die längst vertrauten Gesichter der Jungs bewerten. Wahrscheinlich wollten die Wissenschaftler so herausfinden, ob wir unsere Meinung über das Aussehen nach dem Live-Treffen geändert hatten. Ich unterdrückte ein Gähnen und setzte die Brille auf. Selbst Tamara Gutmann, die vorn am Pult saß und in einer Fachzeitschrift blätterte, wirkte gelangweilt.

Als wir gerade mitten im Test steckten, erschienen Professor Melchior und Frau Professor Lagarde in unserem Übungsraum. Unvorhergesehen, wie es schien, denn Tamara sah verblüfft auf und ließ das Magazin schnell in ihrer Tasche verschwinden.

»Lassen Sie sich nicht stören.« Frau Lagarde blickte auf einen Zettel, den sie in der Hand hielt. »Ich bin gleich wieder weg. Ich habe nur eine Bitte an ...« Sie sah sich suchend um. »An ... Moya Berger?«

Ich hob meine Hand. »Das bin ich.«

Frau Lagarde lächelte mich an. »Würden Sie mir bitte folgen?« Dann wandte sie sich an Tamara. »Es gibt eine kleine Änderung. Professor Melchior wird Ihnen nachher alles erklären.«

Sonderbar. Was wollte sie nur von mir?

12

Telefongespräch zwischen Tamara Gutmann, Mitarbeiterin am Institut für interdisziplinäre Psychologie, und Rechtsanwalt Klaus Kürner, Fachberater beim Verband deutscher PsychologInnen

Klaus Kürner: Kürner.

Tamara Gutmann: Hallo Herr Kürner, Gutmann am Apparat. Wir kennen uns von der Tagung über Ethik in psychologischen Studien, vielleicht erinnern Sie sich.

Klaus Kürner: Frau Gutmann! Ja, natürlich! Ich hatte gehofft, dass Sie anrufen! Wir wollten ja mal zusammen essen gehen.

Tamara Gutmann: Sehr gern. Aber tatsächlich rufe ich aus beruflichen Gründen an. Bitte entschuldigen Sie, dass ich Sie sonntags störe, es geht um eine heikle Angelegenheit, und ich brauche dringend Ihren Rat.

Klaus Kürner: Kein Problem, Sie stören mich nicht. Legen Sie los!

Tamara Gutmann: Danke! Ich bin eben Zeugin eines Verstoßes gegen die Ethikrichtlinien des Psychologenverbandes geworden und weiß nicht, wie ich darauf reagieren soll.

Klaus Kürner: Worum geht es genau?

Tamara Gutmann: Ich muss ein bisschen ausholen. Seit vier Wochen arbeite ich an einer Studie mit, die bei uns am Institut umgangssprachlich »Love Test« genannt wird. Der offizielle Name lautet »Auswahlkriterien beim Matching – drei unterschiedliche Theorieansätze auf dem Prüfstand«.

Klaus Kürner: Und was verbirgt sich hinter diesem Titel?

Tamara Gutmann: Es geht um einen Vergleich dreier völlig verschiedener wissenschaftlicher Ansätze, mit denen man die Mechanismen der Partnerwahl erklären könnte. Bis jetzt gibt es nämlich noch keine zufriedenstellende Deutung des Phänomens Liebe.

Klaus Kürner: Das heißt, Wissenschaft kann Liebe nicht erklären?

Tamara Gutmann: Noch nicht. Aber wir wollen in der Studie drei Theorien überprüfen, die sehr vielversprechend klingen.

Klaus Kürner: Interessant! Welche sind das?

Tamara Gutmann: Da ist einmal der Ansatz von Professor Eckhard Melchior. Er versucht, Liebe rein psychologisch zu erklären. Seiner Meinung nach ist jeder Mensch ein Produkt aus angeborenen Charaktereigenschaften und eigenen Erfahrungen. Beides prägt und beeinflusst alle Handlungen, das Denken und die Gefühle. Aus Studien wissen wir, dass der Satz »Gegensätze ziehen sich an« in der Liebe nicht gilt. Was aber zutrifft, ist eine andere Volksweisheit: Gleich und gleich gesellt sich gern. Deshalb versucht Professor Melchior mit Psycho-Tests Paare zusammenzustellen, die sich nach psychologischen Kriterien ähneln.

Klaus Kürner: Klingt schlüssig. Und die anderen beiden Theorien?

Tamara Gutmann: Doktor Klingenberg ist Mediziner. Er betrachtet das Phänomen Liebe rein physiologisch. Für ihn sitzt dieses Gefühl in der rechten Gehirnhälfte und verursacht dort einen Rausch der Hormone. Die Partnerwahl hängt seiner Meinung nach davon ab, wie gut das Immunsystem von zwei Menschen zusammenpasst. Denn wenn es passt, sind die Bedingungen für gesunden Nachwuchs optimal. Das können Menschen angeblich sehen und riechen, darauf sind sie genetisch geprägt. Auch hier gilt also »Gleich und gleich gesellt sich gern«, aber auf einer anderen Ebene.

Klaus Kürner (lacht): Wenn das so wäre, könnte man sich ja wohl kaum in den Falschen verlieben. Oder besser: verriechen.

Tamara Gutmann (lacht ebenfalls): Gutes Argument. Aber bei manchen Leuten ist der Geruchssinn vielleicht verkümmert.

Klaus Kürner: Und der dritte Forschungsansatz?

Tamara Gutmann: Kommt von der Anthropologin Professor Marie Lagarde. Sie glaubt, dass kein Mensch je wissen wird, was Liebe ist und wodurch sie entsteht. Aber trotzdem kann man das Phänomen ihrer Meinung nach erforschen. Man kann sie zum Beispiel messen, so wie man Fieber messen kann, selbst wenn man nicht weiß, wodurch sie entsteht. Lagarde beobachtet also menschliches Verhalten in bestimmten Situationen, so wie Forscher auch Tierverhalten beobachten. Und sie kann angeblich erkennen, bei welchen Paaren es knistert, noch bevor die es selbst merken.

Klaus Kürner: Und wie wollten die drei in dieser Studie herausfinden, wer recht hat?

Tamara Gutmann: Wir haben den Test an insgesamt vier aufeinanderfolgenden Wochenenden durchgeführt, jeweils freitags, samstags und sonntags, mit jeweils vierzig Probanden. Zwanzig männlichen und zwanzig weiblichen. Der erste Tag gehörte an jedem dieser vier Wochenenden Professor Melchior. Die Teilnehmer mussten seine Fragebögen ausfüllen, und danach hat er geprüft, ob es Übereinstimmungen gab. Im Interview hat er außerdem die Einstellung der Paare zum Thema Liebe erfragt, um ein optimales Paar zu finden. Am zweiten Tag hat dann Klingenberg medizinische Tests durchgeführt und die Teilnehmer auf körperliche Übereinstimmung überprüft. Und am dritten Tag hat Frau Professor Lagarde die Paare auf einer Art Party quasi beim Balzen beobachtet und dabei ebenfalls überprüft, ob eine optimale Kombination vorhanden war. Ich war an allen drei Tagen für die Abläufe und die Koordination bei den weiblichen Probanden zuständig. Viel durfte ich deswegen über die Tests nicht wissen. Bei einer sogenannten Doppelblind-Studie ist es wichtig, dass weder die Testpersonen noch die Koordinatoren der Tests in Details eingeweiht sind, um eine unbewusste Testverfälschung auszuschließen.

Klaus Kürner: Verstehe. Wissen Sie denn, wie nach drei Tagen überprüft werden sollte, welche Liebestheorie nun letztendlich stimmt?

Tamara Gutmann: Nur ungefähr. Jedes Mal haben Lagarde, Klingenberg und Melchior am letzten Tag in der Mittagspause Paare zusammengestellt, die aus ihrer Sicht optimal passten. Will sagen: Jeder Wissenschaftler benannte das seiner Meinung nach passendste Paar. Und diese drei Paare mussten dann am Sonntagnachmittag spielerisch gegeneinander antreten. Stellen Sie sich das ruhig so vor wie eine Gameshow im Fernsehen: Sie mussten Sackhüpfen machen, Kartenhäuser bauen, kleine Sketche spielen, also zum Beispiel einen Ehekrach simulieren, samt zärtlicher Versöhnung, und so weiter und so fort. Danach haben wir die jeweiligen Partner getrennt voneinander befragt. Wir wollten wissen, wie sympathisch sie sich waren und ob sie ihren Gegenpart wiedersehen wollten. Heute kam es dann aber beim letzten Testdurchgang ganz unvorhergesehen zu einer Änderung im normalen Ablauf, und für eine Kandidatin wurde in aller Eile ein spezieller Test konzipiert. Und nun kommen wir endlich zu dem von mir beobachteten Verstoß gegen die Berufsethik: Die Kandidatin wusste nichts von dieser Sonderbehandlung.

Klaus Kürner: Das ist in der Tat merkwürdig. Was war bei ihr denn anders? Und aus welchem Grund?

Tamara Gutmann: Am Vormittag war alles wie immer. Wir haben die Teilnehmer in eine Party-Situation gebracht und ihr Verhalten über Kameras beobachtet. Frau Lagarde hat diese Aufzeichnung ausgewertet, und in der Mittagspause trafen sich die drei Studienleiter wie gewohnt zur Festsetzung der drei Paare. Aber dann geschah etwas, das an den anderen Wochenenden nicht vorgekommen war: Alle drei setzten auf dieselbe weibliche Testperson, auf ein Mädchen namens Moya.

Klaus Kürner: Warum?

Tamara Gutmann: Ich weiß das nur aus einem Gespräch mit Professor Melchior und konnte diese Angaben nicht überprüfen. Offenbar passte sie nach Meinung aller drei Wissenschaftler zu einem der männlichen Probanden optimal. Und der Übereinstimmungskoeffizient war jeweils so hoch, dass keiner der drei Wissenschaftler auf Moya als Testperson verzichten wollte.

Klaus Kürner: Setzten auch alle auf denselben Jungen?

Tamara Gutmann: Nein, es waren drei unterschiedliche männliche Probanden im Gespräch. Jeder bevorzugte einen anderen.

Klaus Kürner: Und bisher waren sich die drei bei der Auswahl der Paare noch nie in die Quere gekommen?

Tamara Gutmann: Dass zwei übereinstimmten, hatte es schon gegeben. Aber in all diesen Fällen war die Übereinstimmung nicht so auffallend hoch, und es gab jeweils alternative Probanden, die nur eine geringfügig schlechtere Prozentzahl hatten. Aber im Fall Moya Berger war das anders, sie hatte mit drei der männlichen Teilnehmer eine Übereinstimmung von 95 Prozent. Und dann kam offenbar die Idee auf, eine Art Spezialtest für Frau Berger zu konzipieren, ohne sie einzuweihen. Und das verstößt eindeutig gegen die Richtlinien der Ethikkommission.

Klaus Kürner: Was war das für ein Test?

Tamara Gutmann: Genaues weiß ich nicht. Professor Melchior unterrichtete mich nur von der Änderung, und als ich nachhakte und die ethischen Aspekte ins Gespräch brachte, zog er mich ganz von der Studie ab. Ich hatte ja von Anfang an Zweifel an der Seriosität der Studie, aber jetzt ist für mich eine Grenze überschritten, und ich denke, dass ich irgendwie handeln muss.

Klaus Kürner: Sie hatten schon vorher Zweifel?

Tamara Gutmann: Ja. Ein paar Dinge fand ich von Anfang an untypisch für eine wissenschaftliche Studie. Die hohe Aufwandsentschädigung der Probanden zum Beispiel. Die vielen Betreuer. Die enormen Kosten, zum Beispiel für die Eye-Catching-Brillen. Das Catering. Die Raummiete. Warum wurden teure Räume in einem Luxusquartier angemietet? An der Uni hätten wir günstiger unterkommen können. Doch das war alles noch nicht unseriös. Nur auffällig. Dass Frau Berger dann aber nicht über ihre unvorhergesehene Sonderrolle informiert wurde, finde ich inakzeptabel. Und ich vermute, dass da noch mehr dahintersteckt.

Klaus Kürner: Völlig zu Recht. Das ist auch meine Einschätzung.

Tamara Gutmann: Und was mache ich jetzt?

Klaus Kürner: Zuerst einmal: nichts überstürzen! Sie sollten ein Gedächtnisprotokoll anfertigen, in dem Sie alles aufschreiben. Und dann schlage ich vor, dass wir das weitere Vorgehen heute Abend in Ruhe bei einem gemeinsamen Abendessen besprechen. Um acht im Ludwigs? Kennen Sie das?

Tamara Gutmann: Ja, klar. Einverstanden. Danke! Dann bis später.

Klaus Kürner: Ich freu mich drauf. Bis später.

13 MOYA

Die Professorin schritt zügig den langen, sonnendurchfluteten Gang entlang. Als ich ihr folgte, fühlte ich mich wie in der Schule, wenn ich aus dem Klassenzimmer ins Rektorat gerufen wurde. Das hatte nie etwas Gutes bedeutet. Rasch durchforstete ich mein Gewissen. Hatte ich irgendeinen Test nicht korrekt ausgefüllt? Eigentlich war ich mir keiner Schuld bewusst. Okay, ich war heimlich im Park gewesen. Und ich hatte mir Oles Telefonnummer geben lassen. Aber das war ja wohl beides nicht verboten. War etwa jemandem etwas passiert? Hoffentlich nicht meinen Eltern und nicht Lena. Aber nein, das hätte Frau Lagarde mir bestimmt gleich gesagt.

Ganz in meine Gedanken versunken wäre ich beinahe in sie hineingestolpert, als sie vor einer Tür stehen blieb, um sie aufzuschließen. Wir betraten einen Raum, in dem ich noch nie gewesen war. Er hatte dieselben hohen Sprossenfenster wie die anderen Zimmer der Villa, aber hier dämpften weinrote Vorhänge das Licht. An der Wand hingen zwei Gemälde, die glatzköpfige Herren mit schweren goldenen Amtsketten zeigten.

In der Mitte des Raumes stand ein kunstvoll verzierter, alter Schreibtisch mit polierter Tischplatte. Frau Lagarde nahm dahinter auf einem Lederstuhl Platz und wies mir einen der beiden

Stühle zu, die vor dem Tisch standen. Ihre kastanienbraunen Haare hatten denselben Farbton wie die polierte Tischplatte vor ihr, und in ihrem eleganten Business-Outfit sah sie aus, als würde sie genau hier hingehören.

Ich sah definitiv nicht so aus. Mit ziemlicher Sicherheit hatte auf dem antiken Stuhl, auf dem ich gerade nervös hin und her rutschte, noch nie jemand in Jeans, Tanktop und mit vor Aufregung feuchten Händen gesessen. Unauffällig wischte ich mir die Finger an der Hose ab.

»Sie sind Moya, richtig?«, fragte Frau Lagarde überflüssigerweise noch einmal. »Darf ich Sie so nennen?«

Ich nickte. »Gern.«

Sie schlug eine Mappe auf, die vor ihr auf dem Tisch lag. »Sicherlich fragen Sie sich, was ich von Ihnen will.«

Ich nickte wieder.

»Nun, ich möchte Sie auf ein weiteres Experiment vorbereiten, das meine Kollegen und ich für Sie geplant haben.«

»Für mich? Also, heißt das, nur für mich?«, wollte ich wissen. »Das müssen doch bestimmt alle machen, oder?«

»Genaues kann ich Ihnen dazu leider nicht sagen, denn damit wäre das Experiment hinfällig.«

Ach? Ganz was Neues! Dahinter verschanzten sie sich hier ja dauernd. Aber etwas an dem betont gleichgültigen Gesichtsausdruck der Wissenschaftlerin verriet mir, dass sie mir etwas verschwieg. Irgendwas war hier faul. Warum hatte sie mich mitten in dem Monsterbrillentest aus dem Raum gerufen? Wieso bekam ich eine Extrabehandlung? Darauf legte ich nun wirklich keinen Wert. Ich holte Luft, um genau das zu sagen, aber die Professorin unterbrach mich. »Ich möchte Sie in diesem Vorgespräch nur noch einmal deutlich darauf hinweisen, dass Sie sich zu nichts verpflichtet haben. Sollten Sie sich in einer der nun folgenden Situationen unwohl fühlen, können Sie jederzeit aussteigen. Ein Abbruch des Experiments ist aber nicht der einzige Weg, der Ihnen bleibt. Sie können auch jede unangenehme Situation so umwandeln, dass sie für Sie akzeptabel wird. Sie haben also Gestaltungsspielraum. Sie müssen nicht eins zu eins umsetzen, was wir sagen.«

Aha. Das war jetzt wohl der Teil des Experiments mit dem »Körperkontakt zu Personen des anderen Geschlechts«. Ich hatte mich schon gefragt, wann das wohl dran sein würde. Es war beruhigend zu wissen, dass ich tun und lassen konnte, was ich wollte. Aber abbrechen würde ich die Sache nicht. Dann war ja das Geld futsch.

»Moya, ich gebe Ihnen nun die Fotos aller männlichen Studienteilnehmer dieser Runde. Sie kennen sie inzwischen fast alle persönlich. Bitte entscheiden Sie, mit welchem dieser Herren Sie gern die nächste Testaufgabe lösen würden.«

»Was für eine Aufgabe wird das denn sein?«

»Das kann ich Ihnen erst nach Ihrer Wahl sagen. Ich möchte, dass Sie sich ganz unbefangen entscheiden.« Sie nahm einen Stapel Fotos aus ihrer Mappe und reichte sie mir über den Tisch.

Ganz unbefangen? Wie sollte ich denn unbefangen sein, wenn ich nicht mal ansatzweise wusste, wofür ich mich da eigentlich gerade entschied? Ich nahm den Stapel in die Hand.

Ganz oben sah ich das Bild von Ole, dem Kaninchenjungen. Ich betrachtete sein Gesicht. Sollte ich mich für ihn entscheiden? Immerhin kannte ich ihn inzwischen am besten von allen. Aber eigentlich war genau das eher ein Gegenargument. Körperkontakt im Dienste der Wissenschaft war okay für mich, darauf hatte ich mich schließlich eingestellt. Aber doch bitte mit einem ganz und gar Fremden. Ich konnte mir überhaupt nicht vorstellen, Ole unter Laborbedingungen näherzukommen. Kuscheln mit jemandem, den ich schon ein bisschen kannte, kam mir plötzlich viel zu privat vor. Deswegen fiel auch Maximilian weg. Ich betrachtete die anderen Bilder.

»Wählen Sie einfach ganz spontan«, sagte die Professorin. »Folgen Sie Ihrer Intuition.« Sie blätterte in ihren Unterlagen und sah mich nicht an.

Okay. Ganz spontan also. Rasch griff ich in den Stapel und zog einfach irgendein Bild heraus. Der Junge, der darauf abgebildet war, hatte dunkle Locken und offene, freundliche Augen. Ich hatte ihn auf dem Stehempfang zwar gesehen, war aber nicht dazu gekommen, mit ihm zu sprechen. Er wirkte nett, und es gab wirklich Schlimmeres, als ihm näherzukommen, also reichte ich der Professorin das Foto.

Sie nickte, griff nach ihrem Smartphone und drückte ein paar Tasten. »Ich werde alles Weitere veranlassen. Und nun kann ich Ihnen auch Ihre Aufgabe verraten.« Sie strich sich erneut die widerspenstige Haarsträhne hinters Ohr und lächelte. »Sie werden den jungen Mann küssen.«

Ups. »Küssen?«

Marie Lagarde nickte.

»Küssen sich die anderen Teilnehmer auch?«, fragte ich und

ärgerte mich, weil ich selbst hörte, wie nervös meine Stimme klang.
»Wie gesagt, darüber kann ich keine Aussagen machen«, sagte sie, nun ein bisschen strenger.
»Aber ich habe ja Gestaltungsspielraum«, murmelte ich, um mich selbst zu beruhigen. Einen Kuss mit spitzen Lippen auf die Wange würde ich ja wohl locker hinbekommen.
»Selbstverständlich.« Frau Lagarde nickte. »Einzige Bedingung: Es muss ein Kuss auf den Mund sein, und er sollte eine Dauer von mehreren Sekunden haben.«
Wow! Wenn das Spielraum war, wie sahen dann Tests ohne Spielraum aus? Ich seufzte. Und das sollte was mit Wissenschaft zu tun haben? Andererseits ließen sich manche Menschen sogar im Dienste der Wissenschaft beim Sex beobachten. Brrr. Schnell weg mit diesem Gedanken.
»Haben Sie damit Probleme?«, fragte die Professorin und sah mich dabei so ungläubig an, als wäre ich der einzige Mensch auf der Welt, den es nervös machen würde, einen wildfremden Menschen mehrere Sekunden lang auf den Mund zu küssen.
»Probleme nicht«, sagte ich und überlegte fieberhaft, wie ich mich davor drücken konnte. »Man muss das Thema ja wirklich nicht emotional aufladen.« Ich bemühte mich, cool zu klingen, während ich verzweifelt nach sachlichen Gegenargumenten suchte. »Wir pressen ein paar Sekunden lang die Lippen aufeinander, das ist alles«, versuchte ich mich selbst zu überzeugen, aber das gelang mir nicht. Himmel, fiel mir denn wirklich gar nichts ein?
Doch! Ich holte tief Luft und legte los: »Aber wie Sie vielleicht

wissen, werden bei einem Kuss bis zu achtzig Millionen Keime ausgetauscht.« Das hatte ich mal irgendwo gelesen. Ich blickte Marie Lagarde fest in die Augen und sagte: »Ich finde das bei einem Fremden dann doch ein bisschen riskant.«

Aber ich hatte mich zu früh gefreut. »Gesundheitliche Bedenken müssen Sie nicht haben.« Sie lächelte wieder ihr Business-Lächeln. »Weder Sie noch Ihr Kuss-Partner leiden unter einer ansteckenden Erkrankung, das haben wir anhand Ihrer Speichel- und Blutproben überprüft.«

Ich blickte sie skeptisch an. »Kann man denn Millionen von Keimen durch Tests ausschließen?«

Marie Lagarde zuckte mit den Schultern. »Fragen Sie sich sonst auch vor jedem Kuss, ob Sie sich dabei infizieren könnten?«

Ähm, nein. Nicht mal ich tat das. Aber nur, weil ich wusste, dass Küssen das Immunsystem aktiviert. Ein gesunder Mensch wird mit diesen achtzig Millionen Keimen deswegen locker fertig. Aber das würde ich jetzt natürlich nicht erwähnen.

Musste ich auch nicht. »Es gibt kein Risiko«, sagte die Professorin. »Küssen aktiviert das Immunsystem. Und je intensiver Sie küssen, desto mehr Antikörper bilden Sie.«

Man muss wissen, wann man verloren hat. »Gut«, lenkte ich daher mit sachlicher Stimme ein. »Wie viele Sekunden müssen es denn sein? Und – werden wir dabei verkabelt? Blutdruck, Puls, Hirnströme? Oder müssen wir uns im Kernspin küssen?«

Sie lächelte. »Nichts dergleichen. Die Sache findet unten im Park statt, und Sie werden dabei lediglich gefilmt. Und zur Dauer: Machen Sie das einfach nach Gefühl. Fünf Sekunden oder auch mehr, ganz, wie Sie wollen. Haben Sie noch Fragen?«

Fünf Sekunden? Ich holte tief Luft und erhob mich. »Jep. Haben Sie vielleicht eine Zahnbürste?« Bei einem so intensiven Kuss wollte ich wenigstens nicht nach Lachsröllchen schmecken.

Eine Zahnbürste hatte Frau Professor Lagarde nicht, aber Pfefferminzbonbons. Immerhin. Ich schob mir eins davon in den Mund und fühlte mich ein bisschen besser. Als ich die Treppe der Villa hinabeilte, dachte ich ganz fest an Lena. Und an Neuseeland. Es musste sein. Meine Gefühle schaltete ich einfach aus, genau wie die Fragen in meinem Kopf. Im Foyer bat ich den Anzugmann, meinen Rucksack bei ihm lassen zu dürfen, und er hatte nichts dagegen. Dann schritt ich würdevoll Richtung Park. Vor dem schmiedeeisernen Tor zögerte ich kurz, denn dahinter sah ich zwei Jungs, die mir den Rücken zuwandten. Wieso zwei? Küssen würde ich aber nur einen! Plötzlich schlug mein Herz schneller.

Die beiden hatten mich noch nicht bemerkt. »Moya Berger?«, fragte der eine gerade. »Na, dann viel Spaß!«

Moment. Die Stimme kannte ich doch. Luke mal wieder! Klar, der würde uns gleich filmen. Aber warum war er nur immer so gallig? War das was Persönliches, hatte er was gegen mich? Oder war der immer so?

Puh, dann mal los, je schneller ich das hinter mir hatte, desto besser. Als ich das quietschende Tor öffnete, fuhren die beiden zusammen. Ich warf dem Kameramann meinen eisigsten Das-hab-ich-gehört-Blick zu. Wenigstens wurde er ein bisschen rot. Ohne ihn weiter zu beachten, wandte ich mich dann an den anderen Jungen. »Hey, ich bin Moya. Und wie heißt du?«

»Jaro.« Er nickte mir zu.
»Okay, Jaro.« Ich trat einen Schritt näher. »Dann lass uns die Sache mal hinter uns bringen.«
»Ähm … «, stotterte er. »Wie jetzt?«
Ich wandte mich an Luke. »Alles klar bei dir? Kann's losgehen?«
Luke grunzte und verschwand hinter der Kamera, was ich als Zustimmung wertete.
Auffordernd sah ich Jaro an. »Augen zu und durch. Es ist doch bloß ein Kuss.« Und bevor er antworten konnte, trat ich noch einen Schritt näher, legte meine Hände auf seine Schultern, stellte mich auf die Zehenspitzen und küsste ihn auf den Mund. Eins. Zwei. Er wich ein bisschen zurück. Drei. Vier. Jetzt gab er nach und wehrte sich nicht mehr. Fünf. Sechs. So, das musste reichen. Ich ließ meine Hände sinken. »Fertig.«
»Hoppla«, sagte Jaro und schnappte nach Luft. Er wirkte hochgradig irritiert.
»Und jetzt?« Ich verschränkte die Arme vor der Brust und wandte mich an Luke. »War's das? Oder kommt da noch mehr?«
Doch der grinste nur und filmte uns weiter. Irgendwas fand er offensichtlich äußerst amüsant.
Plötzlich tauchte Frau Lagarde hinter Luke auf. »Oh, da sind Sie ja schon beide.« Sie blickte von mir zu Jaro und dann wieder zurück. »Dann fangen wir an, oder? Moya, Sie sind ja schon in die nächste Aufgabe eingeweiht. Aber Jaro, Sie wissen noch nicht, worum es geht.«
Jaro rieb sich mit einer Hand den Nacken und wirkte komplett ratlos. Schlagartig wurde mir heiß. Wie jetzt? Der wusste das mit

dem Küssen noch gar nicht? Und ich hatte ihn gerade leidenschaftlich abgeknutscht? Shit!
Da hörte ich hinter mir jemanden kichern. Luke hatte heute offenbar viel Spaß an seinem Job. Ich war mehr als dankbar, dass er mein Gesicht nicht sehen konnte, denn es lief gerade bestimmt mindestens so rot an wie seins eben.
Marie Lagarde merkte zum Glück nichts. Sie wandte sich an Jaro: »Wir möchten Sie und Moya bitten, sich hier und jetzt vor laufender Kamera zu küssen. Moya hat bereits zugestimmt. Ist das auch für Sie in Ordnung, Jaro?«
»Küssen?«, fragte Jaro. Dann fiel bei ihm der Groschen und er grinste. »Ach so. Küssen. Klar, können wir machen. Aber nett, dass Sie vorher fragen.«
Die Professorin runzelte verwundert die Stirn. »Natürlich frage ich vorher, das ist ja wohl das Mindeste.«
Jaro warf mir einen langen Blick zu.
»Ich dachte ...«, stotterte ich.
Jaros Augen blitzten vor unterdrücktem Lachen. »Komm, Moya«, sagte er, »Augen zu und durch.« Er machte einen Schritt auf mich zu, und jetzt war ich diejenige, die zurückwich. Doch er hielt mich an den Schultern fest. »Moya«, sagte er leise. »Es ist doch nur ein Kuss.« Und dann nahm er mein Gesicht in seine Hände und kam mir langsam immer näher. Plötzlich waren seine Lippen auf meinen. Erst berührten sie mich ganz sanft, fast unmerklich, und ich begann zu zählen. Eins, zwei. Aber Jaros Lippen wurden suchender, drängender, öffneten sich. Drei, vier. Huch, das ging mir jetzt doch zu weit. Ich versuchte, ihn ein bisschen wegzudrücken, aber da war auf einmal seine Hand

in meinem Nacken, die mich sanft, aber nachdrücklich festhielt. Hoppla, dachte ich noch. Und dann dachte ich auf einmal gar nichts mehr. Ich fühlte nur noch. Seine Wärme. Seinen Herzschlag. Seine Lippen. Ich roch den Duft seiner Haut. Und ich küsste ihn auch.

Irgendwann hörte ich, wie sich jemand energisch räusperte. Das Geräusch kam aus Lukes Richtung und katapultierte mich unsanft zurück in die Realität. O Gott, was tat ich da? Ich zuckte zusammen und versuchte, mich aus Jaros Umarmung zu lösen. Dabei verlor ich das Gleichgewicht und wäre fast gestolpert. Jaro fing mich gerade noch auf.

»Alles okay?«, fragte er, seine Stimme klang rau.

»Ja«, sagte ich und rang um Fassung. »Alles klar.« Ich schlug die Augen nieder, um seinem Blick auszuweichen, denn ich wollte nicht, dass er meine Verwirrung sah. Am liebsten hätte ich kurz meine Stirn an seine Schulter gelehnt, um mich zu sammeln. Doch ich stoppte mitten in der Bewegung, weil Marie Lagarde in die Hände klatschte, als wäre sie im Theater. Das Geräusch zerriss mir fast die Nerven, und ich entwand mich Jaros Armen.

»Das war sehr, sehr gut!«, rief Frau Lagarde. Woher wusste sie das denn? Ich wandte mich ab, denn ich wollte jetzt nichts sagen. Ich wollte einfach so tun, als hätte es den Kuss nicht gegeben. Und dann wollte ich ganz schnell hier weg. Am liebsten hätte ich mich entmaterialisiert und wäre auf der Stelle unsichtbar geworden.

Ich hatte Glück, denn in diesem Moment klingelte das Handy der Professorin, sie ging ein paar Schritte beiseite und führte ein hastiges Gespräch. Danach hatte sie es dann plötzlich ganz eilig. »Sie sind für heute fertig«, sagte sie in geschäftsmäßigem Tonfall und zog zwei Umschläge aus ihrer Mappe, die sie Jaro und mir überreichte. »Hier, Ihre Aufwandsentschädigung. Ich bedanke mich im Namen des gesamten Teams für Ihre Teilnahme an der Studie. Wie Sie ja wissen, gibt es noch einen zweiten Studienteil, für eine kleine Auswahl von Teilnehmern. Sie hören deswegen noch von uns, aber das kann ein bisschen dauern!« Sie reichte uns beiden die Hand und nickte Luke zu, der immer noch filmte. »Ich wünsche Ihnen noch einen schönen Sonntag.« Knirschende Schritte auf Kies und weg war sie.

Jaro schob die Hände in die Hosentaschen. »Sag mal, hast du noch Lust auf einen Kaffee?« Er sah mich an und wirkte dabei fast schüchtern.

Kaffee? Jetzt? Undenkbar! Ich fühlte mich, als hätte ich einen Ameisenhaufen verschluckt. Ich konnte doch nach so einem Kuss nicht einfach mit diesem Jungen Kaffee trinken. Aber Weiterküssen war auch keine Option. »Sorry.« Ich lächelte ein schiefes Lächeln. »Ich bin mit meiner Freundin verabredet. Aber vielleicht kommen wir ja beide in die zweite Runde, dann holen wir das später nach.«

Jaro lächelte ebenso schief zurück und verabschiedete sich mit einem Kopfnicken. Erst als er aus meinem Blickfeld verschwunden war, konnte ich wieder durchatmen.

Genau in diesem Moment traf mein Blick den von Luke und ich erschrak. Wieso sah er mich so hasserfüllt an? Oder nein, nicht hasserfüllt, eher verächtlich und ablehnend. Und das, wo ich mich gerade sowieso schon schlecht fühlte. Plötzlich brodelte

Wut in mir hoch, wie Lava in einem Vulkan. »Ich weiß, Luke«, sagte ich. »Du würdest so was nie machen. Aber könntest du das jetzt vielleicht einfach mal für dich behalten?«
Er grinste süffisant und nahm mich mit seiner Kamera voll ins Visier.
Doch das hätte er besser nicht getan, denn damit machte er mich erst richtig wütend. »Schon klar, warum du diesen Beruf gewählt hast«, sagte ich gefährlich leise. »Du machst grundsätzlich nicht mit, oder? Nirgends. Du siehst lieber zu und filmst. Und du bist immer obercool. Aber im Leben ist es oft wie bei einem Pokerspiel: Wer nur zusieht und nicht mitspielt, verliert nicht. Aber er gewinnt auch nichts. Niemals.«
Ich wandte mich ab und ging.
Weit kam ich allerdings nicht.
»Moya?«, rief Luke.
Langsam drehte ich mich um. Er war mir ein paar Schritte nachgekommen, aber jetzt blieb er unschlüssig stehen. Wollte er sich entschuldigen? Oder mich wieder provozieren? Er wirkte, als wüsste er es selbst nicht. Gut, dann würde ich ihm diese Entscheidung abnehmen. »Du meinst wohl: Testperson 73/weiblich«, sagte ich scharf.
So, jetzt war er definitiv wütend. Das verrieten seine Hände, die er zu Fäusten ballte. Aber auch er hatte sich gut im Griff. »Was du Mitspielen und Leben nennst, sind in Wahrheit nur Spielchen«, sagte er ruhig. »Lächerliche Sandkastenspielchen, die nichts mit der Realität zu tun haben.«
Ich atmete tief durch. Wozu streiten. Ich wollte nicht, dass das hier jetzt eskalierte. Wir kannten uns doch gar nicht. »Okay,

Luke«, sagte ich überfreundlich. »Dann wissen wir ja jetzt beide, was wir voneinander halten! Und tschüss.«

Ich wollte mich abwenden, aber er war noch nicht fertig. »Glaubst du wirklich, dass es hier um Wissenschaft geht?«, fragte er.

»Um was es *hier* geht, ist mir egal«, sagte ich. »Für mich ist entscheidend, um was es *mir* geht. Und das weiß ich genau. Ich glaube, du bist dir da nicht so sicher.«

Auf einmal war alle Wut aus seinen grauen Augen verschwunden. Stattdessen lag darin etwas Verletzliches. Offenbar hatte ich irgendwie ins Schwarze getroffen, ohne zu wissen, womit eigentlich. Den letzten Satz hatte ich ihm eigentlich nur entgegengeschleudert, um mich zu verteidigen.

»Aber Liebe kann man nicht erforschen«, sagte er, und das klang fast wie eine Rechtfertigung. »Man kann sie ja selbst oft nicht verstehen.«

Ich nickte. »Schon klar. Weil es sie nicht gibt.«

Er schüttelte den Kopf. »Nein. Weil sie immer anders ist. Das ist, als wollte man die Form einer Wolke erforschen.«

»Es gibt Leute, die das tun.«

»Ja. Aber das Wetter können sie trotzdem nicht genau vorhersagen.«

»Immerhin *gibt* es Wetter«, sagte ich.

Er sah mich an, wollte etwas sagen, zuckte dann aber mit den Schultern und ließ mich einfach stehen.

So ein miesgelaunter Sturkopf! Aufgewühlt stürmte ich ins Foyer, um meine Sachen zu holen. »Kann ich Ihnen irgendwie helfen?«, fragte der Anzugmann und sah mich mitfühlend an.

Plötzlich kam mir der Gedanke, wie schön es wäre, wenn er mir auch jetzt mit seiner schnarrenden Stimme den Weg weisen könnte. »Sagen Sie mal«, wandte ich mich an ihn. »Wie sehen Sie das? Gibt es die Liebe?«

Mit seiner überkorrekten Aussprache, bei der man sogar die Kommas hörte, sagte er: »Oh ja, natürlich.«

»Wieso sind Sie da so sicher? Dieses Gefühl könnte doch auch was ganz anderes sein. Angst vorm Alleinsein zum Beispiel?«

Er dachte kurz nach, dann sagte er zögernd: »Manchmal merkt man es erst, wenn man die Liebe verloren hat.« Seine Stimme klang auf einmal ganz normal. »Wenn man allein zurückbleibt«, ergänzte er. »Und wenn man merkt, dass das Alleinsein nicht das Schlimmste an der ganzen Sache ist. Da fehlt dann nicht irgendein Mensch. Da fehlt genau dieser.«

Seine linke Hand wanderte zum Ringfinger der rechten, und mein Blick folgte dieser Bewegung. Ich sah, dass der Anzugmann keinen Ehering trug. Aber da war bis vor Kurzem ein Ring gewesen, der verhindert hatte, dass die Haut an dieser Stelle Sonnenbräune annahm.

»Ihnen einen schönen Sonntag!«, sagte der Anzugmann freundlich. Doch obwohl er lächelte, hatte er traurige Augen. Rasch wollte ich etwas sagen, irgendetwas Tröstendes, aber mir fiel nichts ein. Der Anzugmann nickte, es schien, als würde er auch so verstehen, was ich dachte.

»Ich bin Moya«, sagte ich, um irgendetwas zu sagen. »Moya Berger.«

»Friedemann Winterstein«, stellte er sich vor.

Ich schwang meinen Rucksack auf den Rücken, nickte ihm zu und ging durch das Foyer zur Ausgangstür. Dort drehte ich mich noch einmal um. Friedemann Winterstein hob die rechte Hand – ohne Ring am Finger – und winkte zum Abschied. Er war kein bisschen aus Stein, er war durch und durch echt. Und ich wünschte, ich hätte ihm diese Frage nicht gestellt.

Draußen an meinem Fahrrad atmete ich erst mal tief durch. Ich hatte Jaro nicht die Wahrheit gesagt: Es gab keine Verabredung, weder mit Lena noch mit einer anderen Freundin. Aber auf einmal hatte ich ganz dringend den Wunsch, Lenas Stimme zu hören. In mir brodelte es und irgendwie musste ich Dampf ablassen. Daher schob ich mein Rad und rief sie an.

»Stell dir vor«, sagte ich betont munter. »Ich musste eben einen wildfremden Jungen küssen.«

»Nein!«

»Doch«, sagte ich.

»So richtig mit Zunge?«, wollte Lena wissen.

»Hmmm«, brummte ich.

»Und?«

»Jooo. Interessante Erfahrung.«

»Wie jetzt?« Sie schnaubte. »Ist das alles, was du darüber zu sagen hast?«

Natürlich nicht. Ich wollte ja mit ihr darüber reden. So würde ich vielleicht wieder festen Boden unter die Füße bekommen. Aber ich wusste selbst noch nicht, wie ich die Sache einschätzen sollte, und irgendwie fand ich nicht die richtigen Worte. Vielleicht half es, wenn ich das Thema erst mal ganz sachlich anging, bevor ich mich auf emotionales Glatteis begab? »Pass auf«, sagte ich und dachte nach. »Ich erklär dir das. Normalerweise hat jeder Mensch eine unsichtbare Sicherheitszone um sich herum. Einen Kreis mit einem Radius von fünfzig oder sechzig Zentimetern. Näher lässt man Fremde nicht gern an sich heran, das ist ein Instinkt.«

»Aha«, sagte Lena, sie klang nicht sonderlich interessiert.

»Diesen Abstand mussten wir heute radikal durchbrechen, ohne uns vorher kennenzulernen«, fuhr ich fort. »Und es war echt interessant, was das bewirkt hat.«

»Aha«, sagte sie wieder. »Was denn?«

»Einen Adrenalinstoß natürlich.« Ich wich einer entgegenkommenden Fußgängerin aus und hätte sie fast gestreift. »Stell dir das ein bisschen wie Bungeespringen vor. Plötzlich macht es Zäng in der Magengegend.«

»Also hat er gut geküsst«, stellte Lena fest. Jetzt klang sie plötzlich sehr interessiert.

»Ganz okay.« Ich merkte selbst, dass meine Antwort viel zu schnell kam. Komisch, das wäre doch jetzt die Chance gewesen, Lena zu erzählen, wie sehr mich der Kuss verwirrt hatte. Stattdessen wich ich aus. »Darum ging's ja gar nicht«, behauptete ich. »Es ging um die Überschreitung meiner unsichtbaren Barriere.«

»Schon klar«, sagte Lena gedehnt. »Ihr habt euch also geküsst und es hat Zäng gemacht und dann?« Ich hörte ein unterdrücktes Lächeln in ihrer Stimme.

»Dann haben wir damit aufgehört. Mehr war nicht.« Wieder spürte ich, wie unangenehm mir das Thema war. Aber warum? Es war doch nur um wissenschaftliche Erkenntnisse gegangen und nicht um mehr.

»Irgendwie kann ich mir diese Situation nicht vorstellen«, überlegte Lena laut. »Ihr geht aufeinander zu, ihr sagt hallo, ihr küsst euch, ihr sagt tschüss?«

»So ungefähr. Autsch.« Mein Rad war ins Schlenkern gekommen und ein Pedal gegen mein Bein geknallt.

»Hast du denn dabei außer dem Adrenalinstoß gar nichts empfunden?«

»Doch, klar, alles, was man eben beim Küssen empfindet«, gab ich zu und blieb an einer Ampel stehen.

»Was *man* empfindet?«, fragte sie. »Aber man empfindet doch nicht bei jedem Mensch und jedem Kuss dasselbe!«

Die Ampel sprang auf Grün, ich ging weiter, wieder schwankte das Rad und malträtierte mein Bein. Das verbesserte meine Laune nicht. »Lena, ich weiß auch, dass man nicht bei jedem das Gleiche empfindet.« Auf der anderen Straßenseite stellte ich das Rad ab und rieb mir mit der Hand die schmerzende Stelle. »Manche findet man sympathisch, andere nicht. Und manche sexy, andere nicht. Dieser Typ heute war sympathisch und sexy. Es war also ein guter Kuss. Zufrieden?«

»Ja. Alles in Ordnung«, sagte Lena und klang dabei wie eine Krankenschwester, die mit einem Patienten spricht. »Alles klar. Reg dich nicht auf.«

»Ich reg mich nicht auf«, fauchte ich. »Du, ich bin gerade noch unterwegs, wir sehen uns morgen früh beim Putzen, okay?«

Lena seufzte. Erst hatte ich den Eindruck, dass sie noch etwas sagen wollte, aber dann ließ sie es, wofür ich ihr dankbar war. Es war einfach nicht der richtige Moment, darüber zu reden. Jetzt nichts wie ab nach Hause, duschen und dann möglichst früh ins Bett. Ich brauchte all meine Kraft für den morgigen Arbeitstag.

14 LUKE

Früher mussten Jungs, bevor sie zum Mann erklärt wurden, ein paar Prüfungen überstehen. Bären mit den Händen erwürgen. Ohne Wasser die Wüste durchqueren. Sowas in der Art. Aber die Zeiten sind härter geworden. Heute muss ein Mann, bewaffnet mit einem winzigen Schraubenschlüssel, Monster mit Namen wie Kroktorp oder Utrusta bezwingen. Wenn er nämlich seine erste Ikea-Küche zusammenschraubt.

Diesem Abenteuer wollte ich mich am Sonntagabend endlich stellen, nachdem ich das ganze Wochenende durchgearbeitet hatte. Ich hatte es Sophie versprochen. Aber das ging nicht, denn kaum hatte ich Kroktorp aus der Verpackung befreit, klingelte mein Handy, und mein Chef war dran. Ganz plötzlich war noch ein Abendtermin anberaumt worden und meine Anwesenheit war Pflicht.

Also haben wir uns um sieben im Sender zur Besprechung der Aufnahmen getroffen. Wir, das waren: die beiden Profs und die Professorin, außerdem Lars Weickert, der Regisseur von »Love Test«, sowie mein Chef Peter Ranau, seines Zeichens Kameramann. Und natürlich ich, der Kamera-Azubi.

Wir saßen zu sechst im Regieraum, vor uns eine Wand aus unzähligen Bildschirmen. Und auf jedem sah man Moyas Gesicht.

Ich war ein bisschen nervös, denn die Aufnahmen an diesem Wochenende waren die ersten, die ich allein gemacht hatte, und mein Chef war sicher auch hier, um die Qualität meiner Arbeit zu begutachten. Doch das hatte er in diesem Moment vergessen. Er hatte nur noch Augen für Moya, so wie alle anderen. Sie sah aber auch wirklich umwerfend aus. Auf dem Bildschirm kam sie noch besser rüber als in echt. Sehr hübsch. Und vor allem so unglaublich lebendig.

Als ich sie da so vervielfältigt an der Wand vor mir sah, meldete sich mein Gewissen. Warum musste ich sie nur jedes Mal provozieren, wenn ich sie sah? Sie war so selbstsicher, das ärgerte mich irgendwie, keine Ahnung, warum. Und dieser Love Test machte mich ohnehin wütend. Aber hey, eigentlich war das doch alles kein Grund. Fakt war: Ich hatte unprofessionell reagiert. Mehr als unprofessionell. Wenn ich in diesem Job etwas werden wollte, sollte ich mir das ganz schnell abgewöhnen. Ich war bei Dreharbeiten ein Beobachter hinter der Kamera und ein Experte für die technischen Aufnahmedetails, sonst nichts. Kommentare standen mir nicht zu.

Unauffällig regelte ich die Farbgebung der Bilder noch ein bisschen optimaler, als würde ich damit mein falsches Verhalten wiedergutmachen können.

»Wow«, sagte Regisseur Weickert jetzt. »Wow! Wow! Wow! Ist das ein tolles Mädchen!« Er beugte sich vor, um Moya genauer zu betrachten, dabei sahen wir sie schon in Überlebensgröße. »Sie hat ein wunderschönes Lächeln. Eine tolle Figur. Und eine unglaubliche Kamerapräsenz, sie kommt super rüber.«

Man sah Moyas Gesicht jetzt ganz nah. Ihre Augen sprühten

förmlich vor Energie. »Meine Eltern haben sich mit Mitte zwanzig zufällig auf einem Kongress getroffen«, sagte sie gerade. »Sie hatten da wohl eine … äh, kurze Beziehung. Das Ergebnis war dann ich.«

»Stopp«, sagte einer der Profs, der weißhaarige mit Bart, und Peter hielt die Aufnahme an. »Sehen Sie! Das ist das Faszinierende an der Sozialisation von Moya Berger.« Er klang ganz aufgeregt. »Ihre Eltern haben ihr nie eine Beziehung vorgelebt. Sie ist ganz frei von jeder Prägung. Das ist für unser Experiment natürlich ein Glücksfall.«

Die anderen nickten, und Peter ließ den Film weiterlaufen. »Ist Ihnen schon aufgefallen, wie bescheuert das Wort Beziehung klingt?«, fragte Moya aus vielen Mündern und ich hatte das Gefühl, dass sie mich dabei direkt ansah. Sie hatte recht. Beziehung war wirklich ein bescheuertes Wort. Es klang weder nach Liebe noch nach Glück. Nur nach Absprachen, Diskussionen und Kompromissen. Als müsse man sich gegenseitig irgendwohin ziehen.

Wieder stoppte der weißhaarige Prof die Aufzeichnung. »Frau Berger wirkt hier durch und durch rational«, sagte er zu Weickert, dem Regisseur. »Aber sehen Sie sich jetzt mal die Kuss-Aufzeichnung an. Können wir bitte vorspulen?« Der letzte Satz war an Peter gerichtet.

»Zweite Aufzeichnung, zweiter Take, ungefähr bei Minute sechs«, raunte ich ihm zu und er klickte die entsprechende Stelle an. Zack. Auf allen Bildschirmen sah man Moya und Jaro, die sich leidenschaftlich küssten. Romeo und Julia waren Anfänger dagegen.

»Wow!«, röhrte Weickert wieder. »Ein Vulkan!« Er sah aus, als würde er gleich sabbern. Ich fand ihn in diesem Moment ekelhaft, aber da war ich wohl der Einzige in dem Raum, die anderen beachteten ihn gar nicht. Der ältere der beiden Profs verfolgte die Knutscherei mit sachlichem Blick. »Ja. Tatsächlich, ein Vulkan, dieser Vergleich passt. Das ist eine unbewusste Sublimation ihrer Triebe, die hier durchbricht«, sagte er. »Moya Berger möchte ihr Leben kontrollieren, aber alles rund um die Themen Liebe und Gefühle entzieht sich dieser Kontrolle. Das macht ihr Angst. Deswegen steuert sie rational dagegen an. Ein Abwehrmechanismus, verstehen Sie? Und sie versucht, im Alltag Schlüsselreize zu vermeiden, um nicht in unkontrollierbare Situationen zu kommen. Aber wenn man genau solche Situationen quasi erzwingt, so wie dieser junge Mann hier, dann brechen ihre wahren Emotionen durch wie Lava. Wie wir hier sehen, ist Moya Berger durchaus ein leidenschaftlicher Mensch. Sie weiß es nur nicht, oder besser, sie will es nicht wissen.«
Jetzt mischte sich der jüngere Professor ins Gespräch ein. »Was hier durchbricht, sind Hormone«, meinte er. »Moya Berger unterdrückt sie mit aller Willenskraft, aber ihr Fortpflanzungstrieb ist stärker. Sehr interessant.«
Zwischen den beiden Männern saß die hübsche Anthropologie-Professorin. »Egal, was es ist«, sagte sie mit amüsiertem Blick auf das küssende Paar. »Man muss kein Anthropologe sein, um erkennen zu können, dass diese beiden mehr als nur Sympathie füreinander empfinden.«
Peng. Lars Weickert schlug mit seiner flachen Hand auf die Kante des Mischpults und alle zuckten zusammen. »Egal, was es

ist«, dröhnte nun auch er durch den abgedunkelten Regieraum. »Es ist auf jeden Fall ziemlich heiß. Wir machen diese Moya zum Star der Sendung. Das wird ganz großes Kino!«

Leise sagte ich: »Wenn sie mitmacht.«

Obwohl ich die Stimme gesenkt hatte, hatte Weickert mich gehört. »Das wird sie!«, sagte er. »Oh, das wird sie. Wir werden ihr ein Angebot machen, das sie nicht ablehnen kann.«

Irgendwie hoffte ich in diesem Moment, dass Moya das doch konnte. Ich wünschte mir, dass sie diesen Geiern einen Korb geben würde. Denn so kamen diese vier mir auf einmal vor: wie Geier, die über einem Opfer kreisten und hofften, dass sie es ausweiden konnten. Und wenn ich Moya auch nicht besonders mochte, das hatte sie nun doch nicht verdient.

Jetzt sah man Moya und Jaro wieder ganz groß auf den vielen Bildschirmen an der Studiowand. »Alles okay?«, fragte er.

»Ja«, sagte sie und sah ihn nicht an. »Alles klar.« Ihre Hand lag auf seiner Brust. Dann endete die Aufnahme abrupt. Den Rest, der unseren Streit zeigte, hatte ich gelöscht.

»Noch mal den Kuss«, forderte Weickert.

Peter machte sich am Pult zu schaffen, und wieder sahen wir Moya und Jaro beim Küssen zu.

»Oha, da könnte man ja fast eifersüchtig werden«, sagte Weickert.

Plötzlich spürte ich einen Stich in der Magengrube. Eifersucht? Nein, natürlich nicht. Hunger.

Aber zu Hause wartete kein Essen auf mich. Da lauerten Kroktorp und Utrusta.

15 MOYA

An unserem ersten Arbeitstag als Reinigungskraft der Firma Wieselflink wirkte Lena müde und kraftlos. Mit einem Wiesel hatte sie wirklich nichts gemeinsam. Sie erinnerte mich eher an Plumpi, den kleinen Lori im Nachttierhaus des Berliner Zoos, der mein Lieblingstier gewesen war, als ich klein war. Dieses nachtaktive Mini-Äffchen hatte riesige, dunkel umrandete Augen, die immer verweint aussahen, und es bewegte sich wie in Zeitlupe, als wäre das Leben eine unglaublich anstrengende Sache. Und das war es für den kleinen Lori auch, wie mein Vater mir damals erklärte. Wenn Menschen nach etwas greifen, spannen sie die Muskeln in ihrer Hand an, bei Entspannung lassen sie los. Bei Loris ist das genau umgekehrt: Das Öffnen der Pfoten ist für ihre Muskulatur unglaublich anstrengend, aber im entspannten Zustand krallen sich die Pfoten automatisch fest. Deswegen fallen sie im Schlaf, wenn sie lockerlassen, nicht von den Bäumen. Aber jede Form von Aktivität kostet sie ungemein viel Kraft.

Lena bewegte sich in diesen Tagen extrem langsam, fast, als würde sie in durchsichtigem Gelee waten. Wie Plumpi konnte sie nicht loslassen. Und sie hatte Augen wie er, riesengroß und schwarz umrandet, denn sie weinte dauernd ohne Grund los. Ich versuchte immer wieder, sie an ihre Zukunftspläne zu erinnern. Neuseeland. Die Journalistenschule, an der sie sich nach der Reise bewerben wollte. Aber sie interessierte sich für nichts. In dieser Situation war der Putzjob reines Gift für sie. Ich hatte ja gewusst, dass man beim Putzen viel über menschliche Abgründe erfährt. Aber mit solchen Abgründen hatte ich dann doch nicht gerechnet.

Schon am ersten Tag stand Lena an der Tür einer Toilettenkabine im Jungenklo und schluchzte. Mit drei Schritten war ich bei ihr und sah, was sie so aus der Fassung gebracht hatte. Die ganze Kabine war vollgepinkelt. Der Boden. Die Wände. Der Sitz. Sogar in dem Behälter für die Klobürste stand stinkender Urin. Und das war noch nicht alles. Wer hier gewütet hatte, machte keine halben Sachen. In der Schüssel schwammen Bröckchen von Erbrochenem. Und ganz tief unten im Abflussrohr steckten auch noch mehrere kleine Wodkaflaschen in einem Knäuel aus aufgeweichtem Toilettenpapier. Spülen ging nicht, dabei wäre das Rohr verstopft und die Toilette garantiert übergelaufen. Um diese Sauerei zu entfernen, musste man mit der Hand in die Ekel-Suppe greifen, und das war sogar mit Gummihandschuhen zum Würgen widerlich.

»Diese Schweine.« Ich schleuderte mit einer Handbewegung meine Gummihandschuhe von mir und nahm Lena in den Arm. »Das machen wir nicht weg! Das geht zu weit. Lass alles genau so, wie es ist. Wir beschweren uns jetzt bei der Schulleitung. Diese Sauerei wegzumachen, das ist nicht unser Job.«

Lena schniefte. »Moya, da hast du was falsch verstanden. Genau das *ist* unser Job. Wir werden dafür bezahlt, dass wir die Pisse und die Kotze von destruktiven kleinen Arschlöchern wegmachen, die hier Sommerkurse besuchen. Heute. Morgen. Und übermorgen wieder, wenn's sein muss. Und wo willst du dich beschweren? Die Schulleitung hat Ferien!« Sie blinzelte die Tränen weg und löste sich aus meiner Umarmung. »Geht schon wieder«, sagte sie und wandte sich ab. »Sind nur die Hormone. Ich mach das jetzt weg.«

»Nein«, widersprach ich. »Du machst die Klassenzimmer. Ich mach das.« Ich schob sie durch die Tür auf den Gang.

»Aber …«

»Keine Widerrede. Ich. Mach. Das. Weg.«

Ich war in diesen Tagen voller Energie, und die Arbeit machte mir nicht viel aus, obwohl es wirklich Schöneres gab. Der Gedanke an unsere Reise gab mir Schwung. Aber Lena wurde immer blasser und stiller. Ich wusste, dass sie immer noch jede Nacht auf Patrick wartete, statt zu schlafen. Doch er kam nicht.

»Wir müssen nach Neuseeland«, sagte ich zu ihr. »Je eher, desto besser.« Und ich durchforstete das Internet auf der Suche nach neuen Jobs für uns. Denn selbst nach den vier Wochen als Urlaubsvertretung in der Putzfirma würde uns immer noch Geld für die Reise fehlen.

Und dann kam der Brief. Kein Wunder, dass er mir wie die Erfüllung all meiner Wünsche vorkam.

16

Institut für interdisziplinäre Psychologie
Lehrstuhl Professor Klingenberg

An Frau
Moya Berger
Rentower Straße 128
10555 Berlin

22. Juli

Sehr geehrte Frau Berger,

wir freuen uns, Ihnen mitteilen zu können, dass Sie für die Teilnahme an der zweiten Runde unserer Studie »Love Test« ausgewählt wurden. In dieser Phase wollen wir unsere theoretischen Annahmen über die Liebe in einem Praxistest überprüfen. Dieses Projekt soll für eine Fernsehdokumentation aufgezeichnet werden. Dafür bieten wir Ihnen ein Honorar in Höhe von 4000 Euro.

Näheres würden wir Ihnen gern in einem persönlichen Gespräch erklären. Bitten rufen Sie mich baldmöglichst an, um einen Termin zu vereinbaren.

Mit freundlichen Grüßen
Prof. Dr. C. Klingenberg

17 MOYA

Beim ersten Lesen verstand ich gar nicht, worum es in dem Brief ging. Fernsehen? Wieso Fernsehen?

Beim zweiten Lesen war ich auch nicht klüger, aber mein Blick blieb an dieser Zahl hängen. Viertausend Euro. Ich steckte den Brief in die Hosentasche und nahm ihn mit zum Putzen.

»Fernsehen? Das machst du nicht«, sagte Lena und traktierte die Bodenfliesen in der Mädchenumkleidekabine so heftig mit dem Schrubber, dass ich befürchtete, sie würde sie zerkratzen.

»Natürlich mach ich das«, sagte ich und wienerte mit ruhigen Bewegungen den großen Spiegel an der Wand der Umkleide. »Komm, wir googeln kurz den günstigsten Flug. Heute buche ich. Basta.« Ich legte das Tuch weg, ließ mich auf die Bank unter der Leiste mit den Wandhaken fallen und zog mein Smartphone aus der Tasche. »Moya, nein! Du machst dich da doch vor der ganzen Nation zum Affen. Wir verdienen unser Geld mit richtiger Arbeit und fliegen später.« Lena schrubbte den Boden noch heftiger. Arme Fliesen.

Ich schüttelte den Kopf. »Quatsch, das ist doch nicht das *Dschungelcamp*. Das ist ein wissenschaftliches Experiment. Ich muss da nichts Peinliches machen.«

Lena richtete sich auf. »Mo, du kannst doch jetzt noch gar nicht wissen, was da passiert. Denk nur an die Kandidatin neulich in der Quiz-Show, die schon bei der ersten Frage rausfiel. Sie wurde hinterher im Internet total gedisst. Irgendwie sowas kann dir auch passieren, und die Sendung ist dann dein Leben lang im Internet abrufbar. Deine späteren Chefs können das sehen. Deine Angestellten. Sogar deine Enkel und Urenkel.«

Ich verschränkte die Arme vor der Brust. »Ich kann ja in der Sendung meinen Namen ändern. Außerdem übertreibst du. Ich sitze nicht auf einem Kandidatenstuhl. Und ich singe auch nicht, ich laufe nicht als Supermodel über den Catwalk, und ich esse keine Maden. Das ist eine ganz andere Art von Sendung.« Ich dachte kurz nach. »Erinnerst du dich an diese Dokumentation über Leute mit Sex-Problemen, die wir neulich gesehen haben, als du bei mir übernachtet hast? Die Teilnehmer haben total offen geredet. Aber wetten, du würdest die Leute nicht mal wiedererkennen, wenn sie hier reinkämen?«

Lena senkte den Blick.

»Würdest du nicht«, stellte ich zufrieden fest. »Und in dieser Sendung geht's nicht mal um Sex, da geht's um Liebe und Romantik. Das dürfen meine späteren Chefs ruhig sehen. Und meine Urenkel auch.«

Jetzt schleuderte Lena den Schrubber wütend von sich, und er fiel krachend zu Boden. »Moya, hör mir doch bitte mal ausnahmsweise zu. Ein Fehler von dir, und du löst einen Shitstorm aus, von dem du dich nicht mehr so schnell erholst.«

»Ach, Quatsch! Und selbst wenn es einen Shitstorm gäbe, würde er mich nicht erreichen. Ich bin dann nämlich in Neuseeland. Wenn wir zurückkommen, ist die Sache längst vergessen.«

»Moya!«, rief Lena wütend aus. »Du machst dir dein Leben kaputt. Ich lass das nicht zu.«
»Sagte die Frau, die gerade fast mit achtzehn schwanger geworden wäre.« Ich sah Lena fest in die Augen. »Ich buche jetzt den Flug.«
Das tat ich dann aber doch nicht, denn Lena schnappte sich mein Handy und drohte, es im Putzeimer zu versenken, wenn ich ihr nicht hoch und heilig schwor, dass ich den Flug erst buchen würde, wenn die Sache beschlossen war. »Und das ist sie noch lange nicht«, sagte sie drohend.
»Der Flug wird aber jeden Tag teurer.«
»Egal«, meinte Lena. »Das ist immer noch besser, als wenn du hinterher jahrelang draufzahlst.«
Wir einigten uns darauf, dass ich mit der Buchung wenigstens noch bis nach dem Info-Gespräch warten würde, und Lena gab mir mein Handy zurück. »Aber eins ist klar«, sagte sie. »Egal, was du tust, ich putze weiter und verdiene mein Geld selbst. Komm mir bloß nicht mit der Ausrede, du würdest das mit der Fernsehsendung für mich tun!« Trotzig presste sie die Lippen aufeinander.
Ich nickte. »Okay, mach das, wie du es für richtig hältst. Aber falls du nicht mehr putzen kannst oder willst, haben wir jetzt einen Plan B.«
»Das wird nicht mal Plan Z.«
»Denkst du!«

Zwei Tage später radelte ich nach dem Putzen zur Uni. Das Gespräch fand diesmal im Institut für interdisziplinäre Psycholo-

gie statt, einem modernen Glaskasten, in dem es drückend heiß war.
Im Foyer wurde ich von dem sportlichen Medizinprofessor Klingenberg erwartet. Seine Gesichtsbräune war noch intensiver als beim letzten Mal. Entweder er arbeitete nie, oder er hatte ein Solarium. »Frau Berger!«, schmetterte er mir entgegen und reichte mir die Hand. »Bitte, hier entlang!« Er wies mir den Weg zu einem kleinen Konferenzraum, in dem bereits Miraculix und die Professorin warteten.
»Kaffee? Tee? Ein Glas Wasser?«, fragte Marie Lagarde.
»Wasser bitte.« Ich setzte mich auf den nächstbesten Stuhl.
»Frau Berger«, sagte Klingenberg, der mir gegenüber Platz genommen hatte. »Wie Sie wissen, möchten wir mithilfe unserer Studie herausfinden, warum Menschen sich zueinander hingezogen fühlen, also ein Liebespaar werden.«
Ich nickte.
»Im ersten Teil des Experiments haben wir daher männliche und weibliche Probanden zusammengestellt, die wissenschaftlichen Erkenntnissen zufolge als Paare harmonieren *könnten*. Im zweiten Teil möchten wir nun feststellen, ob sie es auch tatsächlich *tun*.«
»Aha«, sagte ich wenig geistreich. Aber was sollte ich dazu auch sagen?
Doch Klingenberg schien mit meiner Antwort ganz zufrieden, er nickte und fuhr fort: »Wir werden also mit einem Teil der Testpersonen weitere Experimente machen. Damit haben Sie allerdings nichts zu tun. Mit Ihnen planen wir noch ein weiteres, ein drittes Projekt.«

»Ach«, sagte ich, was auch nicht geistreicher war. Aber ich war vollkommen damit beschäftigt, seine Worte zu verstehen. Drei Projekte? So langsam wurde die Sache unübersichtlich.

Jetzt mischte sich der weißhaarige Professor Melchior in das Gespräch ein. »Es gab da bei Ihnen nämlich eine Besonderheit: Während die anderen Paare von uns eindeutig zusammengestellt werden konnten, gab es bei Ihnen mehrere denkbare Konstellationen. Sie passen aus wissenschaftlicher Sicht zu drei unserer männlichen Probanden.«

»Ich?« Eigentlich hätte ich eher gedacht, dass ich zu keinem passte. Das war auf jeden Fall mein Eindruck, als ich an die Jungs zurückdachte, mit denen ich bei der angeblichen »Party« gesprochen hatte. Ein paar waren ja wirklich nett gewesen, aber mehr auch nicht.

»In der Tat. Und diese Besonderheit qualifiziert Sie für die Fernsehdokumentation, die wir planen.« Melchior legte die Fingerspitzen aneinander und sah mich bedeutungsvoll an. »Wir wollen bei weiteren Tests herausfinden, welcher der drei am besten zu Ihnen passt und ob Sie sich vielleicht sogar in einen der jungen Männer verlieben können. Und der Fernsehsender Sunshine TV will diese Experimente mit der Kamera begleiten.«

Wieder eine Sonderrolle für mich? »Ist das nicht sehr unwissenschaftlich?«, wollte ich wissen. »Forschungsergebnisse müssen repräsentativ sein. Man muss solche Experimente doch mit ganz vielen Testpersonen machen, bevor man die Ergebnisse verallgemeinern kann.«

»Das tun wir ja parallel dazu«, erklärte Professor Melchior. »Aber Wissenschaft ist ein langsamer Prozess und besteht, wie Sie sehr richtig sagen, aus unzähligen Wiederholungen. Fernsehen hingegen braucht starke Bilder und farbige Charaktere. Sie dienen also den Zuschauern quasi als anschauliches Beispiel für all die Testpersonen, mit denen wir in dieser Studie gearbeitet haben.«

Während Klingenberg und Melchior mir das Konzept noch genauer erklärten, dachte ich fieberhaft nach. War es unehrlich von mir, wenn ich hier mitmachen würde? Ich würde mich garantiert nicht in einen der drei Jungs verlieben. Das konnte nur passieren, wenn ich an Liebe glauben und sie mir deswegen einreden lassen würde. Stichwort Yeti. Den sahen ja auch immer nur die, die nach ihm Ausschau hielten. Aber durfte ich trotzdem viertausend Euro annehmen, obwohl ich mir sicher war, dass das Experiment scheitern würde?

Doch dann kam mir ein anderer Gedanke: Vielleicht war es ja genau deswegen wichtig, mitzumachen? Ich war sicher, dass es sich bei dem Gerede über Liebe um eine Art Massenwahn handelte. War es da nicht sogar meine Aufgabe, dieses ganze Lügenluftschloss zu entlarven? Um die Leute zum Nachdenken zu bringen?

Ich entschloss mich zu Ehrlichkeit. »Und wenn ich mich in keinen der Jungs verliebe? Also, ich bin ja nicht so die Romantikerin, und auf Partnersuche bin ich auch nicht. Vielleicht bin ich für diese Studie gar nicht die Richtige …«

Melchior lächelte. »Aber genau deswegen haben wir Sie doch ausgewählt! Wir wollen ja nicht auf Teufel komm raus beweisen, dass wir recht haben. Wir wollen neue Erkenntnisse sammeln. Eine kritische Kandidatin ist dafür ideal! Wenn Sie sich also nicht verlieben, obwohl unserer Ansicht nach die Voraussetzungen dafür optimal wären – auch das wäre ein Ergebnis! Wobei ich ehrlich gesagt nicht damit rechne, dass dieser Fall eintreten wird. Aber egal. Fest steht: Wir erwarten nichts von Ihnen außer engagierter Teilnahme.«

Ich atmete auf. »Okay. Und wie würde das ablaufen? Wie viel Zeit muss ich einplanen?«

Marie Lagarde beugte sich vor und schlug eine Mappe auf. »Wir würden Sie in der Drehzeit gern rund um die Uhr beanspruchen. Ça veut dire: Sie sollten einen ungefähr zweiwöchigen Aufenthalt am Drehort einplanen. Sie wohnen dort und absolvieren in dieser Zeit auch die Challenges, begleitet von Kameras.«

»Und wo liegt dieser Ort?«

»In England.« Die Professorin entnahm der Mappe einen Prospekt und reichte ihn mir über den Tisch. Auf dem Titelbild sah ich ein altehrwürdiges Herrenhaus, von Efeu überwuchert, mit hohen Sprossenfenstern. Es stand in einem Park mit riesigen Bäumen. Dagegen war die Villa, in der die bisherigen Tests stattgefunden hatten, eine Hütte. »Das ist ein ehemaliges Sanatorium«, sagte Frau Professor Lagarde. »Ein Gebäudekomplex in einem Park in der Nähe von Glastonbury, der gerade zum Hotel umgebaut wurde, zurzeit aber noch leer steht. Das ist ein Drehort, der optisch viel hermacht. Meine Kollegen und ich sind natürlich auch dort, als Leiter der Experimente.«

Ich blätterte den Prospekt durch und sah ein romantisches Zimmer mit offenen Fenstern, an denen sich weiße Vorhänge im Wind bauschten. In einem Garten standen verwitterte Marmorskulpturen zwischen Rosenbüschen. Ja, optisch gab das wirklich was her.

»Versteh ich das richtig?«, fragte ich. »Ich wohne zwei Wochen lang in diesem schlossähnlichen Sanatorium, mache Experimente, bei denen ich drei Jungs näher kennenlerne, werde dabei gefilmt und bekomme anschließend viertausend Euro?«
»Richtig.« Das kam von Klingenberg.
»Wow!« Ich wollte schon zusagen, aber dann fielen mir Lenas Bedenken ein. »Diese Dokumentation«, begann ich. »Die läuft doch vermutlich spätabends.«
Marie Lagarde schüttelte den Kopf. »Donnerstags, um 20.15 Uhr.«
»Donnerstags sind die Einschaltquoten nicht so hoch, oder?«
Sie zuckte mit den Schultern. »Nun, die Quoten hängen wohl weniger vom Wochentag ab als vom Inhalt der Sendung.« Sie klang ein bisschen beleidigt. Als hätte ich ihr unterstellt, auf einem schlechten Sendeplatz gelandet zu sein.
»Ich wollte nur wissen, ob Sie da irgendwie mit einem Hype rechnen«, stellte ich richtig. »Ich meine: Sollte ich vielleicht meinen Namen ändern oder eine Panda-Maske tragen?«
Jetzt musste sie lachen. »Nun, ich für meinen Teil werde keine tragen und auch meinen richtigen Namen verwenden.«
»Und wird die Dokumentation live gesendet?«
»Die *Dokumentation* nicht. Wir zeichnen die einzelnen Folgen auf und senden sie zeitversetzt.«
Na, das würde Lena beruhigen. Selbst wenn ich mal etwas Falsches sagen würde, konnten die das bis zur Sendung noch rausschneiden. Aber wieso sprach sie von Folgen? Und wieso betonte sie das Wort Dokumentation so merkwürdig? »Ist das keine einmalige Sendung?«, wollte ich wissen.

»Dafür ist unser Experiment zu komplex. Es sollen insgesamt fünf Sendungen werden. Vier normale Folgen und zum Schluss eine Livesendung, in der wir die Ergebnisse präsentieren und diskutieren«, erklärte die Professorin. »Die Livesendung ist notwendig, weil wir das Publikum einbeziehen wollen.«
Professor Melchior strich mit der Hand über seinen weißen Bart und schenkte mir ein großväterliches Lächeln. »Keine Sorge. Wenn Sie während der Drehzeit irgendwann den Rat eines Psychologen benötigen, ist der ja nicht weit.«
Ich lächelte ihn an. »Und wann gehen die Dreharbeiten los? Ich habe nämlich zurzeit einen Ferienjob.«
Wieder antwortete Marie Lagarde. »Nun, das wird natürlich noch mit allen Teilnehmern abgestimmt, aber wir würden gern übernächste Woche beginnen. Die Vorbereitungen laufen schon seit einiger Zeit, wir sind fast startbereit.«
Uff. So bald? Okay, das Geld für den Putzjob brauchte ich nun nicht mehr, aber immerhin hatte ich einen Vertrag unterschrieben. Andererseits gab es genug Ferienjobber, die garantiert gern für mich einspringen würden.
»Gibt es da Probleme?«, wollte Professor Melchior wissen.
»Übernächste Woche könnte klappen«, überlegte ich. Plötzlich fiel mir noch etwas ein. »Ach, noch eine Frage: Wer nimmt denn außer mir an dem Experiment teil? Also, ich meine: Welche Jungs?«
Melchior verschränkte die Arme vor der Brust. »Das können wir Ihnen leider noch nicht sagen, es ist Teil des Experiments, dass Sie die drei erst in England sehen.«
Okay, wieder mal keine Infos. Aber diesmal konnte ich dieses

Argument sogar nachvollziehen. Und war es überhaupt wichtig, welche Jungs dabei waren? In der kurzen Zeit würde ich ja wohl mit jedem klarkommen. Viel schwieriger war ein anderes Problem. Ich musste Lena irgendwie verklickern, dass die Fernsehsendung keine große Sache war. »Wie ist das denn rein rechtlich?«, fragte ich. »Was darf ich mitbestimmen?«

»Wir würden das gern ähnlich wie bei dem wissenschaftlichen Teil des Experiments handhaben«, sagte Professor Klingenberg und zeigte lächelnd all seine Zähne. »Sie müssten sich damit einverstanden erklären, dass wir Sie außerhalb Ihres privaten Wohnbereichs jederzeit filmen könnten. Natürlich nicht in Ihrem Schlafraum oder gar im Badbereich! Sie müssten sich außerdem bereit erklären, an den Experimenten teilzunehmen, ohne zuvor alle Infos darüber zu erhalten. Und Sie müssten sich den Anweisungen des Regisseurs fügen. Aber selbstverständlich wird niemand von Ihnen etwas verlangen, das wider die guten Sitten verstößt, wie Juristen es so schön ausdrücken. Und selbstverständlich sollen und dürfen Sie stets so handeln, wie es für Sie charakteristisch ist. Eins können Sie allerdings nicht mehr, wenn Sie die Verträge unterschrieben haben: aussteigen. So eine Fernsehsendung kostet viel Geld, und wir können die Dreharbeiten nicht einfach abbrechen, weil Sie es sich anders überlegt haben.«

»Und wenn ich krank werde?«

Melchior nickte bedächtig. »Das ist höhere Gewalt. In diesem Fall müssen wir gemeinsam eine für alle akzeptable Lösung finden.«

»Haben Sie was dagegen, wenn ich den Vertrag von einem Anwalt prüfen lasse?«

Er lächelte mich an. »Im Gegenteil. Es liegt in unserem Interesse, dass Sie mit den rechtlichen Details wirklich einverstanden sind. Es müsste nur schnell gehen.«
Das würde ich schon irgendwie hinbekommen, hoffte ich. Und wenn da ein Anwalt draufgeguckt hatte, wäre bestimmt auch Lena endlich beruhigt.
»Okay«, sagte ich. »Einverstanden. Wenn der Anwalt keine Einwände hat, mache ich mit.«

Als ich nach Hause kam, empfing mich Stille. Aber das musste nicht heißen, dass mein Vater nicht da war. Er war ein ruhiger Mensch und um diese Zeit eigentlich immer hier. Ich feuerte meinen Rucksack in mein Zimmer, dann machte ich mich auf die Suche nach ihm. In seinem Arbeitszimmer war er nicht. Im Bad auch nicht. In seinem Schlafzimmer natürlich sowieso nicht, da war er nur zwischen Mitternacht und sechs Uhr morgens. Alle Räume waren extrem ordentlich und übersichtlich, geradezu leer, so wie immer. »Um alles, was man besitzt, muss man sich auch kümmern«, sagte mein Vater immer. Und deswegen besaßen wir nur wirklich wichtige Dinge. Aber das gefiel mir, denn es machte unseren Alltag überschaubar.
Als ich an der Tür zu unserer großen Wohnküche stand, sah ich schließlich, dass er am Tisch saß und Zeitung las. Er hatte noch nicht mitbekommen, dass ich wieder zurück war, denn das leise Blubbern des riesigen Aquariums, das fast die ganze rechte Wohnzimmerwand einnahm, hatte meine Schritte übertönt. Schwärme von kleinen bunten Fischen zogen dort zwischen Wasserpflanzen ihre Kreise. Ganz dicht an der Scheibe legten

zwei rosafarbene Guramis ihre Mäuler aneinander, als würden sie sich küssen.
Fische waren das Einzige in unserer Wohnung, das eine Daseinsberechtigung hatte, ohne nützlich zu sein. Wobei ich manchmal den Verdacht hatte, dass sie für meinen Vater doch einen Nutzen besaßen. Vielleicht brachten sie Farbe in sein ruhiges Leben, wenn ich nicht da war, und sorgten dafür, dass er sich gebraucht fühlte.
Ich blieb stehen und betrachtete meinen Vater, der mit gerunzelter Stirn einen Artikel las. Für einen Vater sah er richtig gut aus. Groß, fit, mit kantigem Gesicht und grauen Schläfen. Ein bisschen wie George Clooney, nur mit Lesebrille. Er war ein echtes Arbeitstier und fast immer in ein mathematisches oder physikalisches Problem vergraben.
Als ich ihn jetzt beim Zeitunglesen beobachtete, spürte ich plötzlich fast schmerzhaft, wie lieb ich ihn hatte. Er war für mich der beste Vater der Welt. Obwohl meine Mutter nicht bei uns lebte, hatte ich nie etwas vermisst. In der Grundschulzeit hatte ich zwar kurz eine Phase durchlebt, in der ich gern wie alle anderen gewesen wäre und zu Hause eine Mutter und Geschwister gehabt hätte. Aber als ich meinen Vater damals fragte, warum wir so und nicht anders lebten, sagte er: »Weil es zu uns passt.« Und dann fügte er noch hinzu: »Du hast ja eine Mutter. Sie ist nur nicht hier. Dafür bin ich da.«
Und so war's ja auch. Ich hatte ihn, und meine Mutter kam regelmäßig zu Besuch. Und wenn sie nicht da war, telefonierten wir mit ihr. Das passte zu uns.
Die Guramis hinter meinem Vater pressten noch immer ihre

Fischmäuler aneinander. Ich grinste, denn diese Fische kamen mir plötzlich irgendwie symbolisch vor. Sie sahen aus, als würden sie sich küssen. Aber in Wahrheit versuchten sie nur, sich gegenseitig aus dem Revier zu schieben. Da gab's durchaus Parallelen zum Homo sapiens, und inzwischen fand ich es klug von meinen Eltern, dass sie auf solche Machtspiele verzichteten.
Jetzt sah mein Vater auf. »Hallo, Momo!« Er lächelte mich an.
Ich ließ mich ihm gegenüber auf einen Stuhl fallen. »Hallo Paps. Hast du gerade Zeit?«
»Sicher.«
»Lies mal.« Ich reichte ihm den Brief.
Er überflog die Zeilen und runzelte die Stirn. »Versteh ich nicht«, murmelte er. »Was wollen die von dir?«
Ich erklärte ihm die Details, und er hörte aufmerksam zu.
»Lena rät mir davon ab«, sagte ich, nachdem ich Pro und Contra aufgezählt hatte. »Was meinst du?«
»Was denkst du denn selbst darüber?«, fragte er zurück.
»Ich bin hin- und hergerissen«, gab ich zu. »Was würdest du an meiner Stelle tun?«
Er runzelte die Stirn. »Der Chemiker Louis Pasteur hat einmal einen Satz gesagt, an den ich mich nach Möglichkeit halte«, meinte er dann. »Frei übersetzt lautet er: Der Kluge gibt nur einen Rat, wenn er darum gefragt wird. Der Weise nicht einmal dann. Ich denke, du solltest tun, was du für richtig hältst.«
»Wenn ich das nur wüsste«, seufzte ich.
»Das mit dem Anwalt ist doch eine gute Idee.« Er lächelte mich liebevoll an. »Danach siehst du bestimmt klarer. Ich kann dir helfen, einen zu finden. Und ich übernehme auch die Kosten.« Er

zog sein Smartphone aus der Brusttasche und machte sich im Internet sofort auf die Suche nach einem Juristen, der sich mit Medienrecht auskannte. Als ich ihn dabei betrachtete, fragte ich mich, ob sein Leben nicht sehr still werden würde, wenn ich in Neuseeland war und in seiner Nähe nur noch die Fische vor sich hinblubberten. Aber ich schob diesen Gedanken beiseite. Paps wäre der Letzte, der sich wünschen würde, dass ich bei ihm bleiben sollte. Und ich tröstete mich damit, dass ich leicht auch per Telefon Geräusche in sein Leben bringen konnte.

18

Bellermann und Partner
Medienrechtskanzlei Berlin
Rathenauplatz 3
10711 Berlin

An Frau
Moya Berger
Rentower Straße 128
10555 Berlin

Sehr geehrte Frau Berger,

wie besprochen fasse ich hier noch einmal schriftlich die wichtigsten Ergebnisse unseres heutigen Gesprächs zusammen: Der Vertrag, den Sie mir zur Prüfung vorgelegt haben, enthält ausnahmslos branchenübliche Regelungen. Daher gibt es bei diesem Vertrag sicher keinen Verhandlungsspielraum. Sie sollten also vor der Unterzeichnung sicher sein, dass Sie mit folgenden Einschränkungen einverstanden

sind: Das Filmteam kann Sie jederzeit außerhalb Ihres Privatbereichs mit versteckten Kameras filmen. Sie dürfen in der Öffentlichkeit nichts, aber auch gar nichts, über Vertragsinhalte oder die Show erzählen, auch nicht auf Facebook oder Twitter.
Aus diesem Grund ist es Ihnen auch nicht erlaubt, während der Drehzeit ein Handy oder ein anderes internetfähiges Gerät zu benutzen.
Sie dürfen bis zur Ausstrahlung der Sendung keine wesentlichen Änderungen Ihres Aussehens vornehmen, sich außerdem nicht verloben oder heiraten und sich auch nicht öffentlich in Begleitung eines Mannes zeigen, der nicht zur Familie gehört. Die Teilnahme an der Sendung können Sie nach Vertragsunterzeichnung nur aus triftigen Gründen abbrechen. Solche Gründe sind höhere Gewalt, schwere Krankheit oder Tod.
Bei Vertragsverletzungen müssen Sie der Produktionsfirma Schadensersatz in Höhe von bis zu dreißigtausend Euro leisten.
Aber Sie haben nicht nur Pflichten, sondern auch Rechte. So müssen Sie sich zwar den Anweisungen des Regisseurs fügen, doch inhaltlich darf er Ihnen keine Vorgaben machen. Was Sie sagen, ist also ganz und gar Ihre Sache.

Ihm steht es allerdings frei, nicht zu senden, was Sie gesagt haben, falls es nicht ins Sendungskonzept passt.
Das sind die wichtigsten Punkte des Vertrags.
Sollten Sie noch weitere Fragen haben, können Sie sich jederzeit gern an mich wenden.

Mit freundlichen Grüßen

F. Bellermann
Rechtsanwalt

LOVE TEST

TEIL 2 – DREHTAGE IN ALTEN GEMÄUERN

19 MOYA

Nur eine Woche später saß ich in der Garderobe der Fernseh-Produktionsfirma und wartete auf die Visagistin, die mich schminken und stylen sollte. Wir wollten am Vormittag den Trailer für die Sendung drehen, noch in Berlin. Danach würde ich direkt nach England fliegen.

Die vergangenen Tage waren chaotisch gewesen. Ich hatte eine Entscheidung getroffen, den Vertrag unterschrieben, den Putzjob gekündigt, unzählige Diskussionen mit Lena geführt, meinen Koffer gepackt, der schon unterwegs nach England war, und, ja, ich geb's zu, ich habe zur Vorbereitung auf die Sendung sogar heimlich vorm Spiegel an einem kameratauglichen Lächeln gearbeitet. Leider ohne Erfolg, wie mir mein Spiegelbild jetzt zeigte. Ich grinste, zumindest gab mein Gehirn den Mundwinkeln den Befehl, nach oben zu wandern. Aber dabei sah ich eher aus wie jemand, der kontrolliert, ob er noch Spinat zwischen den Zähnen hat. Selbstkritisch musste ich zugeben: Bei meiner Schauspielkunst hatte ich noch viel Luft nach oben.

Hilfe, wo steckte diese Visagistin nur? Das Warten war nicht gut für mich. Ich hatte zu viel Zeit zum Nachdenken. Zu viele Spiegel um mich herum. Und zu viel Neonlicht im Gesicht. Je länger ich mich anstarrte, desto mehr erinnerte ich mich an einen Zombie, blass und unausgeschlafen, wie ich nach dieser anstrengenden Woche war. Bestimmt würde die Visagistin bei meinem Anblick vor Entsetzen ihre manikürten Hände über dem wohlfrisierten Kopf zusammenschlagen und mit klappernden Absätzen fliehen. Nur eine Wolke von Parfüm würde zurückbleiben.

Um mich abzulenken, betrachtete ich den Kleiderständer an der Wand neben mir. Hingen die vielen Klamotten da immer oder waren sie für mich? Hoffentlich nicht. Ich sah weder Jeans noch T-Shirts oder Tops, überhaupt nichts in meinem Stil. Nur kurze Kleidchen und wallende Flattergewänder.

Plötzlich hörte ich draußen im Flur ein leises Trippeln.

Klickediklick. Die Garderobentür öffnete sich einen Spalt, und ich sah im Spiegel, wie jemand seine Nase in den Raum schob. Etwa auf Kniehöhe. Diese Nase war schwarz und feucht, und ihr folgte ein schwarzbraunes Tier in Katzengröße. Um eine Katze handelte es sich aber eindeutig nicht, denn als das Tier mich sah, wedelte es vor Freude mit dem Schwanz. Also war es vermutlich ein Hund. Oder ein Hundebaby, den großen Pfoten nach zu urteilen. Aber ganz sicher war ich nicht, denn das Wesen hatte Ohren wie eine Fledermaus, runde Augen wie ein Äffchen, Beine wie ein Ziegenkitz und ein Ringelschwänzchen. Sein skurriles Aussehen war dem Tier aber sichtlich egal. Vergnügt hüpfte es vor mir auf und ab wie ein Flummi.

»Wer bist denn du?«, fragte ich, bückte mich und streichelte es. Zum Glück hatte ich nicht »Was bist denn du?«, gefragt, was mir eigentlich auf der Zunge lag, denn nun sagte eine Stimme hinter mir: »Das ist Dobby.«

Ich richtete mich auf und drehte mich um. An der Tür stand ein

Mädchen in Trekking-Hose und XXL-Shirt. Sie hatte ihre blonden Haare zu einem unordentlichen Knoten zusammengefasst und war ungeschminkt.

»Dobby«, wiederholte ich. Das passte. »Er ist toll! Gehört er dir?«

Das blonde Mädchen nickte und ließ sich neben mir auf den zweiten Frisiersessel fallen.

»Puh, ist das früh heute«, sagte sie.

»Bist du auch ein Opfer der Visagistin?«, fragte ich und wies mit dem Kinn auf die Fläschchen und Tuben auf der Ablage vor uns.

»Nein«, sagte sie und grinste. »Ich *bin* die Visagistin.«

»Oh«, sagte ich. »Mist. Blöder Einstieg, tut mir echt leid.«

»Och«. Sie lehnte sich in ihrem Sessel zurück. »Seh ich nicht so. Dobby mag dich, also bist du okay. Und du beschreibst das ja ganz treffend: Du bist in der nächsten Stunde wirklich mein Opfer.« Sie formte die Hände zu Krallen und fauchte, dann lachte sie.

»Eine Stunde?« Ich seufzte. »Na dann. Ich bin Moya.«

Sie sprang auf und streckte mir die Hand entgegen. »Lynn!« Als ich einschlug, zog sie mich aus dem Sessel und führte mich zu dem Kleiderständer. »Zuerst suchen wir mal aus, was du anziehen wirst. Dann sehen wir weiter. Was gefällt dir denn?«

Hmm, nichts. Aber das wollte ich nicht so offen sagen. Vermutlich hatte Lynn diese Kleider für mich ausgewählt, und nach dem letzten Fauxpas wollte ich sie nicht schon wieder kränken. Verlegen zupfte ich an einem bodenlangen, silberglitzernden Kleid. »Schwierig. Das ist alles nicht so mein Stil.«

»Das denkst du jetzt noch, aber Kleider stehen dir bestimmt super«, sagte sie und musterte mich vom Kopf bis zu den Zehen. »Wobei – mit dem silbernen hast du recht. Das passt nicht zu deinem Teint.«
Ich entschloss mich zu Ehrlichkeit. »Und nicht zu mir. Nichts davon passt. Ich bin nicht so der romantische Flatter-Typ.«
Sie nickte. »Ja, das sehe ich. Aber sie wollen was ganz Besonderes für diesen Trailer, haben sie gesagt. Am liebsten einen Mix aus Bachelorette und Ritterfräulein.«
»Wie bitte?«
»Kennst du die Artussage? Die tragische Liebesgeschichte aus dem Mittelalter zwischen König Artus, Ritter Lancelot und der schönen Guinevere? Diese Story hat sich einst im magischen Reich Avalon zugetragen, und das befindet sich angeblich genau da, wo wir ab morgen die Show drehen. In Glastonbury. Deswegen müssen wir dich jetzt wenigstens ganz entfernt auch ein bisschen mittelalterlich stylen.«
»Müssen wir?«
»Wir müssen.«
»Aber wieso denn ein Look wie die Bachelorette? Und wieso sprichst du von einer Show? Das ist eine Wissenschaftssendung.«
»Das ist Fernsehen. Und Fernsehen ist immer Show, auch wenn es um Wissenschaft geht. Vertrau mir einfach, ich hab einen guten Blick für Menschen. Du wirst nachher garantiert ganz anders aussehen als jetzt, aber du wirst dich wiedererkennen.«
Ich sah Lynn an, die jetzt nachdenklich vor den Kleidern stand und eins nach dem anderen hervorzog. Tatsächlich hatte ich

Vertrauen zu ihr, vielleicht, weil sie selbst so nachlässig gekleidet war. Oder wegen Dobby, der sich zu meinen Füßen niedergelassen hatte und an meiner Sandale kaute. Also ergab ich mich seufzend meinem Schicksal.

Mit sicherem Griff zog Lynn ein weißes Kleid hervor. »Wenn du's lieber natürlich magst, nehmen wir das. Es besticht durch seine Schlichtheit.« Sie hielt es vor mich hin, und ich betrachtete mich im Spiegel. Das Kleid war wirklich ganz einfach. Kurz, aber nicht allzu kurz, und aus einem zarten Stoff.

»Okay.« Ich nickte.

»Und damit es nicht zu süßlich wird, trägst du es mit einem Gürtel, und zwar mit diesem.« Sie zog ein breites Band aus hellbraunem, weichem Wildleder von einem Bügel. »Guck mal, das wirkt auch natürlich und passt zu dir. Außerdem macht es eine schmale Taille und Megamonstertitten.«

Ups. Machte es die? Okay.

»Und dazu gehst du barfuß und die Haare trägst du offen. Ganz du selbst.«

Sie stemmte die Hände in die Hüften und sah mich mit leicht zugekniffenen Augen an, wie ein Künstler sein unfertiges Kunstwerk. »Im Gesicht gibt's auch nicht viel Arbeit«, verkündete sie dann. »Du hast ja einen Teint, für den andere morden würden. Aber trotzdem müssen wir ein bisschen pinseln. Kameras können grausam sein. Los, setz dich. Wir fangen an.«

Gehorsam ließ ich mich auf einen Frisiersessel fallen und schloss die Augen. Nach einer Weile spürte ich warmes Fell an meinem Fuß. Dobby hatte es sich an mich gelehnt gemütlich gemacht. Irgendwie beruhigte mich das, und ich döste vor mich hin, wäh-

rend Lynn zupfte, cremte, einmassierte, pinselte, puderte, föhnte und sprayte.
»So, fertig«, sagte sie irgendwann, und ich öffnete vorsichtig ein Auge, riss dann aber entsetzt beide auf. »Himmel! Sagtest du nicht, im Gesicht würdest du nicht viel machen? Ich seh ja aus wie Winnetou.« Mein Gesicht war unnatürlich rotbraun geschminkt.
»So siehst du nur in normalem Licht aus«, sagte Lynn. »Pass mal auf.«
Ich hatte nicht bemerkt, dass sie beim Arbeiten die Beleuchtung gewechselt hatte. Jetzt schaltete sie eine andere Lampe ein und, tatsächlich, sie hatte recht. Plötzlich sah ich gar nicht mehr aus wie eine Rothaut, sondern strahlend frisch. Meine Haare fielen in schönem Schwung auf die Schultern und hatten jetzt Glanz. Ich war immer noch ich. Nur schöner.
»Wow, danke!«
»Jetzt noch das Kleid«, sagte Lynn.
Zehn Minuten später war ich fertig, und Lynn begleitete mich zum Studio. Es war ein seltsames Gefühl, barfuß im weißen Kleid und mit rot geschminktem Gesicht durch die Korridore der Produktionsfirma zu laufen. Wir begegneten vielen geschäftsmäßig gekleideten Mitarbeitern, doch niemand schien sich über meinen Anblick zu wundern. Dobby, der hinter uns hertrippelte, bekam weit mehr Beachtung.
»Die kennen das«, sagte Lynn, als ich meine Verwunderung äußerte. »Man kann sie nur noch schwer verblüffen.« Dann lachte sie. »Gestern bin ich hier mit einem Werwolf entlanggegangen, da sind dann doch einige zusammengezuckt.«

Das Studio sah aus wie eine Fabrikhalle. Überall werkelten Techniker, Beleuchter und Leute vor sich hin, von denen ich keine Ahnung hatte, wofür sie zuständig waren. An der Decke hing ein wahrer Wald aus Scheinwerfern. Eine Wand und ein Teil des Bodens waren mit grünem Stoff verhüllt. Davor standen ein großer Ventilator und riesige Kameras auf Rollen. Hinter einer davon sah ich einen Mann, der jetzt auf mich zukam und mir die Hand reichte. »Hallo Moya. Ich bin Peter und leite beim Love Test die Kameraaufzeichnung.«

Erleichtert stellte ich fest, dass Luke nirgends zu sehen war. Offenbar gehörte er nicht zum Team. Ich war froh, dass ich ihn los war. Peter war mir viel lieber. In seiner ruhigen Art erinnerte er mich ein bisschen an meinen Vater, und ich fühlte mich in dem sterilen Studio gleich ein bisschen heimischer.

Beim Dreh stellte ich dann schnell fest, wie wichtig es war, einen netten Menschen wie Peter hinter der Kamera zu wissen.

Der Regisseur der Sendung, ein Typ mit Hornbrille und halblangen Haaren, reichte mir nur kurz die Hand. »Hey Moya, ich bin Lars Weickert. Sag einfach Lars zu mir.« Anscheinend war er viel zu wichtig, um mir irgendetwas zu erklären. Für einen kleinen Scherz hatte er aber dann doch Zeit. »Leute«, sagte er in die Runde. »Wir drehen jetzt den Trailer für die Sendung mit der Maus.« Und bei dem Wort Maus blinzelte er mir zu. Hahaha. Danach verschwand er, und ich hörte seine Stimme nur noch über Lautsprecher. Er sah mich, aber ich sah ihn nicht, und das war echt unangenehm. Ich musste mich nun vor die grüne Wand stellen, auf die später mit einem technischen Trick irgendein anderes Bild eingeblendet werden würde. Dann schaltete jemand den Ventilator ein, und meine Haare und mein Kleid flatterten in künstlichem Wind.

»Lächeln!«, donnerte plötzlich Weickerts Stimme aus den Lautsprechern, aber das war in dieser abstrusen Situation noch schwerer als zu Hause vorm Spiegel. Hätte ich Peter nicht gehabt, wären mir die Gesichtszüge eingefroren. »Du machst das super«, sagte er, und plötzlich war mein Lächeln echt.

»Jetzt mal bitte ganz ernst!«, schallte da die Stimme des Regisseurs. »Dramatisch! Tragisch!« Es dauerte ein bisschen, aber nach ein paar Anläufen schaffte ich auch das.

»Kann ich die Aufnahmen mal sehen?«, fragte ich, als wir fertig waren.

»Später irgendwann«, sagte Weickert. »Aber erst müssen wir noch die Wissenschaftler filmen. Und die Jungs.« Irgendwie hatte ich bei seinen Worten ein ungutes Gefühl. Aber darüber konnte ich jetzt nicht nachdenken, denn nun wurde es hektisch. Ich musste mich ganz schnell umziehen und meine Indianerfarbe abwaschen, dann sprangen Lynn, Dobby und ich in ein Taxi, das uns zum Flughafen bringen würde. Und morgen begannen dann schon die Dreharbeiten in Glastonbury.

Am Flughafen dann die Überraschung: Am Check-in stand Lena und reckte sich den Hals nach mir aus. »Da bist du ja«, sagte sie, als sie mich erblickt hatte. »Ich wollte dir noch was geben.«

Dobby sprang an Lena hoch, als sei sie eine alte Bekannte, was Lynn zu einem Lächeln veranlasste. »Lasst euch Zeit«, sagte sie zu Lena und mir. »Ich stell mich schon mal an, dann könnt ihr noch ein bisschen reden.«

Lena nestelte an ihrem Rucksack und zog ein großes Notizbuch heraus. Auf dem Cover sah ich ein gelbes Verkehrsschild, wie es sie in Neuseeland gibt. Darauf watschelten zwei Pinguine über eine Straße und ein Schriftzug verkündete: »Penguins crossing«.
»So wie wir bald!«, sagte Lena und grinste. »Ich dachte mir, du könntest hier alles reinschreiben. Alles, was du erlebst.«
Gerührt strich ich über das Bild. Das hieß ja wohl, dass sie doch ganz fest an unsere Neuseelandreise glaubte. Und ich hatte schon befürchtet, dass sie es sich anders überlegt hatte. »Ich weiß nicht, ob ich in England viel Zeit zum Schreiben finde«, dachte ich laut.
»Versuch's!«, bat Lena mich. »Telefonieren können wir ja nicht. Bitte schreib ganz viel auf. Ich wäre ja am liebsten dabei, aber das geht eben nicht. Und wenn du alles notierst, kann ich es wenigstens später lesen. Nur wenn du nichts dagegen hast, natürlich.«
»Mach ich«, versprach ich ihr. »Und natürlich hab ich nichts dagegen, wenn du das liest. Schreib du aber auch alles auf, ja?«
Lena nickte. »Irgendwie hab ich kein gutes Gefühl bei der ganzen Sache.« Sie wirkte richtig traurig, als sie das sagte.
»Warum? Wovor hast du Angst?«, fragte ich.
»Dass du dich veränderst«, sagte sie leise.
»Vielleicht zum Positiven?«, witzelte ich, aber Lena lächelte nicht. Doch wir hatten keine Zeit, noch länger darüber zu reden. Lynn winkte mir zu, weil sie gleich dran war, und Lena und ich mussten Abschied nehmen.

Während des Flugs lag Dobby in einer Art Reisetasche mit Fenstern, die auf Lynns Schoß stand. Er hatte sich zusammengerollt und schien überhaupt nicht zu merken, dass er sich gerade Tausende von Metern über dem Erdboden und damit auch über dem nächsten Pinkelbaum befand. Aber Lynn bemerkte es sehr wohl. Sie war ganz blass um die Nase und sagte kaum ein Wort. Das gab mir Zeit nachzudenken.

So eine Fernsehproduktion war schon eine merkwürdige Sache, fand ich. Für ein paar Sekunden Sendezeit brauchte man offenbar ein Heer von Menschen, überall wuselte jemand herum. Obwohl das, was wir da aufnahmen, eigentlich unglaublich banal war – ich im weißen Flatterkleid vor einem Ventilator –, nahmen alle sich und ihre Arbeit so wichtig, als ginge es mindestens um die Rettung des Planeten. Und irgendwie schafften sie es, einen da so richtig reinzuziehen: Man trieb im Strom mit, ob man wollte oder nicht. Da waren so viele Experten. Fachleute für Licht, für Ton, für die Kameras, für mein Aussehen, mein Lächeln und so weiter und so fort, dass ich dachte: Lass die mal machen. Und je konstruktiver ich tat, was alle wollten, desto besser war die Stimmung im Team und desto schneller war's vorbei. Also machte ich einfach mit.

Trotzdem – irgendwie hatte ich dabei immer noch ein ungutes Gefühl. Lag das an Lenas Warnungen? Oder daran, dass Lynn die Sendung *Bachelorette* erwähnt hatte?

Ich hab mich immer gefragt, wer sich als Kandidat für solche Shows hergibt und warum. Und jetzt stand ich plötzlich selbst im weißen Flatterkleid da und strahlte in die Kamera.

Lynn hatte ja recht. Beim Fernsehen ging es immer um Show. Die wollten Einschaltquoten. Wer A wie Aufnahme sagt, muss auch B wie Business sagen. Aber trotzdem hatte ich eher mit einer Wissenschaftsdoku gerechnet, ungefähr so wie »Expeditionen ins Tierreich«, nur eben mit Menschen. Ich wusste natürlich, dass sogar in solchen Sendungen vor allem spektakuläre Bilder gezeigt werden. Löwen zum Beispiel schlafen im Schnitt zwanzig Stunden pro Tag. Im Film aber sieht man dauernd, wie sie Sex haben oder Antilopen reißen. Sie schlafen nur selten. Das ist eine ziemliche Verfälschung des Löwenlebens. Trotzdem sind das seriöse Dokumentationen.

Aber ist es noch seriös, wenn man in weißem Kleid mit wehenden Haaren absichtlich tragisch guckt? Oder ist das nicht schon Trash-TV? Tja, die Sendung war definitiv ein Risiko. Ich konnte ganz anders dargestellt werden, als ich war. Genau genommen wusste ich nicht mal, ob ich in dieser Doku der Löwe war – oder doch die Antilope.

Ach, egal, dachte ich, kuschelte mich in den Sitz und betrachtete durchs Fenster die Wolkendecke unter mir. Die Sache war entschieden. Und weder für Löwen noch für Antilopen war es schließlich wichtig, was Fernsehzuschauer über sie dachten.

20

Trailer

Trommelwirbel. Instrumentalmusik, dramatisch.
Die Kamera zeigt ein Mädchen in einem flatternden weißen Kleid auf einer Blumenwiese. Man sieht sie von hinten.
Ein tiefe Männerstimme ertönt: »Stell dir vor, du glaubst nicht an Liebe.«
Trommelwirbel. Die Musik schwillt an. Das Mädchen umschlingt seinen Oberkörper mit den Armen, als würde es frösteln. »Stell dir vor«, sagt die Männerstimme, »du stellst dich ein auf ein Leben allein.«
Trommelwirbel. »Doch drei Wissenschaftler haben beschlossen, dir zu helfen ...«
Helle Siegesfanfaren. Schnitt. Ein braungebrannter Mann im wehenden weißen Kittel läuft auf die Kamera zu, wird immer größer. »Dr. Body«, schmettert die Männerstimme »Unser Experte für hormonelle Highlights.«
Wieder eine Siegesfanfare. Ein älterer Mann mit weißem Bart, ebenfalls im weißen Kittel, schreitet ebenfalls auf die Kamera zu. »Dr. Soul«, jubiliert die Männerstimme. »Unser Mann für seelische Tiefen.«

Dritte Siegesfanfare. Jetzt sehen wir eine bildschöne Frau im Arztkittel. »Dr. Love«. Die Stimme klingt jetzt eine Oktave tiefer. »Romantik ist ihr Spezialgebiet.«
Die drei Ärzte stehen nun nebeneinander, alle drei haben einen ausgesprochen entschlossenen Gesichtsausdruck, sie verschränken die Arme vor der Brust, ihre Mäntel flattern im Wind.
»Stell dir vor, das sind deine Helfer«, sagt die Stimme aus dem Off. »Und sie haben drei Männer für dich ausgewählt.«
Wir sehen jetzt drei Typen, groß, schlank, muskulös, allerdings nur von hinten. Dann erscheint auf dem Bildschirm wieder in groß das Mädchen. Sie dreht sich um, die Kamera zoomt an ihr Gesicht, sie sieht wunderschön und traurig aus.
»Was wird geschehen?«, raunt die tiefe Stimme. »Ein Mädchen – drei Wissenschaftler – drei Männer. Wird einer von ihnen ihr Herz erobern?«
Trommelwirbel. Trommelwirbel. Trommelwirbel.
»LOVE TEST«, sagt eine erotische Frauenstimme. »Liebe trifft Wissenschaft. Ab nächsten Donnerstag. Auf Sunshine TV.«

21 MOYA

Ich erwachte vom Knirschen der Autoräder auf Kies. Der Wagen war von der Landstraße abgebogen und glitt nun eine lange Auffahrt entlang. Draußen war es inzwischen dunkel geworden, aber trotzdem konnte ich am Ende des Weges die Umrisse eines großen Gebäudes erkennen. Als wir näher kamen, gingen die Lampen auf dem Vorplatz an, und ich erkannte ein stattliches Herrenhaus mit vielen Giebeln, Erkern und Schornsteinen. Ich hatte befürchtet, dass ich jetzt wie die Bachelorette vor laufender Kamera drei Jungs begrüßen musste, einen nach dem anderen, aber Lynn hatte mich beruhigt. »Die sind noch gar nicht da. Und das Team und die Profs treffen auch erst morgen ein. Nur wir kommen heute schon an, damit du morgen frisch und ausgeruht bist und ich dich vorm Dreh in Ruhe stylen kann.«

Ich überlegte, ob ich trotzdem heimlich gefilmt werden würde. Aber dann verwarf ich diesen Gedanken. Wäre es so gewesen, hätte Lynn mir jetzt garantiert noch schnell die Nase gepudert. Und das tat sie nicht. Sie gähnte nur.

Der Wagen stoppte vor dem geschwungenen Eingangsportal. Bevor wir uns auch nur losgeschnallt hatten, war der Fahrer schon aus dem Auto gestiegen und öffnete mir so schwungvoll die Tür, als wäre ich die Queen höchstpersönlich. »Willkommen auf Millford Manor«, sagte er mit britischem Akzent. Fast ein bisschen verlegen stieg ich aus. Dobby allerdings kannte keine Schüchternheit. Er war mit einem Satz aus dem Auto und begrüßte unseren Fahrer, als hätte er ihn seit Jahren vermisst und nicht gerade eben erst zwei Stunden mit ihm im Auto gesessen.

Ein Streifen warmen Lichts fiel auf den hellen Kies, als sich die Tür des Gutshauses öffnete. Eine kleine, mollige Frau mit kurzen grauen Haaren kam auf uns zu. Sie reichte mir gerade mal bis zum Kinn, trug ein schwarzes Kleid und wirkte ganz und gar wie die Hausdame in einem hochherrschaftlichen Haus. Ihr folgte ein großer brauner Hund, ein älteres Tier mit ergrauter Schnauze und gutmütigen Augen.

»Hallo, Sie müssen Moya und Lynn sein!«, sagte die Frau in auffallend gutem Deutsch. Wir nickten. »Oh, und das ist sicher Dobby.« Sie bückte sich und streichelte das Hundeäffchen, das sie und den alten Hundeherrn aufgeregt umtanzte. »Ich bin Mary Tippleton, und das ist Jack.« Sie wies auf den freundlich wedelnden Hundesenior. »Ich werde mich in der nächsten Zeit um Sie kümmern. Sie sind bestimmt furchtbar müde und hungrig, oder?« Wieder nickten wir beide, zu erschöpft, um etwas zu erwidern. »Kommen Sie erst mal rein, ich zeige Ihnen die Zimmer und da wartet auch schon das Abendessen auf Sie«, sagte Mrs Tippleton.

Bei diesen Worten erwachten meine müden Lebensgeister. Ich lächelte sie dankbar an und wollte meinen Rucksack aus dem Auto holen, doch der Fahrer hatte ihn und auch Lynns Koffer bereits in der Hand. »Mein Mann wird sich um Ihr Gepäck küm-

mern«, beantwortete die freundliche Dame meine unausgesprochene Frage. Also waren sie und der höfliche Fahrer ein Ehepaar. Wie nett, sie passten gut zueinander.
Lynn und ich folgten Mrs Tippleton ins Haus und machten auf den nächsten paar Schritten eine Zeitreise ins 19. Jahrhundert. Ich finde, jedes Haus verkündet irgendwie eine Botschaft. Dieses forderte uns auf: »Kommt rein und fühlt euch wohl.« Wir durchschritten die Eingangshalle, vorbei an alten Holztruhen und einer verschnörkelten Garderobe samt Schirmhalter, und gelangten ins Treppenhaus. Ein geschwungener Kronleuchter tauchte alles in heimeliges Licht.
»Sie sprechen ja perfekt Deutsch«, sagte ich zu Mrs Tippleton, als wir die Treppe hinaufstiegen.
»Mein Mann und ich haben lange in Hamburg gelebt«, erzählte sie. Lynn und ich folgten ihr durch einen Flur mit hohen Deckenbögen. Die goldumrahmten Gemälde an den Wänden zeigten englische Landschaften. Dazwischen hing ein großer goldener Spiegel, in dem ich ziemlich alltäglich wirkte. Ich hätte schon ein Diadem und glitzernde Ohrgehänge tragen müssen, um hier mithalten zu können.
»Die jungen Leute wohnen im rechten Gebäudeflügel«, erklärte Mrs Tippleton, »und die älteren Herrschaften, also die Professoren, der Regisseur und die gesetzteren Mitglieder des Teams im linken.« Sie wies auf zwei dunkle Türen, die sich am Ende eines Ganges gegenüberlagen. »Und hier werden Sie beide wohnen. Hoffentlich fühlen Sie sich wohl.« Schwungvoll öffnete sie die linke Tür. »Das hier nennt sich das Gelbe Zimmer und ist für Moya gedacht.«

Gelb stimmte, die Wände waren mit gelben Stofftapeten bespannt, aber Zimmer war stark untertrieben. Wir sahen ein Schlafgemach, dessen eine Wand fast nur aus hohen Fenstern bestand. An der Wand links neben der Tür stand ein großes Himmelbett mit vielen Spitzenkissen. Es wirkte extrem gemütlich. Vor einem Kamin, in dem heute wegen der Sommerwärme natürlich kein Feuer brannte, waren zwei Sessel um einen kleinen Tisch gruppiert, auf dem ein abgedecktes Tablett auf uns wartete. Was darunter verborgen war, roch verführerisch nach Apfel, Vanille und Zimt.

Wir folgten Mrs Tippleton durch das Zimmer in einen weiteren Raum. »Ihr Bad!«, sagte sie. Wellness-Oase hätte es besser beschrieben. Das Bad war riesig und wunderschön. Neben einer antiken Badewanne mit geschwungenen Füßen gab es hier auch noch eine umso moderner wirkende Dusche. »Das ist eine Schwalldusche, Sie können sie individuell einstellen«, erklärte Mrs Tippleton.

Lynns Schlafgemach, das sogenannte Grüne Zimmer, war ganz ähnlich eingerichtet wie meins, nur in Zartgrün. In einer Ecke stand ein samtgepolstertes Hundekörbchen. »Dobby hat sich eben umbenannt«, verkündete Lynn. »Er möchte ab sofort Lord Dobby gerufen werden.«

»Ist das schön hier«, seufzte ich. »Man fühlt sich sofort wie ein neuer Mensch.«

Mrs Tippleton nickte. »Mit genau diesem Ziel wurde das Haus auch erbaut. Es war früher ein Sanatorium für adlige Mädchen mit Liebeskummer. Sie sollten hier ihre meist nicht standesgemäße Liebe auskurieren. Und anschließend reisten sie dann nach Bath, um passendere junge Herren kennenzulernen und eine standesgemäße Ehe einzugehen.«

Ich grinste. »Ich soll mich hier allerdings nicht ent-, sondern verlieben.«

Mrs Tippleton wiegte nachdenklich den Kopf. »Geliebt wurde hier zwar immer schon viel«, meinte sie, »aber zumindest in der Vergangenheit selten glücklich. Das reicht zurück bis zu der Geschichte zwischen König Artus, dessen Freund Lancelot und Königin Guinevere, die sich hier ganz in der Nähe abgespielt haben soll.«

»Warum waren sie unglücklich?«, wollte ich wissen.

»Artus hatte die Frau geheiratet, die vom Schicksal für Lancelot vorgesehen war. Das ging natürlich nicht gut. Man kann das Schicksal nicht austricksen.«

»Und dann?«, fragte ich.

»Guinevere und Lancelot haben Artus betrogen. Daran zerbrach letztlich die Freundschaft aller Ritter der Tafelrunde. Es kam zu einer furchtbaren Schlacht und obwohl Lancelot eingriff, um Artus zu helfen, wurde der König tödlich verwundet. Auch Guinevere überlebte nicht. Vor Kummer aß und trank Lancelot so lange nichts mehr, bis er an seinem gebrochenen Herzen starb.«

Noch ein guter Grund, das mit der Liebe zu lassen, dachte ich.

Mrs Tippleton fragte uns, ob wir noch etwas brauchten, aber wir hatten definitiv alles, was ein Mensch sich nur wünschen konnte. Auf dem Tablett fanden wir leckere Sandwiches, außerdem Apfelstrudel mit Vanillesoße. Wir aßen beinahe alles auf, die letzten Happen schenkten wir Dobby. Dann wünschten wir uns eine gute Nacht, und ich kroch in mein Himmelbett, das seinem Namen alle Ehre machte: Es war wirklich himmlisch.

Als mich mein Wecker am nächsten Morgen um halb sieben wach klingelte, wusste ich nicht mehr, wo ich war. Doch die Erinnerung kehrte zurück, als mein Blick auf den Baldachin über mir fiel. Am liebsten hätte ich mich noch mal umgedreht, um weiterzuschlafen, doch um sieben war ich mit Lynn und Mrs Tippleton zum Frühstück verabredet. Und vorher wollte ich unbedingt noch diese Schwalldusche ausprobieren.

Eine halbe Stunde später machte ich mich mit feuchten Haaren und vom vielen Wasser ganz verschrumpelten Zehen auf den Weg zum Frühstückssalon. Mrs Tippleton hatte uns gestern den Weg dorthin beschrieben.

Als ich gerade die Eingangshalle durchquerte, kam sie mir entgegen. »Guten Morgen!«, begrüßte sie mich. »Ich habe draußen gedeckt. Schönes Wetter muss man bei uns ausnutzen, man weiß nie, wie lang es sich hält.«

Ich folgte ihr durch eine hohe Flügeltür hinaus in den Park, den ich gestern Nacht nur hatte erahnen können. Über einen penibel geschnittenen Rasen, der vom Tau noch ein bisschen feucht war, liefen wir an duftenden Rosenbüschen und alten knorrigen Bäumen vorbei und kamen schließlich an einen mit Binsen umwachsenen Teich. In einem Pavillon saß Lynn an einem Tisch, auf dem vor lauter Essen kaum Platz für Teller und Tassen war. »Hallo! Gut geschlafen?«, begrüßte sie mich und lächelte. Dobby umtanzte mich wie ein kleiner Kobold, und Jack, der unter dem Tisch lag, klopfte freundlich mit dem Schwanz auf den Rasen.

»Setzen Sie sich und bedienen Sie sich. Es ist von allem reichlich da«, sagte Mrs Tippleton. Das ließ ich mir nicht zweimal sagen.
Wir waren gerade mit dem Essen fertig, als Lars Weickert über die Wiese auf uns zugestürmt kam. Der Regisseur trug heute eine rote Sonnenbrille und hatte seine halblangen Haare mit Gel geglättet, was beides keine gute Idee gewesen war. »Guten Morgen, Prinzessinnen!«, rief er und küsste sowohl Lynn als auch mich zur Begrüßung auf beide Wangen. Und dann tat er dasselbe noch mit Mrs Tippleton, die gerade einen Korb mit Toast herbeibrachte, obwohl Moya und ich versichert hatten, dass wir beim besten Willen nicht noch mehr essen konnten.
»Ich!«, sagte Mrs Tippleton würdevoll und rückte ihre Brille zurecht, die bei Weickerts temperamentvollem Kuss verrutscht war, »ich bin keine Prinzessin.« Mit geradezu königlicher Grazie stellte sie den Toast auf den Tisch.
»Verzeihung, Majestät«, sagte Weickert und senkte den Kopf, bevor er sich setzte, was Mrs Tippleton dann doch ein Schmunzeln abnötigte.
»Heute drehen wir ein Porträt von Moya«, sagte er, angelte einen Toast aus dem Korb und biss krachend hinein. Dann wandte er sich an mich. »Öch söhe döch vor mir«, nuschelte er mit vollem Mund. Dann schluckte er und fuhr mit beschwörender Stimme fort: »Ein ganz normales Mädchen in Jeans und sexy Top. Wunderschön. Du stehst auf dem Grab von Artus und Guinevere. Mit wehenden Haaren. Und erzählst uns von dir und der Liebe.«
Ich sah Lynn hilfesuchend an. Hatte der sowas öfter?
»Einfach nicht beachten«, flüsterte sie mir zu.
Aber Mrs Tippleton war nicht gewillt, Lars Weickert zu igno-

rieren. Sie stemmte die Hände in die Hüften und funkelte ihn empört an. »Man stellt sich nicht auf ein Grab. Schon gar nicht im sexy Top!«, polterte sie los.

Weickert riss die Augen auf und sah aus, als hätte Mrs Tippleton ihn aus einem schönen Traum geweckt. »Dann steht sie eben davor«, sagte er trotzig wie ein kleiner Junge, der ausgeschimpft worden war.

»Davor, dahinter, daneben, wie Sie wollen.« Mrs Tippleton nickte. »Aber nicht darauf!«

Weickert sprang auf. »Also, Mädels, in zwanzig Minuten ist Abfahrt. Bis dahin: Casual wear. Jeans. Obenrum weiß. Viel Haut. Face: Natural Look. Und du, Moya, überlegst dir ein paar Sätze zu deiner Person. Alles klar?«

Er klopfte mit den Fingerknöcheln auf den Tisch und weg war er, ohne unsere Antwort abzuwarten.

Ich war fassungslos. »Wie redet der denn mit uns?«, fragte ich. »Zack, zack, in zwanzig Minuten seid ihr fertig. Geht's noch? Wie wär's mit dem Wörtchen bitte?«

»Ach, das ist doch auch alles nur Show«, sagte Lynn. »Es reicht, wenn wir in einer Stunde fertig sind. Peter hat mir eben eine SMS geschrieben, das Team ist noch gar nicht am Drehort, sie stecken im Stau. Wir machen uns jetzt ganz gemütlich fertig. Für deinen Natural Look brauche ich nicht lang. Wetten, dass wir dann immer noch vor Weickert da sind?«

»Und was sag ich vor der Kamera?« Ich seufzte.

»Ein paar Sätze zu dir, wer du bist, wie du heißt, was du machst«, meinte Lynn. »Und denk immer daran: Sei positiv! Freundlich! Strahle! Du liebst die ganze Welt! Und du freust dich unglaublich, hier zu sein! Dann kommst du gut rüber. Und vor allem: Leg dich nicht mit Weickert an. Glaub mir, das bringt nichts. An dem sind schon ganz andere gescheitert.«

Ich grinste. »An mir aber auch.«

22

Aus einem Vortrag von Lars Weickert, gehalten vor Kameravolontären von Sunshine TV

Fernsehdokumentationen, bei denen künstlich der Eindruck erweckt wird, es ginge um das wahre Leben, nennt man »scripted Reality«. Hier handeln Laiendarsteller nach Regieanweisungen (Skript) und spielen eine erfundene Handlung nach. Das sollen die Zuschauer aber nicht auf den ersten Blick merken. Durch die Szenerie und durch die gewollte Unprofessionalität der Darsteller wird bewusst der Eindruck von Echtheit erweckt.

Wenn man solche geskripteten Doku-Soaps mit Showelementen kombiniert, spricht man von Reality Shows. Auch hier sind die Rollen, die die Darsteller spielen, sowie die Handlung in groben Zügen vorgegeben, ohne dass dies offengelegt wird. Oft sind sich zumindest anfangs nicht einmal die Darsteller darüber im Klaren, wie sehr sie von der Regie gesteuert werden.

Um das zu erreichen, muss ein Regisseur gleichzeitig ein guter Psychologe sein und wissen, wie man Menschen lenkt. Man kann die Darsteller zum Beispiel einfach in eine bestimmte medienwirksame Situation bringen, sie dort unter Stress setzen, man filmt sie dabei und lässt ihnen nur einen Ausweg aus der Situation. Et voilà – schon hat man sie da, wo man sie haben will. Selbst wenn sie wissen, dass sie ständig von Kameras überwacht werden, lassen sie sich auf diese Weise irgendwann zu unbedachten Äußerungen hinreißen. Ein weiteres wichtiges Werkzeug sind unerwartete Schauplatzwechsel. Laiendarsteller rechnen beispielweise in Innenräumen stets mit der Anwesenheit versteckter Kameras. Verlegt man eine Mahlzeit oder ein Treffen aber scheinbar spontan nach draußen, fühlen sie sich dort unbeobachtet. Und noch ein Trick: Man behauptet, dass eine Kamera ausgeschaltet wird, lässt sie aber weiterlaufen. Last but not least gibt es da auch noch das altbekannte Spiel »Good cop, bad cop«: Einer aus dem Team provoziert die Darsteller, ein anderes Teammitglied spielt in dieser Situation den Freund und lenkt so ihre Schritte.

Und warum machen wir das alles? Weil wir fies sind? Nein! Was wir brauchen, sind Konflikte, Emotions, Ausbrüche, Chaos und Leidenschaft. Schweiß, Streit und Tränen. Das ist gutes Fernsehen.

Manipulieren wir damit die Darsteller? Nein! Sie wissen, worauf sie sich eingelassen haben.

Betrügen wir damit die Zuschauer? Im Gegenteil! Die wollen gute Unterhaltung, und die bekommen sie nur so.

Dafür ist es ganz wichtig, dass das gesamte Team die Regie unterstützt und an dem ständigen Druck mitarbeitet, der auf die Darsteller ausgeübt werden muss und dem diese mit der Vertragsunterzeichnung auch zugestimmt haben. Es wäre hochgradig unprofessionell, sich mit den Darstellern zu verbünden und die Werkzeuge der Regie auszuhebeln.

23 MOYA

Nachdem Lynn mich geschminkt und, ganz nach Weickerts Geschmack und sehr zum Missfallen von Mrs Tippleton, in ein sexy enges, schulterfreies weißes Top und ebenso enge Jeans gesteckt hatte, machten wir uns mit dem Auto auf zum ersten Drehort, dem Städtchen Glastonbury. Ein Teil des Teams wartete schon auf einem kleinen Parkplatz auf uns, darunter Lars Weickert, der sofort die Führung übernahm.

Obwohl noch nicht alle da waren, bestand Weickert darauf, dass wir schon mal mit dem Aufbau beginnen sollten. Wir folgten ihm durch ein Tor auf ein parkähnliches Gelände.

»Tadadadaaaaa!«, schmetterte er und wies mit ausladender Handbewegung auf die Grasfläche vor uns.

Wow! Die Ruine von Glastonbury Abbey. Die Zeit hatte sich durch die uralten Mauern des Klosters gefressen und sie an vielen Stellen zum Einsturz gebracht. Dennoch war erstaunlich viel davon übrig geblieben, sodass man sich gut vorstellen konnte, wie majestätisch dieses Gebäude vor seinem Verfall ausgesehen haben musste. Zwei verwitterte Torpfeiler ragten in den Himmel, sie standen sich gegenüber wie graue, stumme Zeitzeugen, und bei ihrem Anblick fühlte ich mich plötzlich klein und unbedeutend. Dahinter konnte ich verfallene Mauern erkennen.

»Cool!«, sagte ich beeindruckt.
Aber Weickert war mit meiner Reaktion nicht zufrieden. Er senkte die Stimme. »Das ist mehr als cool. Das ist fantastisch. Wunderbar. Ein magischer Ort! Der Sage nach soll genau hier auch die Insel Avalon gewesen sein. In einer anderen, einer magischen Welt, die wir nicht sehen können. Eine Welt hinter unserer Welt. Der Graben da unten, durch den ihr gerade gestiefelt seid, der war mal mit Wasser gefüllt. Ein See also, und das hier war eine Insel. Die normalen Menschen konnten, wenn sie die Insel betraten, nur zu diesem Kloster gelangen, doch wer magische Kräfte hatte, Feen zum Beispiel, konnte die Insel Avalon betreten.«
Feen? Ging's noch? Was hatte der denn gefrühstückt? »Und wo ist jetzt besagtes Grab, neben dem ich stehen soll?«, fragte ich, um endlich zur Sache zu kommen.
Weickert wirkte ein bisschen beleidigt, weil ich so wenig magisches Gespür zeigte. »Da hinten.« Wir folgten ihm.
»Tadaaaaa!«, schmetterte er kurz darauf wieder, seine Stimme hallte von den modrigen Steinwänden. »Hier liegen sie, die bleichen Gebeine von Artus und seiner Gemahlin.« Er wies auf ein grasbedecktes Rechteck mit einer Infotafel. »Ist. Das. Nicht. Ein. WUNDERVOLLER! Drehort?«, fragte er und betonte die einzelnen Wörter dabei dramatisch. Keiner antwortete, doch das war er offenbar gewöhnt. »Na, dann lasst uns mal anfangen«, sagte er jetzt wieder gut gelaunt. Nichts zu sagen und ihn zu ignorieren war bei ihm offenbar wirklich das Mittel der Wahl. Das Filmteam erwachte zu reger Betriebsamkeit. Plötzlich wuselten alle geschäftig durcheinander, bauten Kameras und Beleuchtung auf.

Da es nicht mal erwiesen war, dass König Artus gelebt hatte, schien es nicht wahrscheinlich, dass er hier begraben war. Aber trotzdem stellte ich mich demonstrativ neben und nicht auf das Grab. »Glaubst du wirklich, dass du hier die Grabruhe von irgendwem störst?«, wollte Lars Weickert grinsend wissen. »Du bist doch sonst so nüchtern und unsentimental.«

»Nein«, sagte ich. »Glaub ich nicht. Aber ich weiß, dass Mrs Tippleton mir zwei Wochen lang nur noch Porridge kochen wird, wenn ich mich auf diesen Quadratmeter Rasen stelle und sie das mitbekommt. Und ich hasse Porridge.«

Weickert lachte und ließ mich, wo ich war.

Peter, unser Kameramann, sprach noch mit dem Beleuchter und dem Tontechniker. »Wir sind gleich fertig!«, rief er uns dann zu.

»Du glänzt schon wieder«, sagte Lynn zu mir. »Mach mal die Augen zu.« Vorsichtig tupfte sie mir den Schweiß von Stirn und Nase.

Im Augenwinkel sah ich, wie ein paar Nachzügler eintrudelten, aber ich achtete nicht auf sie.

»Hey, Lynn, schön dich zu sehen«, sagte plötzlich eine wohlbekannte Stimme hinter mir. Luke! Ausgerechnet der!

»Was machst du denn hier?«, fragte ich schärfer als geplant.

»Sorry, ich arbeite hier«, antwortete er kurzangebunden, dann wandte er sich ab und begrüßte Peter per Handschlag.

Ich atmete tief durch, dann hatte ich meine Gesichtszüge wieder unter Kontrolle. Was hatte Lynn heute Morgen noch gesagt? Sei positiv! Freundlich! Liebe die ganze Welt! Freu dich! Dann kommst du gut rüber. »Okay«, sagte ich. »Fangen wir an. Ich freu mich wirklich wahnsinnig, dass ich hier bin.« Und dann lächelte ich mein Kameralächeln. Ich glaube, nur ich merkte diesmal, dass es nicht echt war.

Eineinhalb Stunden später tupfte Lynn meine Stirn zum neunten Mal ab.

»Wir machen's noch mal«, sagte Weickert. »Und bitte!«

Ich seufzte, richtete mich aber auf und knipste wieder mein Lächeln an. »Meine Name ist Moya«, sagte ich und blickte dabei voll in die Kamera, genau, wie Lars Weickert es angeordnet hatte. »Ich bin achtzehn Jahre alt und komme aus Berlin. Und ich bin hier, weil ich mehr über die Liebe erfahren will.«

Weickert nickte mir aufmunternd zu, und ich sprach weiter. »Ich habe Zweifel, ob es wahre Liebe überhaupt gibt. Ich meine, vielleicht ist das mit forever yours und so weiter ja nur ein schöner Traum, dem wir alle hinterherjagen. Das will ich jetzt einfach wissen.«

Weickert machte mit beiden Händen rudernde Bewegungen, um mich anzuspornen, mehr zu sagen.

Ich zögerte, fuhr dann aber fort. »Deswegen finde ich dieses wissenschaftliche Experiment so spannend, und ich freue mich unglaublich, hier zu sein. So, und das muss reichen. Mehr fällt mir dazu nicht ein.«

Ich hatte meinen Spruch ohne Versprecher gesagt. So wie vor zehn Minuten schon. Und vor zwanzig. Und vor dreißig. Aber Lars Weickert schien immer noch nicht zufrieden. »Moya, Moya, Moya«, sagte er jetzt und schüttelte traurig den Kopf. »Da ist keine Kraft dahinter. Keine Power. Null Vibrations. Das klingt wie eingeschlafene Füße.«

Irgendwie hatte ich den Verdacht, dass er mich provozieren wollte. Ich zwang mich zur Ruhe. »Dann machen wir es eben noch mal«, sagte ich betont gelassen.

»Und noch mal und noch mal und noch mal«, äffte Lars Weickert mich nach. »Nein, wir machen es nicht noch mal. Wir machen es anders. Und besser.«

»Wie denn?«, fragte ich und klang jetzt leider doch eindeutig gereizt.

»Mädchen«, sagte Weickert und verdrehte die Augen. »Hast du denn plötzlich kein Temperament mehr in den Knochen? Du wirkst so interessant wie eine Haferflocke. In Berlin warst du ganz anders.« Ich sah, wie Weickert den Kameraleuten mit einer Handbewegung zu verstehen gab, dass sie weiterdrehen sollten, und in diesem Moment begriff ich, dass er mich wirklich absichtlich provozierte, um mich aus der Reserve zu locken. Aber darauf würde ich nicht hereinfallen. »Sorry, aber laut Vertrag muss ich mir inhaltlich nicht vorschreiben lassen, was ich sage.« Weickert zuckte nur mit den Schultern. »Und laut Vertrag kann ich dich das hier so oft wiederholen lassen, bist du anfängst zu schimmeln«, sagte er.

»Was soll ich denn sagen? Oder tun? Was willst du hören?«, fauchte ich.

»Egal, was«, sagte Weickert. »Nur nicht schon wieder, dass du dich freust, hier zu sein!«

»Okay«, sagte ich wütend. »Ich freue mich *nicht*, hier zu sein. Ich finde diese Studie lächerlich und blöd. Und diese Doku erst recht. Liebe ist eine gigantische Lebenslüge. Nur Deppen glauben daran. Ich nicht. Na, gefällt dir das besser?«

»Das war wenigstens mal ehrlich.« Lars Weickert lächelte wie eine Katze, die gerade eine Maus verspeist hatte. »Damit können wir arbeiten.« Er wandte sich an Peter. »Haben wir das? Das nehmen wir.«

Oh nein! Warum hatte ich das bloß gesagt? Ich sah mich hilfesuchend um, aber da war natürlich niemand, der mir helfen konnte. Nur das Auge der Kamera, das unerbittlich auf mich gerichtet war.

Doch plötzlich schaltete Luke sich ein. »Oh, sorry.« Er sah Weickert betont unschuldig an. »Die Kamera lief eben nicht. Das war doch ein Test, oder?« Ich sah, wie er einen raschen Blick mit Peter wechselte, der ihn erstaunt ansah, und begriff, dass er diese Szene sehr wohl aufgezeichnet hatte. Aber zum Glück merkte Weickert das nicht. Wütend warf er seine Zigarettenkippe auf das Artusgrab. »Zwanzig Minuten Pause.« Er wandte sich an die Kameraleute. »Jungs, ihr wisst, was ihr zu tun habt!« Dann ließ er uns einfach stehen.

»Moya, Moya, Moya«, machte Peter den Regisseur nach und schüttelte traurig den Kopf. »Beim nächsten Mal lässt du dich aber bitte nicht so leicht provozieren!«

»Das hätte der doch niemals gesendet!« Ich sah von einem zum anderen. »Oder?«

»Vielleicht nicht«, meinte Peter. »Aber er hätte es senden können. Du solltest wirklich vorsichtiger sein.«

Offenbar sah ich richtig verzweifelt aus, denn nun nahm Lynn mich in den Arm. »Sowas darfst du ihm echt nie wieder liefern«, sagte sie. »Stell dir vor, er hat dich irgendwann auf dem Kieker. Dann kann er sowas senden und dich total als Zicke darstellen.

Er hat dann eine dramatische Story, sein Geld und seine Ruhe! Aber du hast in diesem Fall einen Shitstorm am Hals und bekommst lauter Zuschriften von Hatern und Trollen.«
Luke sah sie nachdenklich an. Dann wandte er sich an mich. »Aber du hast ihm bis jetzt wirklich wenig Verwendbares geboten, kein Wunder, dass er sauer ist«, sagte er. »Die Sache mit dem Ich-freu-mich-unheimlich-Gerede ist total langweilig.« Das war hart, aber er sagte es mit ruhiger, sachlicher Stimme, deswegen hörte ich ihm zu.
»Das stammt von mir«, räumte Lynn ein. »Ich hab Moya geraten, aalglatt zu sein.«
»Verständlich«, sagte Luke. »Aber sie muss Weickert trotzdem was liefern. In Berlin war sie temperamentvoll, lebendig und authentisch. Und auf einmal wirkt sie wie eine Aufziehpuppe. Moya, du musst schon ein bisschen du selbst sein, sonst stehen wir an Weihnachten noch hier rum.«
»Je mehr ich von mir zeige, umso mehr kann er mich reinreiten«, sagte ich.
»Stimmt schon«, gab Luke zu. »Aber genau dafür bist du hier. Dafür wirst du bezahlt. Das sind die Regeln.«
Ich funkelte ihn wütend an, aber Luke ließ sich davon nicht beeindrucken. »Pass mal auf, du musst ja inhaltlich gar nicht viel anderes sagen als bisher, du musst nur lockerer sein. Lass uns das mal üben, solange Weickert weg ist. Ich führe jetzt mit dir ein Interview vor laufender Kamera, und du vertraust mir und antwortest ganz spontan. Und nachher löschen wir die ganze Sache wieder, okay?«
Ich betrachtete Luke mit gerunzelter Stirn. Konnte ich ihm

trauen? Er mochte mich nicht, das wusste ich. Andererseits hatte er mich eben mit einer Lüge vor Weickert geschützt. Das war doch bestimmt keine Taktik gewesen, dazu war er viel zu geradlinig. Ich nickte zögernd. »Gut. Versuchen wir's.«

Peter verschwand hinter der Kamera. »Und … bitte!«, sagte er.

»Moya«, begann Luke. »Was sagst du als Außenstehende zum Thema Intelligenz?«

Ich zog eine Augenbraue hoch.

»War ein Witz«, sagte Luke. »Nur zur Auflockerung. Jetzt geht's richtig los. Pass auf, erste Frage, ich muss ein bisschen ausholen. Es gibt Leute, die glauben, dass sich hier, genau an diesem Ort, die Welt der Menschen und die der Feen trifft. Wir sind Menschen und wir sehen die Ruinen von Glastonbury. Aber wären wir Feen, würden wir jetzt die Insel Avalon sehen.«

Ich legte den Kopf schräg und sah ihn an.

Luke fuhr fort. »Und jetzt stell dir mal vor, es gäbe so eine andere Welt wirklich und du müsstest ab sofort dort leben. Für immer. Du könntest nie mehr zurück. Was würdest du mitnehmen?«

»Mein Handy!«, sagte ich wie aus der Pistole geschossen.

»Warum?«, hakte Luke nach.

»Damit ich meine Familie anrufen kann. Und meine beste Freundin.«

Luke nickte. »Stell dir vor, du könntest das Handy dort nicht aufladen«, fuhr er fort. »Du hättest also nur begrenzt Zeit zur Verfügung, um mit ihnen zu sprechen. Wie würdest du dir diese Zeit einteilen?«

Ich dachte kurz nach. »Ich würde die beiden jedes Jahr einmal kurz anrufen. Solange das Handy funktioniert. An Weihnachten.«

»Und was würdest du sagen?«

»Dass ich sie vermisse.«

»Aha. Und wie war das noch mal? Du glaubst nicht an Liebe?«, hakte Luke nach. Er grinste.

»Das ist ja wohl was anderes«, sagte ich und merkte selbst, wie lahm das klang.

»Ist es das?«

»Ja.«

Luke grinste wieder, aber er wechselte das Thema und nahm mich nicht weiter unter Beschuss. »Und was würdest du auf der Insel Avalon tun? Wie würdest du dort deine Zeit verbringen, wenn du nicht telefonierst?«

Ich lächelte. So langsam machte mir das Interview Spaß. »Schätze, ich würde dieses Phänomen der zwei Welten näher untersuchen. Irgendwie muss das ja funktionieren.«

»Und wenn du das Geheimnis gelöst hast?«

»Verschwinde ich von da.«

Luke zog eine Augenbraue hoch. »Aber nehmen wir mal an, es gäbe dort einen Elbenmann. Magisch schön. Und er würde sich in dich verlieben. Was würdest du tun?«

»Hmmm«, überlegte ich. »Ich würde ihn bitten, mir zu helfen, die Insel zu verlassen.«

Luke lachte. »Hey, aber der Typ steht auf dich und will mehr sein als nur dein Fluchthelfer!«

Ich schüttelte den Kopf. »Er ist nicht von dieser Welt. Aber ich bin es. Sowas funktioniert eh nicht.«

»Woher weißt du das?«
»Manche Dinge weiß man eben.«
»Und irdische Jungs könnten zu dir passen?«
Jetzt zuckte ich mit den Schultern. »Um das herauszufinden, bin ich hier.« Ich grinste. »Und ich freue mich unheimlich, hier zu sein.«
Auch Luke lächelte. »Romantisch bist du nicht gerade, oder?«
»Nicht sehr. Aber ich kann damit umgehen.«
Luke gab Peter einen Wink. »So, das reicht erst mal.«
»Aber sowas kann ich im Interview doch nicht sagen«, warf ich ein.
»Nein«, gab Luke zu. »Aber jetzt hast du dich mal ein paar Minuten lang vor der Kamera wohlgefühlt und warst locker. Und gleich kamst du ganz anders rüber. Vielleicht kannst du dieses Gefühl in die richtige Aufnahme rüberretten. Und deswegen gibst du mir jetzt noch ein richtiges Interview. Okay? Vielleicht können wir die Sache ohne Weickert durchziehen, dann hast du's für heute hinter dir.«
Ich nickte langsam.
»Also, come on, baby«, sagte Luke mit Weickert-Stimme. »Gib mir Emotions.«
Und das tat ich.
Als Lars Weickert zehn Minuten später zurückkam, begrüßte Luke ihn mit den Worten: »Fertig. Wir haben's.«
Weickert wandte sich an Peter. »Echt?«
Der nickte. »Passt.«
»Guter Cop!«, sagte Weickert und boxte Luke gegen die Schulter. Mich grinste er verschlagen an, als hätte er mich irgendwie

ausgetrickst. Aber okay, sollte er doch triumphieren, mir war's egal. Hauptsache, ich hatte dieses dämliche Porträt endlich hinter mir.

»Danke«, sagte ich leise zu Luke.

24

Einspieler
Porträt Moya Berger

Moya steht in einem engen weißen Top mit wehenden Haaren neben dem Grab von König Artus. Im Hintergrund sieht man eine verwitterte Klosterruine.

»Hey, ich bin Moya«, sagt sie und blickt dabei selbstbewusst in die Kamera. »Ich bin achtzehn Jahre alt und komme aus Berlin, und ich freue mich unheimlich, dass ich hier sein darf, weil ich hier mehr über die Liebe erfahren kann.« Sie schenkt der Kamera ein zauberhaftes Lächeln.

»Meiner Meinung nach gibt's beim Thema Liebe ein großes Problem: Hinter diesem Wort versteckt jeder willkürlich die unterschiedlichsten Gefühle. Eifersucht. Eitelkeit. Selbstbestätigung. Besitzdenken. Du kannst aber auch von jemandem echt geflasht werden, weil du ihn so sexy findest, dass du kaum die Finger bei dir behalten kannst. Das sind dann die Hormone.«

Die Kamera zoomt näher an Moya heran, sie sieht sehr hübsch und sehr lebendig aus. Und als sie weiterspricht, nimmt sie ihren Worten mit einem Lächeln den Ernst. »Liebe ist genau genommen ein einziges großes Definitionsproblem. Wenn man mal im Kopf aufräumen und sich klarmachen würde, was Liebe eigentlich ist oder sein kann, dann ginge es wohl vielen Leuten besser.« Schnitt auf Moya in Großaufnahme: »Und deswegen bin ich hier.« Moya lächelt wieder. Ende.

25 LUKE

Wir saßen im Auto und fuhren von Glastonbury zurück zum Herrenhaus. Unauffällig betrachtete ich Moya, die auf dem Rücksitz neben mir saß und sich vorbeugte, um mit Lynn zu sprechen.

Die meisten neuen »Filmstars«, die ich bei meiner Arbeit erlebt habe, waren anfangs erst mal unsicher und scheu. Dann wurden sie irgendwann selbstsicherer, und zum Schluss aufdringlich, peinlich, ichbezogen und zickig. Am Ende von jedem Dreh war ich meistens froh, wenn ich die Möchtegern-Stars nicht mehr sehen musste.

Bei Moya lief die Sache anders. Sie hatte von Anfang an kein Interesse daran gehabt, im Mittelpunkt zu stehen, und das blieb auch so. Sie machte das alles wirklich nur, weil sie es sich nun mal vorgenommen hatte. Wegen Geld und so.

Vermutlich kam sie genau deswegen auch so authentisch rüber, zumindest wenn sie losließ und sich so gab, wie sie war. Und vielleicht fand ich sie auch aus diesem Grund inzwischen viel netter. Auch fernab der Kamera kam sie mir am ersten Drehtag sympathischer vor als noch in Berlin. Sie schien doch nicht so oberflächlich zu sein, wie ich zuerst gedacht hatte.

Da war zum Beispiel die Sache mit der alten Frau. Moya hatte

gerade das Porträt abgedreht und wirkte sichtlich genervt von den vielen Wiederholungen und vor allem von Lars Weickerts Arschloch-Allüren. Wir packten die Sachen zusammen und liefen zu den Autos, da entdeckten wir diese Frau. Klein, alt, grauhaarig, in Rentnerbeige gekleidet. Sie stand vor den Ruinen der Abtei und starrte auf eine krautig überwucherte Grasfläche zu ihren Füßen. Irgendwie sah sie verzweifelt aus.
»May I help you?«, fragte Moya und blieb neben der Frau stehen.
»I lopft my Piiipf«, nuschelte die Frau und zeigte auf das Gras.
Ich hatte keine Ahnung, was sie damit meinte, aber Moya schaltete schnell. Sie ging auf die Knie und tastete mit den Händen den Boden unter dem Unkraut ab.
Nach ein paar Sekunden sprang sie auf und rief: »I got it!«
Unauffällig drückte sie der alten Dame etwas in die Hand.
Ich war verblüfft, als diese den Gegenstand in den Mund steckte. »Thank you very much«, sagte sie danach überaus artikuliert in schönstem Oxford-Englisch. Und jetzt fiel bei mir der Groschen, ich begriff plötzlich, was sie zuvor gesagt hatte: »I lost my teeth!«
»Hab ich das richtig gesehen? Du hast das Gebiss echt angefasst?«, hatte Lars Weickert Moya später auf dem Parkplatz gefragt.
»Warum denn auch nicht?«, antwortete Moya. Weickert verzog angeekelt das Gesicht.
»Hey, ich hab es ja nicht in den Mund gesteckt«, sagte Moya nur. Und damit war das Thema für sie beendet. Ich fand sie da irgendwie süß. Es war richtig gewesen, dass ich ihr beim Dreh geholfen hatte, aber mir war auch klar, dass ich mich damit auf ganz dün-

nes Eis begeben hatte. Weickert hatte sich darauf verlassen, dass wir in der angeblichen Drehpause mit Tricks brauchbare Bilder erzeugen würden. Hätte das nicht geklappt, hätte ich ein Problem gehabt.

Mein Handy summte, und auf dem Display entdeckte ich drei Nachrichten von Sophie, die mir total die Laune verhagelten.

»Brauchst du die Kiste mit dem Altpapier noch, die neben deinem Schreibtisch stand?«, lautete die erste ihrer Kurznachrichten.

»Glaub nicht, oder?« Das war die zweite Message.

Und die dritte. »Hoffentlich nicht, denn jetzt ist die Altpapiertonne geleert.«

Oh no! Welche Schachtel? Sie meinte doch wohl nicht die mit meinen Reiseerinnerungen. Nein, die konnte sie gar nicht meinen, denn diese Schachtel stand in MEINEM Zimmer neben MEINEM Schreibtisch.

Hastig hackte ich Buchstaben ins Handy, um nachzufragen, wovon sie sprach.

Shit. Die Antwort kam schnell. Sie hatte doch meine Sammlung gemeint. Die Tickets. Die Postkarten. Die Prospekte. Und am schlimmsten: die Notizhefte mit den Reiseerinnerungen.

Ein bisschen aufräumen würde sie, hatte Sophie gesagt, um Platz zu schaffen für ihre Sachen. Aber wieso brauchte sie neben meinem Schreibtisch Platz? Da hatte sie nichts zu suchen.

»Alles in Ordnung?«, fragte Moya, die meinen Gesichtsausdruck bemerkt hatte.

Ich grunzte nur.

»Nichts ist in Ordnung«, stellte Moya fest.

Ich seufzte. »Meine Freundin mistet gerade meine Wohnung aus. Und sie hat was Wichtiges weggeworfen. Autsch!« Mein Schmerzensschrei ging an Dobbys Adresse, der zwischen Moya und mir saß und meinen Finger kaute wie einen Knochen.

»Wenn man zu sehr an irdischen Dingen hängt, nennen Buddhisten das Anhaftung«, meinte Lynn.

»Ja«, sagte ich heftig. »Ich nenne das auch so. Sag deinem Hund bitte, dass mein irdischer Finger wirklich fest an mir haftet und dass ich es dabei auch belassen will.«

Lynn grinste, griff in die Tasche und reichte ein Leckerchen nach hinten. Das brachte aber nicht viel. Ein paar Sekunden später war Dobbys Zunge in meinem Ohr, und jetzt hatte ich auch noch Hundefutterkrümel in der Ohrmuschel.

»Anhaftung macht unglücklich«, sagte Lynn. »Also lass los. Nicht den Finger natürlich, sondern deine Sachen, die jetzt sowieso weg sind. Es sind doch nur Dinge.«

Moya runzelte die Stirn. »Gilt das mit der Anhaftung bei den Buddhisten nur für Dinge? Also Gegenstände?«, wollte sie wissen.

»Nein. Fortgeschrittene Buddhisten schaffen es, sich an nichts und niemanden anzuhaften.«

»Heißt das, dass man nichts ins Herz schließen soll? Keine Gegenstände? Menschen? Oder Hunde?«, fragte Moya und streichelte Dobby über den Kopf.

»Doch, klar.« Lynn drehte sich um und sah ihren Hund zärtlich an. »Aber Lieben heißt ja nicht automatisch festhalten. Man muss Menschen und Tiere gehen lassen, wenn sie nicht bei einem bleiben wollen. Oder können. Luke, sieh diesen kleinen

Verlust doch einfach als Übung für schlimmere Verluste an. Ändern kannst du ja doch nichts mehr daran.«
Ich verdrehte die Augen. Ich mag Lynn echt gern, aber manchmal vereinfacht sie die Dinge zu sehr. Ich wollte aus diesen Reisenotizen einen Film machen, und jetzt war das ganze Zeug weg. Das war mehr als ärgerlich.
Und Moya? Sie sagte einfach nichts. Fragte nicht, was Sophie denn weggeworfen hatte. Sülzte mich nicht mit buddhistischen Weisheiten voll. Versuchte auch nicht, mich zu trösten. Aber sie sah mich an, unsere Blicke trafen sich, sie lächelte fast unmerklich, und irgendwie fühlte ich mich plötzlich von ihr verstanden. In diesem Moment mochte ich sie.
Mein Handy vibrierte. »Schlimm?«, stand auf dem Display. Die Frage kam von Sophie.
»Nicht schlimm«, schrieb ich zurück. Und seufzte.
»Handys sind nicht immer ein Segen«, überlegte ich laut. »Manchmal wäre es besser, wenn man einfach ganz und gar weg wäre und nicht live alles mitkriegen würde, was zu Hause passiert.«
Jetzt war es Moya, die seufzte. »Sehe ich anders«, sagte sie. »Ich würde was dafür geben, wenn ich jetzt mein Handy hätte und wüsste, ob es allen gut geht. Meiner besten Freundin zum Beispiel.«
Am liebsten hätte ich ihr meins rübergeschoben. Aber ich wusste ja, dass wir auch im Auto von versteckten Kameras gefilmt wurden. Ich hatte sie selbst installiert.

26 LENA

Diese eine Nacht, die erste, in der Moya in England war, fühlt sich in meiner Erinnerung an wie ein schwarzes Loch. Ich konnte nicht mehr atmen und wollte es auch nicht mehr. Ich wollte implodieren, nach innen zusammenbrechen und mich dabei selbst zerstören. Das war der Tiefpunkt. Ich hab ihn wohl gebraucht.

Bilder tauchen vor mir auf, Gedankenblitze, die ich gern vergessen würde.

Endlich ein Kieselstein am Fenster. Endlich Patrick.

Endlich wir.

Ich schlaftrunken, glückstrunken, liebestrunken. Er sturzbetrunken.

Egal. Haut an Haut. Herz an Herz. Mund an Mund.

Und dann ist er auf einmal fertig. Wälzt sich zur Seite. Sitzt auf der Bettkante. Vergräbt das Gesicht in den Händen.

»Was ist?«, flüstere ich.

»Ich …«, beginnt er und stockt.

Sanft streichele ich seinen Rücken.

»Ich fühl mich so schlecht«, sagt er mit fast unhörbarer Stimme. »Was bin ich nur für ein Mensch?«

»Es ist okay«, sage ich leise.

»Ist es nicht«, bricht es aus ihm hervor. Er atmet heftig, schüttelt meine Hand ab.
Wusste ich es doch, denke ich, auch für ihn ist es nicht leicht. Er ringt noch mit sich. Aber er wird zurückkehren. Ich muss nur Geduld haben.
»Wie?«, fragt er jetzt und krümmt sich zusammen. »Wie kann ich ihr das nur antun?«
Es dauert ein bisschen, bis ich seine Worte begreife. »Was?«, frage ich, obwohl ich plötzlich spüre, dass ich die Antwort nicht hören will. »Wem kannst du was nicht antun?« Meine Stimme klingt dünn und brüchig wie Papier.
»Alice«, stößt Patrick hervor. »Wie kann ich sie nur so betrügen? Warum komme ich nicht von dir los? Was ist das nur? Was stimmt bei mir nicht? Bin ich krank?«
Ich schnappe nach Luft, aber da ist keine mehr. Mein Verstand kollabiert. Oder ist es mein Herz? Mein Kreislauf? Keine Ahnung, was, aber es fühlt sich grauenhaft an. Grelle Lichtblitze durchzucken meinen Kopf. Was bin ich für ihn? Ein Stück Fleisch? Ein Stück Scheiße?
Ich ziehe meine Hand zurück, balle sie zur Faust und versuche weiterzuatmen. Geht nicht. Mit dem letzten bisschen Sauerstoff sage ich ein einziges Wort: »Geh!«
»Du hast recht«, flüstert Patrick. »Ich sollte gehen.« Er erhebt sich und zieht sich an.

Nach dieser Nacht habe ich überlegt, ob ich mich krankmelden sollte. Ich fühlte mich noch nicht einmal in der Lage, Klos zu putzen. Aber mich rauszuziehen, das wäre keine gute Idee gewesen. Zu viel Zeit zum Nachdenken. Stattdessen habe ich mich in die Arbeit gestürzt.

Seit Moya weg war, putzte ich mit einem Jungen zusammen. Karim. Ein witziger Typ. Bei der Arbeit trug er Kopfhörer, und manchmal ertappte ich ihn dabei, wie er tanzte, mit dem Schrubber, mit dem Besen, mit dem Lappen.

An diesem Morgen stöpselte ich mir auch Kopfhörer in die Ohren, aber ich tanzte nicht. Ich schrubbte die Böden, als gäbe es kein Morgen. Hätte ich Patrick in diesem Moment getroffen, ich hätte ihm die Haut von den Knochen geschrubbt.

Es war komisch: Endlich fiel die merkwürdige Lähmung von mir ab, die mich wochenlang schachmatt gesetzt hatte. Sie wich einem grellen, schmerzhaften Gefühl, das ich erst für Kummer hielt. Aber dann merkte ich, dass es Wut war. Zähnefletschende Wut.

27 LUKE

Wir trafen uns abends in einem dämmrigen Pub namens »King Arthur«. Wir, das war diesmal die gesamte Crew, plus die drei Profs. Nur Lynn und Moya waren nicht dabei. Lynn, weil sie wegen Dobby nicht wollte, und Moya, weil sie nicht durfte. Wir wollten über den nächsten Drehtag reden, und Moya sollte nicht wissen, was geplant war. Überraschung!

Wir anderen wussten auch nicht alles, aber doch einiges: Insgesamt sollte es fünf Folgen geben. Die erste hatten wir schon im Kasten, sie bestand aus den Aufnahmen, die Peter und ich bei den wissenschaftlichen Tests in Berlin gedreht hatten, außerdem aus Interviews mit den Profs und ein paar Einspielern mit wissenschaftlichen Fakten zum Thema Liebe. In Folge zwei bis vier lernte Moya jeweils einen der drei Jungs kennen, und in Folge fünf kam dann die große Liveshow: Moya musste sich für einen entscheiden. Anschließend würden die Professoren in dieser Show aufdecken, ob Moyas Favorit sich ebenfalls in sie verliebt hatte. Alle hofften das, denn dann hatten wir ein Liebespaar, und das war gut fürs Marketing.

Die drei Jungs würden also nicht gleichzeitig um Moya balzen, sondern ab morgen nacheinander hier antreten.

Lars Weickert war mit dieser Entscheidung nicht glücklich. Ihm wäre es lieber gewesen, wenn die drei sich um Moya gekloppt hätten, aber in diesem Punkt hatten sich die Profs durchgesetzt. Auch als Weickert im Pub wieder davon anfing und irgendetwas von Gruppendynamik und starken Emotionen sprach, rückten sie von ihrem Standpunkt nicht ab.

»Rivalität würde die Ergebnisse verzerren«, sagte der weißhaarige Melchior. »Moya ist schließlich kein Pokal, den der Beste gewinnen soll. Wir wollen herausfinden, was passiert, wenn wir Moya und jeweils einen der Jungen in einer günstigen Situation miteinander konfrontieren. Darum geht es hier.«

Klingenberg, der Sonnyboy mit den weißen Zähnen, stimmte ihm zu. »Den Sponsoren ist es auch lieber, wenn wir die Themen nicht mischen«, sagte er. »Eine Sendung zum Thema Psychologie, eine zum Thema Biologie und Chemie und eine mit Romantikschwerpunkt, eingerahmt von Einleitung und Happy End. So war's verabredet und so sollte es auch bleiben. Und zu jedem Schwerpunkt gehört ein Gesicht, das dafür steht und wirbt. Ole. Maximilian. Jaro.«

Weickert brummelte etwas vor sich hin, gab aber nach.

Ich hörte die Namen der drei Kandidaten an diesem Abend zum ersten Mal, wunderte mich aber nicht über die Auswahl. Das waren definitiv die drei gewesen, mit denen Moya beim Test am meisten zu tun hatte, und man musste kein Wissenschaftler sein, um sich für diese drei zu entscheiden. Ich wette, Moya konnte sich auch denken, wer da bald vor ihr stehen würde.

Marie Lagarde sah auf ihre silberne Armbanduhr. Sie fühlte sich in dem schummrigen Pub sichtlich unwohl. »Wir haben einige Unterlagen vorbereitet«, sagte sie. »Zum wissenschaftlichen

Hintergrund der Drehtage. Damit alle, vor allem die Kameraleute wissen, worauf sie besonders achten müssen.« Sie teilte ein paar Zettel aus, die man im Kneipenlicht kaum entziffern konnte. »Sie müssen das jetzt nicht lesen«, sagte sie. »Sehen Sie sich die Unterlagen einfach vorm jeweiligen Drehtag an.«
Weickert nickte, faltete seine Zettel zu einem schmalen Rechteck und schob sie in die Brusttasche seines Hemdes. »Ist das Prinzip für die nächsten Tage allen klar?«, fragte er in die Runde. »Dann können wir jetzt ja zum gemütlichen Teil des Abends übergehen.«
Doch Klingenberg wollte offenbar sichergehen, dass keine Panne passierte. »Ich fasse noch einmal zusammen«, kündigte er an. »Erst drehen wir das Porträt des jeweiligen Kandidaten sowie seine Ankunft und sein erstes Zusammentreffen mit Moya. Gleichzeitig zeichnet ein zweites Filmteam ein Interview mit dem jeweiligen Wissenschaftler auf. Danach läuft dann das eigentliche Experiment. Die Kameras bleiben dabei im Hintergrund, und wir drehen entweder verdeckt oder von Weitem, um das Experiment nicht zu stören. Und am nächsten Tag drehen wir die wichtigsten Szenen vom Vortag nach, damit wir sie trotzdem in Nahaufnahme haben.« Er warf Professor Melchior einen raschen Blick zu und der nickte. Auch das mit dem Nachdrehen war zwischen dem Regisseur und den Wissenschaftlern strittig gewesen. Weickert hatte auf den Überraschungseffekt bei den Tests gesetzt, den er ganz groß einfangen wollte. »Mensch, wir machen da doch tolle Sachen mit den Pärchen. Die Locations werden sie umhauen! Aber wenn wir das nachdrehen, wirkt es bestimmt abgestanden wie eine Schultheateraufführung. Moya

und die Jungs sind schließlich keine Profis«, war sein Argument gewesen.
Aber die Professoren hatten sich auch hier durchgesetzt. »Gerade weil sie keine Profis sind, können sie es niemals schaffen, die Kameras auszublenden, wenn sie sie dauernd vor der Nase haben. Und sie sollen bei den Experimenten schließlich flirten. Dazu muss man entspannt und locker sein und sich möglichst unbeobachtet fühlen«, hatte Melchior erklärt. Also war es dabei geblieben.
»Alles klar«, sagte Weickert jetzt mit leicht säuerlichem Gesichtsausdruck und hob sein Glas. »Hoch die Tassen!«
Ich war an diesem Abend erleichtert, dass die Profs an dem wissenschaftlichen Ansatz der Sendung nichts geändert hatten und die Sache nicht zu einer Trash-Show à la Weickert verkam. Aber irgendwas an seinem Gesicht gefiel mir nicht. Vielleicht war ich auch wachsam, weil Peter mir den Trailer gezeigt hatte, den Weickert inzwischen fertig geschnitten hatte. Peter und ich waren übereingekommen, ihn Moya nicht zu zeigen. Was nützte es, wenn sie sah, was Weickert aus den Aufnahmen gemacht hatte? Sie konnte sowieso nichts daran ändern, und das hätte die ohnehin angespannte Stimmung zwischen den beiden nur aufgeheizt.
Zwei Stunden später war Marie Lagarde längst gegangen, die anderen hatten rote Gesichter vom Alkohol und sprachen immer lauter. Ich überlegte, ob ich mich auch so langsam in meine Gemächer zurückziehen sollte, als Peter mich ansprach. »Warum die das wohl machen?«, fragte er.
»Wer? Was?«
»Na, die Profs. Egal, was die uns hier erzählen: Diese Studie ist

doch ungefähr so wissenschaftlich wie ein Kaffeesatz-Orakel. Als seriöser Wissenschaftler kann man sich damit nur seinen Ruf ruinieren. Warum also machen die das?«

Obwohl er die Stimme gesenkt hatte, hatte Weickert ihn gehört. Er lehnte sich vor und kam Peter und mir mit seinem Gesicht so nahe, dass ich seinen Bieratem riechen konnte. »Warum die das machen?«, fragte er undeutlich. »Na, das kann ich dir sagen! Das haben sie mir nämlich gesagt. Also, pass auf.« Er holte tief Luft und ich merkte, dass er betrunkener war, als ich gedacht hatte. »Der alte Melchior steht kurz vor der Pensionierung. Sein Ruf ist ihm egal, der will mal ein bisschen Abwechslung. Außerdem macht er eine Studie über die psychischen Schäden von Kandidaten bei Fernsehshows und guckt hier bei uns schon mal hinter die Kulissen.« Er nahm noch einen Schluck aus seinem Glas. »Unser sonnengebräunter Freund Klingenberg ist gar kein richtiger Prof, er arbeitet für einen Pharmakonzern und trägt den Titel nur, weil er auch ein paar Uni-Veranstaltungen macht. Er plant eine Karriere in der Industrie und knüpft hier Kontakte mit unseren Sponsoren. Und Marie Lagarde übt schon mal. Sie hat bald selbst eine Sendung, aber psssst, das ist noch nicht spruchreif. Und zu ihrem Professorentitel: Den sollte keiner allzu genau unter die Lupe nehmen. In Frankreich nennt sich jeder Lehrer professeur.« Er nickte selbstgefällig. »Siehsse«, sagte er zu Peter und hob wieder sein Glas. »Die brauchn keinen Ruf. Die brauchen Action. Und die werden sie kriegn. Prost!« Und dann leerte er das Glas in einem Zug

Am nächsten Morgen erschien Lars Weickert nicht zum Frühstück. Er sei ein wenig angegriffen, hieß es. Aha. Aber kein Problem, wir brauchten ihn nicht. Nell, unsere Aufnahmeleiterin, übernahm die Regie, und sie machte das wesentlich freundlicher als er. Die eine Hälfte des Teams sollte im Park Interviews mit den Professoren drehen, die andere, zu der ich gehörte, würde Moyas ersten Kandidaten Ole vom Flughafen abholen.
Als der blonde Typ mit den Mega-Muckis aus dem Flieger trat, standen wir unten an der Gangway und filmten ihn. Darauf hatte ihn offenbar niemand vorbereitet. Er grinste verlegen und kam so zögernd auf uns zu, als ginge er zum Schafott. Kein Wunder. Er war nicht nur überrumpelt, er war an diesem Morgen auch ultrafrüh aufgestanden, um den Flieger zu erreichen. Aber bei allem Mitgefühl: So ging das natürlich nicht. Wir mussten die Szene wiederholen, und zwar ganze vier Mal, bis er die Treppe einigermaßen natürlich herabschritt. Erst als er Lynn sah, die eigentlich am Auto auf uns warten wollte, aber sich irgendwann fragte, wo wir blieben, und uns beim Drehen Gesellschaft leistete, taute er auf. Ein Womanizer? Na, den würde Moya garantiert auflaufen lassen.
Während der Fahrt saß Ole auf dem Rücksitz, wo wir ihn richtig in die Zange nehmen konnten. Ich mit der Kamera, Tom, unser Toningenieur, mit dem Mikro.
»Erzähl mal«, sagte Tom, sobald der Wagen sich in Bewegung gesetzt hatte. »Wer bist du? Stell dich doch bitte dem Publikum vor.«
»Ich bin Ole Larsen«, sagte Ole. »Ich bin zweiundwanzig und komme aus Flensburg. Zurzeit studiere ich Medizin in Berlin.

Nach dem Studium will ich Kinderarzt werden. Meine Hobbys sind Segeln und Trekkingtouren.«
Tom nickte. »Sag mal was zu deinem Beziehungsstatus«, forderte er Ole auf. »Und zum Thema Liebe.«
»Hmm, also …«, begann der.
»Bitte nicht mit also anfangen«, unterbrach Tom ihn.
»Okay. Ich bin seit einem Jahr Single«, sagte Ole.
»Auch nicht mit okay anfangen«, seufzte Tom.
»Ich bin seit einem Jahr Single«, versuchte Ole es noch einmal.
Tom nickte zufrieden, und Ole fuhr fort. »Und, ähm, ja, also ich glaube schon an die große Liebe, also, ich meine, ich hoffe …«
»Noch mal ohne ähm und also«, unterbrach Tom ihn.
Ole dachte kurz nach, dann holte er tief Luft und legte los. »Ich bin seit einem Jahr Single, und das war auch bisher ganz okay so, denn in den letzten Semestern hatte ich nicht viel Zeit fürs Privatleben. Aber im Prinzip glaube ich schon an die große Liebe und hoffe, dass ich sie bald finde. Ob das allerdings mit wissenschaftlichen Methoden funktioniert, bezweifle ich. Aber okay, es ist trotzdem ein interessantes Experiment, ich bin neugierig darauf, was hier passiert.«
Tom nickte erleichtert und stellte gleich die nächste Frage. »Und was bist du so für ein Typ? Erzähl mal ein bisschen mehr von dir.«
Ole seufzte und dafür hatte ich Verständnis. Wer kann denn schon so eine Frage über sich selbst beantworten? »Ich treibe viel Sport«, sagte er. »Und ich unternehme gern was mit meinen Freunden. Und ich mag Filme.«
»Hmmm, also«, sagte Tom, und ich grinste, weil Tom so anfan-

gen durfte. »Das gilt für mindestens achtzig Prozent der Jungs deines Alters. Das ist langweilig. Los, Ole, du bist doch bestimmt was Besonderes. Beweis es mir.«
»Nö.« So langsam wirkte Ole genervt. »Ich bin einfach nur, wie ich bin.«
»Komm schon, Ole«, feuerte auch ich ihn jetzt an. »Wie stellst du dir deine Zukunft vor? Wie soll dein Leben in fünf Jahren sein? Wie sieht dann die Frau an deiner Seite aus?«
»Hmmm, also«, begann Ole, unterbrach sich dann aber selbst und begann noch einmal neu. »Ich wünsche mir eine Freundin, die intelligent, sportlich und abenteuerlustig ist und sehr gerne lacht. Ich möchte mit ihr große Touren machen. Segeltouren. Trekkingtouren. Und wenn wir dreißig oder so sind, gehen wir das Abenteuer Familie an. Drei Kinder wären toll. Wir bleiben trotzdem beide im Job und haben ein Kindermädchen. Und wenn wir alt sind und nicht mehr segeln und laufen können, sitzen wir auf einer Bank vorm Altersheim und sehen uns all unsere Fotoalben an.«
»Gähn«, sagte Tom. »Und wenn sie nicht gestorben sind, dann sitzen sie da, bis sie vermodern.«
Jetzt tat Ole mir fast leid. »Hey, jetzt sei doch nicht so ein Arschloch«, sagte ich zu Tom. »Er ist halt ein ganz normaler Typ. Was soll er da schon groß sagen?«
»Normal?«, fragte Tom. »Der Typ sieht aus wie Brad Pitt früher und hat Arme wie Arnold Schwarzenegger. Ist doch voll schade, wenn wir den als angehenden Arzt mit drei Kindern und Segelboot verkaufen. Weickert wird uns was husten.«
Ich dachte nach. »Also gut, versuchen wir's noch mal anders.

Pass mal auf, Ole, schildere uns doch mal deine nächste Trekkingtour. Und sag uns, welche Rolle ein Mädchen dabei spielen könnte.«

»Meine nächste Tour mach ich mit einem Kumpel«, knurrte Ole. Er hatte echt keine Lust mehr auf dieses Gespräch, und ich konnte das gut nachvollziehen. Gähn! Normal! Langweilig. Motivation ging anders.

Doch ich ließ trotzdem nicht locker. Wir brauchten die Aufnahme. »Mal angenommen, es wäre ein Mädchen dabei, was käme dann auf sie zu?«, fragte ich. »Und wie könntest du dir eine romantische Szene auf dieser Tour vorstellen?«

Ole machte tatsächlich einen weiteren Versuch. »Sie müsste ...«, begann er.

»Fang anders an, mit einem ganzen Satz«, befahl Tom und machte Ole auch gleich vor, wie er das meinte: »Ein Mädchen, das mich auf eine meiner Touren begleiten würde, müsste ...«

Gehorsam begann Ole noch einmal: »Ein Mädchen, das mich auf meine Tour begleiten würde, müsste locker dreißig Kilometer am Tag zu Fuß zurücklegen können. Bergauf und bergab. Abends würden wir dann eine Plane zwischen zwei Bäumen spannen und unsere Schlafsäcke darunter ausrollen. Wir würden uns am Lagerfeuer was kochen und ...« Ich sah an Toms abfälligem Blick, dass er Ole eindeutig immer noch für einen Langweiler hielt, und Ole bemerkte das auch. Vermutlich legte er deswegen noch eine Schippe drauf. »Und danach hätten wir wilden Sex am Lagerfeuer.«

»Bingo!«, sagte Tom. »Damit kann Weickert was anfangen. Das nehmen wir.«

Ole sah aus, als würde er bereuen, was er da eben gesagt hatte. Ich glaube, Bemerkungen unter der Gürtellinie waren eigentlich nicht seine Art. Aber jetzt war's zu spät. Doch er bewies Stil und machte keinen Aufstand deswegen.

Irgendwann bog der Wagen von der Landstraße ab und fuhr über einen Kiesweg auf das Herrenhaus zu, in dem wir alle untergebracht waren. Mit seinen grauen Mauern und Erkern bot es eine tolle Filmkulisse.

»Bleib sitzen«, forderte Tom Ole auf, als das Auto hielt.

»Lynn muss noch schnell das Mädchen pudern. Wir warten solange hier. Dann kommt eure Begrüßung, und dann hast du's erst mal geschafft und kriegst was zu essen.«

Bei den Wörtern Mädchen und Pudern lehnte ich mich zurück und stellte mich auf eine lange Wartezeit ein. Aber schon ein paar Minuten später erschien Lynn an der Tür und gab uns ein Zeichen. Der Chauffeur wendete und wir rollten erneut auf das graue Herrenhaus zu. Dieses Mal wartete jemand vorm Haus und blickte uns entgegen. Ein dunkelhaariges Mädchen mit großen braunen Augen in einem grünen Kleid. Moya. Aber das wusste Ole noch nicht. Ich richtete die Kamera auf Ole und fing den Moment ein, in dem er sie erkannte. Seine Augen leuchteten auf.

»Sag was«, befahl Tom ihm.

»Ähm. Das ist Moya«, sagte Ole. »Ich kenn sie aus den Tests. Sie mag Lachsröllchen.«

Ich musste lachen, aber Tom schloss die Augen und atmete mehrmals ganz tief ein und aus. »Wow, Ole, das ist wirklich ganz großes Kino, was du hier bietest«, sagte er sarkastisch.

Das Auto bremste, kehrte um und wir glitten erneut auf das Haus zu.

»Erzähl uns, was in dir vorgeht! Was denkst du, was fühlst du bei ihrem Anblick? Sei überrascht, erstaunt, erfreut!«, sagte Tom.

»Oh«, sagte Ole möglichst erstaunt. »Das ist ja Moya. Was für eine Überraschung.«

Tom simulierte ein Schnarchen.

»Das ist ja Moya!«, setzte Ole erneut an. »Wir haben uns schon bei den Tests supergut verstanden! Toll, dass sie hier ist!« Er versuchte, möglichst enthusiastisch zu klingen, was nicht schwer war, da er sich sichtlich freute, Moya zu sehen.

»Mhm«, sagte Tom und nickte wohlwollend. »Wie findest du sie denn so? Glaubst du, dass du dich in sie verlieben kannst?«

Wir waren inzwischen vor dem Haus zum Stehen gekommen, und ich konnte sehen, dass Moya nervös von einem Bein aufs andere trat. Vor ihr stand Peter und nahm sie mit seiner Kamera ins Visier. Durch die verdunkelten Scheiben konnte sie uns wahrscheinlich nicht erkennen. »Ob ich mich verlieben werde?«, fragte Ole. »Keine Ahnung. Aber Moya ist ein tolles Mädchen. Sie ist fröhlich, witzig und lässt sich so schnell nichts vormachen.«

Nach kurzem Zögern setzte er noch hinzu: »Sie ist … verdammt hübsch. Und ihr Lächeln kann einen echt umhauen.«

Das kam ganz gut rüber. Aber als Tom trotzdem zu einer weiteren Frage ansetzte, riss Oles Geduldsfaden. »Und hübsche Mädchen lässt man nicht warten«, sagte er, öffnete die Tür der Limousine und stieg aus, bevor jemand etwas dagegen tun konnte.

28

Aus dem Konzept der Fernsehshow »Love Test«
Infos fürs Team

1. Testtag Dr. Body – Dr. Carl Klingenberg

Kandidat: Ole Larsen
Sponsor: Hediopharm

1. Kandidat

Der Kandidat Ole Larsen entspricht in all seinen biologisch-medizinischen Daten fast exakt den Werten der Kandidatin. In Bildtests haben sich beide außerdem gegenseitig als äußerst attraktiv bewertet. Nach Einschätzung von Prof. Klingenberg besteht eine hohe Wahrscheinlichkeit, dass die beiden sich unter geeigneten Bedingungen ineinander verlieben werden.

2. Wissenschaftliche Grundlagen für den geplanten Testtag

Studien haben gezeigt:

- Menschen können riechen, ob ein Partner genetisch optimal zu ihnen passt. Ist das der Fall, verlieben sie sich eher in ihn als bei genetischer Unverträglichkeit.

- Menschen verlieben sich in extremen Stresssituationen viel schneller als in entspannten Situationen. Wenn eine Adrenalinausschüttung den Pulsschlag erhöht hat, verwechseln wir dieses Gefühl unbewusst mit verliebtem Herzklopfen, und wenn uns dann jemand begegnet, der uns Halt und Sicherheit gibt, springt der Funke schneller über.
- Das Kuschelhormon Oxytocin wird durch Hautberührungen und Umarmungen ausgeschüttet.
- Es gibt einen Duftstoff – Hedion –, der bei Menschen wie ein Pheromon, also ein Sexuallockstoff, wirkt. Man kann ihn künstlich herstellen, er riecht blumig. Wenn er durch die Nase das limbische System im Gehirn erreicht, bewirkt er dort Erregung.
- Hungrige Männer verlieben sich schneller als satte (»Liebeshunger«).

Umsetzung in die Praxis – Testtag Dr. Body

Wir versetzen das Paar in eine gezielt herbeigeführte Stresssituation (Adrenalin). Anschließend bringen wir sie dazu, sich zu umarmen (Oxytocin). Dabei haben sie außerdem die Gelegenheit, sich im wahrsten Sinne des Wortes zu beschnuppern und ihre genetische Übereinstimmung unterbewusst wahrzunehmen. Anschließend erzeugen wir durch eine längere Pause Hungergefühle. Wenn diese dann endlich gestillt sind und Entspannung eintritt, nebeln wir die beiden unter einem Vorwand mit Hedion ein und versetzen sie dadurch in Paarungsbereitschaft. Dieser Hormoncocktail dürfte genügen, um die beiden in Paarungsbereitschaft zu versetzen. Bei einer gemeinsamen Autofahrt sind die beiden dann scheinbar ungestört. Alles Weitere dürfte ein Selbstläufer sein.

Hinweise für die Kamera:

Bitte vor allem im Auto die Kameras gut verstecken.

Bitte bei diesem Dreh besonders auf Balzsignale in der Körpersprache achten! Korrespondierende Körpersprache – wenn einer sich zurücklehnt oder die Arme verschränkt, tut es der andere auch. Weit geöffnete Augen, erweiterte Pupillen. Haare zurückstreichen beim Mädchen. Aufrichten, »gockeln« beim Jungen ...

29 MOYA

»Ole!«, rief ich, als ich sah, wer da ausstieg, und strahlte in Peters Kamera. »Wie schön, dass ...«

»Stopp! Da stimmt was nicht mit dem Licht«, rief jemand aus dem Hintergrund. Gleich darauf wurde ich ein paar Meter nach links dirigiert.

Okay. Noch mal. Wieder knipste ich mein Breitwandgrinsen an. »Ole! Toll, dass du da bist!« Das Lächeln fiel mir leicht, denn ich freute mich wirklich, ihn zu sehen.

Natürlich hatte ich mir in den letzten Tagen oft überlegt, welche Jungs für mich ausgewählt worden waren, und Ole war immer unter meinen Favoriten gewesen. Immerhin hatte ich ihm bei den Tests in Berlin für sein Aussehen jedes Mal neun Punkte gegeben und mich auf der Stehparty auch lange mit ihm unterhalten, was die Kameras bestimmt eingefangen hatten. Aber das hieß natürlich noch gar nichts. Die Wissenschaftler hatten bei diesen Tests ja auch unsere Hormone bestimmt. Und vielleicht passte ich hormonell ja auch zu einem dünnarmigen Heilpraktiker, der in seiner Freizeit Rollenspiele mit Feen und Drachen machte. Nur so als Beispiel. In diesem Fall hätte mein heutiger Tag deutlich an Glanz verloren.

Aber so war's ja zum Glück nicht. Ole und ich begrüßten uns

mit Küsschen auf die Wangen und blinzelten uns zu. »Wie geht's Muffin?«, wollte ich wissen.

Er lächelte. »Gut. Er ist ganz schön groß geworden.«

»Stopp«, sagte Lars Weickert hinter mir. Er sah nach seinem Kater immer noch ziemlich ramponiert aus. »Den Smalltalk könnt ihr euch sparen. Will niemand hören. Und was sollte das mit diesem Muffin? Noch mal das Ganze, aber diesmal ohne Keks und Kuchen oder was auch immer.«

»Worüber sollen wir denn reden, Herr und Meister?«, fragte ich, gedanklich immer noch bei den mittelalterlichen Rollenspielen.

Lars Weickert fauchte stilgerecht los wie ein Drache. »Darüber, wie aufgeregt ihr seid. Wie sehr ihr euch freut, euch zu sehen. Wie gespannt ihr auf die nächsten Tage seid. Dass ihr es kaum erwarten könnt. Und so weiter und so fort. Ist das denn so schwer, Himmeldonnerwetter noch mal? Und bitte!«

Ach! Ganz was Neues! Und dann dieser Tonfall, den Weickert schon wieder anschlug. Seine Reaktion brach meinem ohnehin angekränkelten schauspielerischen Talent komplett das Genick.

»Ich bin total aufgeregt«, sagte ich steif. »Ich bebe vor Erwartung!«

Auch Oles Darbietung hatte auf einmal deutlich an Ausdruckskraft verloren. »Ich bin wirklich gespannt auf die nächsten Tage«, sagte er matt und klang dabei, als stünde ihm die Entfernung eines eingewachsenen Zehennagels bevor.

Wir sahen uns an wie ertappte Schulkinder. Aber dann mussten wir auf einmal grinsen. Und obwohl an unserer Situation wirklich nichts lustig war, prusteten wir plötzlich los.

Die anderen fanden das gar nicht lustig. »Das reicht jetzt«, hörte ich Weickert sagen, »wir haben nicht viel Zeit.«
Aber wir konnten nicht aufhören. Wir hatten endlich die starre Atmosphäre durchbrochen und waren beide so froh darüber, dass wir nonstop giggelten wie zwei Lachsäcke mit Wackelkontakt.
»Kriegt euch wieder ein. Und weiter im Text!«, bellte Weickert.
Und irgendwann hatten wir uns dann wieder im Griff. »Ole!«, sagte ich, nachdem ich mir die Lachtränen aus den Augenwinkeln gewischt und Lynn mich gepudert hatte. »Hey, das ist ja mal eine Überraschung, schön, dich zu sehen. Ich freu mich! Die nächsten Tage werden bestimmt toll.«
»Mit dir bestimmt«, entgegnete er und grinste. »Ich kann es kaum erwarten.« Und das meinte er auch so, das sah man.
»Gut, daraus können wir was machen«, knurrte Lars Weickert. »Warum denn nicht gleich so? Himmel, ich wünschte, ich könnte mal wieder mit Profis arbeiten.«

Wenig später standen wir vorm Haus und warteten auf die Autos, die uns zum Drehort des ersten Experiments bringen sollten. Fröstelnd umschlang ich meinen Oberkörper mit den Armen. So langsam wurde mir in meinem kurzen Kleid nämlich richtig kalt.
»Hol dir doch eine Jacke«, schlug Ole vor.
Ich nickte und wandte mich zum Gehen, doch Lynn hielt mich zurück. »Lass mal lieber«, sagte sie. »Ich habe keine dabei, die zu deinem Outfit passt. Du müsstest dich also komplett umziehen. Aber dafür reicht die Zeit nicht, da kommen schon die Autos.

Frag doch einfach Mr Tippleton, ob er die Heizung einschalten kann. Und wenn wir nachher am Drehort ankommen, scheint bestimmt die Sonne. Es soll heute warm werden.«

Skeptisch betrachtete ich den wolkenverhangenen Himmel. Aber okay, dann eben keine Jacke. Es würde schon irgendwie gehen.

Ole und ich hatten Mr Tippletons Wagen heute ganz für uns allein. Und natürlich wusste ich auch, warum das so war. Ich hatte zwar keine Ahnung, wo hier die versteckten Kameras waren. Aber dass welche da waren, daran bestand kein Zweifel. Weickert hoffte bestimmt auf heimlich mitgeschnittene Flirts und Insiderinfos. Ich nutzte die Fahrt deswegen dazu, Ole ausführlichst zu seinen Erfahrungen in Neuseeland zu befragen.

Das würde Weickert fertigmachen!

Als wir wenig später auf einem großen Parkplatz ausstiegen, war es halb eins. Sonne? Von wegen! Draußen war es immer noch kalt.

»Ein Freizeitpark?«, fragte Ole und betrachtete skeptisch die Achterbahnen und das Riesenrad, die vor uns aufragten. »Und in diesem Getümmel sollen wir uns verlieben?«

Jetzt trat Lars Weickert zu uns. »Liebe ist erst der nächste Schritt«, sagte er. »Paarungsbereitschaft reicht für heute völlig aus.« Er wirkte nicht sehr zuversichtlich, als er das sagte. Unsere Auto-Gespräche hatten ihn sichtlich zermürbt. Aber das konnte er jetzt natürlich nicht zugeben. Er musste tun, als hätte er keine Ahnung, worüber wir die ganze Zeit gesprochen hatten.

»Können wir vielleicht vorher noch was essen?«, fragte ich. »Das könnte meiner Paarungsbereitschaft Aufschwung verleihen.«

Weickert schüttelte den Kopf. »Erst fahrt ihr Achterbahn. Los, los, Leute, beeilt euch! Wir müssen die Mittagszeit nutzen. In zwei Stunden kriegt man hier kein Bein mehr auf den Boden.«
Achterbahn? Ich atmete scharf ein. Auf einmal fühlte ich mich gestresst. Schiffstouren mit Seegang, Flüge mit Turbulenzen, Seilbahnfahrten in schwindelerregenden Höhen, alles kein Problem. Aber Achterbahnen gingen gar nicht. Vielleicht, weil ich den wackeligen Schienen und den kleinen, klapprigen Wägelchen nicht traute. So ein Wagen musste sich nur in Bewegung setzen, und mein Mageninhalt begann, mit mir zu kommunizieren.
Lars Weickert grinste plötzlich hämisch. Sah man mir mein Entsetzen etwa an?
»Alles okay bei dir?«, fragte jetzt auch Ole. Irgendwas stimmte wohl wirklich nicht mit meinem Gesichtsausdruck.
Ich gab mir große Mühe, meine Mundwinkel Richtung Ohrläppchen zu bewegen. »Alles bestens«, sagte ich. »Ist eine witzige Idee.« Vor Weickert wollte ich auf keinen Fall zugeben, wie mulmig mir plötzlich zumute war. »Also, los geht's!« Am besten, wir brachten die Sache so schnell wie möglich hinter uns.

THE SHINING. Die Buchstaben auf der Achterbahn waren so groß, dass ich sie schon von Weitem sehen konnte. Vor meinem inneren Auge erschien das Bild von Jack Nicholson mit gebleckten Zähnen. Ach so, ja, *Shining,* das war doch dieser alte Horrorfilm.
Als wir näher kamen, erschien Nicholson tatsächlich vor mir, und zwar in Überlebensgröße. Zum Glück nur gemalt auf einer

großen Wand. Sein Schlund öffnete sich von Zeit zu Zeit und spie Achterbahnwagen mit kreischenden Menschen aus. Kam es mir nur so vor, oder kreischten diese Menschen wirklich lauter und angsterfüllter als in anderen Achterbahnen?

»Das ist eine sogenannte Themenachterbahn, angelehnt an den berühmten Film«, erklärte Lars Weickert mit einem diabolischen Nicholson-Grinsen. »Hähähä! Darin werdet ihr nicht nur durchgeschüttelt, sondern auch durchgegruselt. Hähähä!«

Er klatschte in die Hände. »Na, dann mal los. Das Team hält sich heute zurück, das wissenschaftliche Experiment steht im Vordergrund. Ihr werdet also nur von Weitem gefilmt. Viel Spaß.«

Und weg war er.

Ich sah mich um und entdeckte Peter, der mit gebührendem Abstand zu uns seine Kamera aufbaute. Luke konnte ich nirgends entdecken.

Als wir uns in die Warteschlange einreihten, betrachtete Ole besorgt die Gänsehaut an meinen Armen. »Sag mal, du musst doch furchtbar frieren. Es ist eisig.«

»Ja«, gab ich zu. »Aber es wird bestimmt bald wärmer.«

»Wenn ich eine Jacke hätte, würde ich sie dir geben«, sagte er.

Ich hätte sie heute sogar angenommen, obwohl ich normalerweise keine Kavaliere brauchte. Aber Ole hatte nun mal keine, und sein Hemd konnte er mir nicht gut abtreten. »Ich könnte dich warmrubbeln«, schlug er vor.

»Geht schon«, wehrte ich bibbernd ab.

Langsam bewegte sich die Warteschlange zwischen zwei hohen Hecken auf die Achterbahn zu.

»Kennst du den Film?«, fragte ich.

Ole überlegte. »Das ist doch der, in dem Jack Nicholson mit seiner Familie auf ein einsames Hotel aufpassen soll. Dann tauchen plötzlich Untote auf und alle drehen durch. Irgendwie so, oder?«

Ich nickte. Aber plötzlich fuhr ich quietschend zusammen. Von oben sauste eine riesige Axt auf uns herab. Schützend hob ich die Hände über den Kopf, doch im letzten Moment kam die Axt zum Stillstand und verschwand seitlich im Gebüsch.

Ole zuckte nicht mal mit der Wimper. »Na, du Heldin? Eine witzige Idee, hm?« Er grinste.

»Hey!« Ich schubste ihn in die Hecke neben der Warteschlange. »Das kam einfach unerwartet. Und außerdem war die Axt direkt über mir. Du standst ja nur daneben, du warst in Sicherheit.«

»Ach so. Klar.« Ole bemühte sich um einen betont neutralen Gesichtsausdruck.

Ich schubste ihn wieder.

»Hello?«, sprach ein Mann uns an. Das Schild an seinem Hemd wies ihn als Mitarbeiter des Freizeitparks aus, und er forderte uns auf, ihm zu folgen. Aber nicht, weil wir uns wie Kinder geschubst hatten. Offenbar hatte die Filmcrew es irgendwie hingedeichselt, dass wir die Warteschlange umgehen durften. Der Mann öffnete für uns eine Seitentür, und plötzlich befanden wir uns in der gediegenen Atmosphäre eines altmodischen Hotelfoyers mit roten Säulen, Holzverkleidungen und Kronleuchtern.

»Nicht jeder wird dieses Hotel lebend wieder verlassen«, raunte Ole mir unheilvoll ins Ohr.

»Hey, lass das!«, knurrte ich.

Hinter der massiven Rezeption verkaufte ein rot livrierter Portier

Fahrkarten und von rechts drang Musik aus einem Bankettsaal, der im Hintergrund zu erahnen war. Durch große Fenster konnten wir die verschneite Landschaft Colorados bewundern.
Der Mitarbeiter führte uns an der Rezeption vorbei zu einem Achterbahnwagen. Klein und klapprig wie er war, gehörte er zu genau der Sorte Wägelchen, die ich fürchtete. Vorne an der Wagenschnauze war eine Kamera befestigt, die auf unsere Gesichter gerichtet war. Na toll. Bestimmt saß Lars Weickert jetzt irgendwo im Warmen, beobachtete uns und machte wieder »hähähä«. Wenn wir gleich kreischen würden, könnte unser Zahnarzt nachher am Bildschirm den Zustand unserer Zähne kontrollieren. Ich beschloss, nicht zu kreischen und diese Tour mit steinerner Miene zu überstehen. Und wenn mir das nicht gelang, würde ich einfach still und leise bewusstlos werden.
Als sich der Wagen ruckelnd in Bewegung setzte, hätte ich am liebsten gleich damit angefangen, ohnmächtig zu werden. Aber leider versank ich nicht in gnädiger Dunkelheit. Meine Sinne waren im Gegenteil hellwach, und jede Zelle meines Körpers sandte dieselbe Botschaft an mein Gehirn: Weg hier!
Doch daraus wurde nichts, der Haltebügel drückte mich samt all meinen Zellen unbarmherzig in das Sitzpolster. Nur das Frühstück in meinem Magen sah eine Chance, zu entkommen, aber mit einem tiefen Atemzug machte ich ihm klar, dass jetzt für alle Anwesenheitspflicht bestand.
Wir fuhren quer durch die Lobby und steuerten direkt auf eine blutrote Aufzugtür zu. Sie glitt zur Seite, und wir wurden in einen dunklen Tunnel gezogen, in dem es modrig roch. Der Wagen fuhr lange steil nach oben, dann wurde es hell. Wir kamen

wieder in die Waagerechte und ruckelten einen scheinbar endlosen Hotelkorridor entlang. Ich fixierte die Kamera am Wagen und zwang mich zu einem unbewegten Gesicht. Ich würde das schaffen, ich würde das schaffen, ich würde …

Plötzlich hörte ich hinter uns schlurfende Schritte. Eine Stimme rief: »Come out, come out, wherever you are.«

Wir schwenkten nach rechts, und vor uns erschien eine Tür, auf der in riesigen Ziffern die Zahl 237 stand. Im Film war das das verbotene Zimmer, wie mir plötzlich wieder einfiel. Ich hätte es lieber weiterhin vergessen. Ich erinnerte mich zwar nicht mehr, was hinter dieser Tür gewesen war, aber verbotene Zimmer zu betreten war erfahrungsgemäß niemals gut.

Peng! Zu spät! Mit einem Poltern durchbrach unser Wagen die Türflügel, durchquerte einen Wohnraum und stieß durch eine weitere Tür in ein grünes Badezimmer. Nervenzerfetzend langsam näherten wir uns der Badewanne, deren Duschvorhang halb zugezogen war. Ich presste beide Hände auf den Mund, denn ich ahnte, was kommen würde. Und sogar Ole neben mir sank ein Stück tiefer in seinen Sitz.

Wir hörten Wasser plätschern. Der Wagen stoppte. Hinter dem Vorhang erhob sich schemenhaft eine Gestalt. Der Stoff wurde beiseitegerissen und für den Bruchteil einer Sekunde sahen wir die blau-grün aufgedunsene Leiche einer Frau, die uns aus leeren, glibberigen Augäpfeln anstarrte. Bevor ich schreien konnte, schnellte der Wagen ruckartig nach rechts und wir wurden durch die Wand ins Tageslicht katapultiert, um dann jäh in die Tiefe zu stürzen. Senkrecht, wie es mir vorkam.

Irgendwer kreischte schrill, und ich merkte erst spät, dass ich es

war. Auch Ole gab ein leises Ächzen von sich, aber das lag vielleicht daran, dass ich mich an seinem Bein festkrallte.
Und dann rasten wir in einem wahren Höllentempo auf und ab. Der Wagen legte sich in Kurven und stürzte in Abgründe, wir brausten durch eine Küche mit Messern an der Wand, durch ein Zimmer mit einem blutverschmierten Doppelbett, vorbei an leichenblassen Zwillingen in blauen Kleidchen und mit entstellten Gesichtern. Währenddessen kreischte ich in die Kamera, als würde ich ein Werbevideo für diese Achterbahn drehen. Endlich kamen wir vor einer weißen Holztür zum Stehen. Ich atmete erleichtert auf, aber wir hatten die Sache noch nicht überstanden. Ein Schlag ließ die Tür erzittern. »Let me come in!«, dröhnte es auf uns herab. Zack! Ein Geräusch, als würde Holz splittern. Und dann brach ein Stück aus der Tür, man sah eine blutverschmierte Axt und dahinter ein Gesicht, das zu einem diabolischen Grinsen verzerrt war. Kein gefilmtes Gesicht. Das hier war ein echtes. Und ich konnte nicht anders, ich kreischte schon wieder. Doch dann war das Loch in der Tür plötzlich weg, die Türflügel schwangen beiseite und wir glitten ins Tageslicht.
»Uff«, sagte Ole. »Cooler Gag. Der Typ eben, der war wirklich real.«
Ich sagte nichts. Mir war schlecht. Mit zitternden Beinen kletterte ich aus dem Wagen und versuchte, alles bei mir zu behalten, was in mir war. Frühstück, Tränen, Schimpfwörter für Lars Weickert und die ganze Crew, solche Sachen eben.
»Willst du dich hinsetzen?« Ole sah mich besorgt an.
Ich schüttelte den Kopf. Es nieselte und alle Bänke waren nass. Außerdem war es bitterkalt. Alle außer Ole und mir trugen Ja-

cken. Und das bedeutete, dass das Wetter wirklich schlecht war. Normalerweise tragen Engländer im Sommer keine Jacken.
»Atmen«, befahl Ole und musterte mich wieder mit einem prüfenden Blick. Wenn das so einfach wäre! Aber okay. Irgendwie musste wirklich ganz schnell Sauerstoff in mein Gehirn. Ich schnappte also nach Luft. Wieder. Und wieder.
»Mist«, murmelte Ole. »Man braucht kein Medizinstudium, um zu sehen, dass du gleich umkippst. Wo sind die denn alle?«
Tja. Keine Kamera, kein Regisseur, kein Team. Meine Zähne klapperten.
Jetzt schaffte Ole Fakten. Er trat einen Schritt auf mich zu und nahm mich einfach in seine Arme. »Pinguintechnik«, brummte er dabei beruhigend. »Die wärmen sich gegenseitig.« Und weil ich gar nicht anders konnte, legte ich meine Stirn an seine Schulter. So standen wir also im Nieselregen vor der Achterbahn und spielten Pinguin, bis ich wieder normal atmen konnte. Und als Ole anfing, meinen Rücken warm zu rubbeln, hörte ich irgendwann sogar auf zu zittern.

Es dauerte eine gefühlte Ewigkeit, bis Lars Weickert auftauchte. »Lasst euch nicht stören, ihr Turteltäubchen«, gurrte er mit schmierigem Grinsen.
»Lars, es reicht«, sagte Ole, ohne auf seine Bemerkung einzugehen. »Wir brechen dieses Experiment jetzt ab. Moya kann sich hier eine Lungenentzündung holen.«
Weickert hob beschwichtigend beide Hände. »Hey! Bleib locker, Doc! Unsere Lynn hat das alles im Griff.«
Tatsächlich tauchte Lynn jetzt auf und wickelte mich in einen

großen, weichen Wollschal. Einen Plastikbecher mit dampfendem Tee hatte sie mir auch mitgebracht. »Du hast es geschafft!«, flüsterte sie mir zu. »Das Schlimmste ist jetzt vorbei!« Und nach ein paar Schlucken Tee ging es mir wirklich deutlich besser.
»Wir brechen gar nichts ab«, bestimmte Weickert. »Wir gehen jetzt ganz gemütlich essen.«
Ole sah mich mit gerunzelter Stirn an. »Was meinst du?«
»Geht schon«, sagte ich. »Bringen wir's hinter uns.«

Auf der Fahrt zum Restaurant beruhigte sich mein Magen wieder. Dazu hatte er aber auch reichlich Zeit. Wir glitten fast eine Stunde lang durch die grüne englische Landschaft. So lange, bis sich mein Magen erneut aufregte. Diesmal war es Hunger, der ihn plagte. Kein Wunder. Die Teestunde nahte, aber wir hatten noch nicht einmal zu Mittag gegessen. Auch Ole war vor lauter Kalorienmangel schon ganz still geworden. Seine letzte Mahlzeit hatte er noch auf deutschem Boden zu sich genommen, und das war im Morgengrauen gewesen. Wir versuchten, Mr Tippleton zu einem Halt an einer Imbissbude zu bewegen, aber der sagte, Lars Weickert würde ihn rädern und vierteilen, wenn er das zuließe. Und das wollten wir dem freundlichen Herrn dann doch nicht zumuten. Zumal unser Restaurant angeblich nur noch wenige Fahrminuten entfernt war.
Tja, offenbar hatte Mr Tippleton ein anderes Zeitgefühl als ich. Zwanzig Minuten gehörten für ihn noch in die Kategorie »wenig«. Für mich war das momentan eher die Kategorie »ewig«. Irgendwann stoppte der Wagen dann aber an einem romantischen Cottage am Meer, das sich als Feinschmeckerrestaurant

entpuppte. Leider schien sich das Küchenpersonal gerade zur Teestunde zurückgezogen zu haben. Es dauerte auf jeden Fall eine weitere halbe Stunde, bis endlich die Suppe serviert wurde. Und die nutzte Lynn, um mich neu zu schminken und sowohl Ole als auch mich mit einem Parfüm einzunebeln, das wie ein Blumenladen roch und mir Kopfschmerzen verursachte. »Boah, lass das bitte weg«, sagte ich nach dem ersten Schwall, der meine Riechnerven traf. »Wir machen Fernsehen. Mit Betonung auf sehen. Kein Mensch merkt, wie wir riechen.«

»Doch«, sagte Lynn und sprühte weiter. »Klingenberg. Und der besteht darauf. Ich hab hier gar nichts zu bestimmen.«

Ich auch nicht, also ergab ich mich seufzend in mein Schicksal und roch wie ein Strauß Jasmin. Aber so langsam fragte ich mich wirklich, in welchem Lotto Klingenberg seinen Professorentitel gewonnen hatte. Auf diese Weise wollte er Ole und mich in Paarungsbereitschaft versetzen? Also, wenn ich jemandem alle Paarungsgedanken nachhaltig austreiben wollte, würde ich es exakt so machen: Ich würde ihn auskühlen, bis er schlotterte. Ich würde dafür sorgen, dass ihm schlecht wurde, ich würde ihn aushungern und ihn dann zum Schluss mit Gerüchen einnebeln, damit er nach diesem anstrengenden Tag ins Koma fiel wie eine ausgedorrte Ameise nach einem Schwall Giftspray.

Denn genau das geschah nun. Ole und ich überstanden die Mahlzeit gerade noch mit letzter Kraft, aber unser Gespräch war ungefähr so prickelnd wie der abgestandene Sekt in unseren Gläsern nach der siebten Wiederholung der Szene. Und da half es auch nicht, dass Lars Weickert uns mit übertriebenen Gähngeräuschen zeigte, wie er uns fand. Im Gegenteil. Jetzt gähnten wir selbst. Auf der Heimfahrt fielen wir beide in einen komaähnlichen Schlaf und wachten erst wieder auf, als wir in Millford Manor ankamen. Sowohl Klingenberg als auch Weickert wirkten ziemlich schlecht gelaunt, als sie uns eine gute Nacht wünschten. Das hatten sie sich wohl anderes vorgestellt.

Hähähä, dachte ich. So viel zum Thema Liebe und Wissenschaft. Der Tag war ein einziger Machtkampf zwischen Weickert und mir gewesen. Und ich hatte ihn gewonnen.

30 LENA

Anfangs hätte ich nie gedacht, dass mir das Putzen mal Spaß machen würde. Aber so war es. Und das lag an Karim, meinem neuen Putz-Kollegen.

Als der liebe Gott nämlich einst die gute Laune verteilt hat, stand Karim ziemlich weit vorn in der Schlange. Direkt hinter den Streifenhörnchen, zumindest behauptete er das. Und gute Laune steckt ja bekanntlich an. Wenn Karim morgens mit blitzenden Augen in dem schlumpfblauen Overall vor mir stand, den wir bei der Arbeit trugen, musste ich ihn einfach anlächeln, obwohl ich immer noch traurig wegen Patrick war. Denn Karim sah tatsächlich ein bisschen aus wie ein Streifenhörnchen. Irgendwas war mit den blonden Strähnen schiefgegangen, die ihm ein Freund auf einer Party spontan im Rausch gemacht hatte. Aber egal, es passte zu ihm.

In der Frühstückspause erzählte er mir gleich am ersten Tag, dass er in einer festen Beziehung mit einem Typ namens Mario lebte. Schon komisch, oder? Die nettesten, klügsten, witzigsten Jungs interessieren sich nie für das andere Geschlecht. Darüber sollte man als Frau vielleicht mal nachdenken.

Karim studierte BWL und wollte eine Firma gründen. Deswegen putzte er auch. Er brauchte das Geld, aber auch das Knowhow

für seine neuste Idee. Mit seinem neuerworbenen Putzwissen wollte er nämlich eine Reinigungsfirma gründen, von Studenten für Studenten. Wenn sich in einer WG vier oder fünf Leute den Stundenlohn einer Reinigungskraft teilten, dann sei das für keinen mehr viel Geld, sagte er. Für weniger, als ein Zigarettenpäckchen kostete, konnte man sich also nervige WG-Diskussionen ersparen. Und andere Kommilitonen seien froh über das Geld, meinte er. Ein ebenso einfaches wie geniales Firmenkonzept.
Karim war aber zum Glück nicht immer aufgedreht und lustig. Er konnte auch ganz ernst sein.
Wir putzten nachmittags in unserer alten Schule, also in Moyas und meiner. Ein seltsames Gefühl. Am schwarzen Brett der Kursstufe hingen noch immer die Fotos von unserer Romfahrt im Frühling. Und als ich das von Patrick und mir vor dem Trevi-Brunnen sah, musste ich weinen. Ich konnte nicht anders, mir kamen einfach die Tränen. Karim merkte das, machte aber keine große Sache daraus. Er stellte sich wie zufällig neben mich, legte locker den Arm um mich und sagte, dass Patrick schon ein wirklich ansehnliches Exemplar von Mann sei, aber leider wulstige Ohrknorpel habe. Und die seien nun mal nach neuesten wissenschaftlichen Erkenntnissen ein Anzeichen für ein übergroßes Selbstwertgefühl und emotionale Ignoranz. Patrick könne nichts dafür, aber von solchen Typen solle man sich lieber fernhalten. Ich zumindest. Ich sei nämlich ein so tolles Mädchen, dass ich mich auf gar keinen Fall an ein Wulstknorpelohr verschwenden dürfe.
Ich starrte Patricks Ohren an und fand plötzlich auch, dass sie ein bisschen wulstig und knorpelig aussahen.

Karim drückte mich noch einmal ganz fest, und dann putzten wir weiter, als sei nichts gewesen, beide beschallt von lauten Beats aus unseren Kopfhörern.

Als ich später noch mal mit gefüllten Mülltüten am Schwarzen Brett vorbeikam, habe ich das Foto einfach abgenommen. Ich habe es zerrissen und mit dem anderen Müll entsorgt. Tschüss, Wulstknorpelohr.

Wie gern hätte ich Moya von diesem Moment erzählt. Er war wichtig, das spürte ich. Aber Moya war in eine andere Welt abgetaucht, und es gab keine Verbindung mehr zwischen uns. Ich wusste nicht, wie es ihr ging, und sie hatte keine Ahnung, was ich erlebte. Komisch, dass man so etwas durch eine einfache Unterschrift auf einem Vertrag bewirken kann.

LOVE TEST

TEIL 3 – TURBULENZEN

31 MOYA

Am nächsten Tag mussten wir nachdrehen. Das heißt: Wir mussten noch einmal genau dieselben Szenen filmen wie gestern beim Experiment. Diesmal tanzte das Kamerateam direkt um uns herum und nahm unsere Gesichter von Nahem auf. Zum Glück für das Team und zu meinem Unglück hatte sich auch das Wetter nicht verändert. Ich würde heute also schon wieder im grünen Minikleid vor der Achterbahn schlottern müssen, nur würden diesmal meine Zähne in Großaufnahme auf dem Bildschirm klappern. Und beim Kreischen konnte man dann vermutlich sogar mein Rachenzäpfchen sehen.

Aber einen Vorteil hatte die Sache: Weil wir dieselben Szenen natürlich im selben Licht aufzeichnen mussten, damit später alles zusammenpasste, sollten wir sie auch um dieselbe Uhrzeit drehen. Ich hatte also den Vormittag frei.

Nach dem Frühstück wollte ich mich deswegen erst noch mal in mein Bett zurückziehen und dort vorausschauend Wärme speichern wie ein Eisbär. Aber dann hatte ich eine bessere Idee: Ich würde Mr Tippleton bitten, mich nach Glastonbury zu fahren, wo ich Wollunterwäsche zu kaufen gedachte.

Ich machte mich also auf die Suche nach dem Chauffeur, den ich bei seiner Frau in der Küche vermutete.

Schon im Gang roch ich Kuchenduft. Geschirr klapperte, Gläser klirrten, im Hintergrund hörte ich Geigenklänge. Mrs Tippleton hatte es sich bei der Arbeit offenbar gemütlich gemacht. Ich spähte um die Ecke und sah blanke Kupferkessel an der Wand und einen langen Holztisch in der Mitte des Raums. Eine typische Landhausküche also. Aber das Schauspiel, das sich dort abspielte, passte da nicht hin. Mr Tippleton stand mitten im Raum. Er hielt ein kariertes Geschirrtuch in der Hand, aber er trocknete damit nichts ab, sondern schwenkte es im Takt der Musik durch die Luft. Und Mrs Tippleton, die am Spülbecken stand, tadelte ihn nicht. Sie beobachtete ihn vielmehr mit geradezu verzücktem Blick. Jetzt wölbte Mr Tippleton seine Brust und erhob die Stimme zu einem wahren Heldentenor. »Give me thy haaand, oh fairest!«, schmetterte er, ließ das Tuch fallen, eilte auf seine Frau zu, ergriff ihre Hand, die von Spülwasser tropfte, und barg sie an seinem Herzen. Oder eigentlich eher an seinem Bäuchlein, denn Mr Tippleton war ziemlich rundlich. »Whisper a gentle ›Yeees‹«, trällerte er dabei und sah ihr tief in die Augen. *Gib mir deine Hand, oh Schönste. Flüstere ein sanftes Ja.* Diesen englischen Text kannte ich nicht. Aber die Melodie, die er sang, hatte ich schon oft gehört, und zwar im Musikunterricht. Mozart. *Don Giovanni.* In der deutschen Version lautete der Text: »Reich mir die Hand, mein Leben«.

Mrs Tippleton allerdings flüsterte kein sanftes Ja, und sie überließ ihm auch nicht ihre Hand. Sie entzog sie ihm und wandte sich gespielt beschämt ab, um eine Tasse mit einem Schwamm zu säubern. Doch als Mr Tippleton seine Arie beendet hatte, holte Mrs Tippleton tief Luft und antwortete ihm mit kristall-

klarer Sopranstimme: »I would, and yet I would not, I dare not give assent.« Im Hintergrund dröhnte ein Symphonieorchester aus versteckten Boxen. Karaoke für Opernfans. Wie niedlich. Die beiden hatten mich noch nicht bemerkt, und ich wollte sie bei ihrem Duett nicht stören. Also zog ich mich leise zurück und änderte meine Pläne. Dann gab's eben keine Wollunterwäsche. Vermutlich hätte ich die im August sowieso nirgends bekommen.
Ich hatte noch immer das Bild des singenden Ehepaars vor Augen, als ich meine Zimmertür öffnete. Hier, eine Treppe weiter oben, war es ganz still. Zu still, fand ich plötzlich. Komisch. Bis eben hatte ich beste Laune gehabt. Doch die war wie weggeblasen. Auf einmal fühlte ich mich ein bisschen einsam.
Ich warf mich auf den Sessel vorm Kamin und wollte gerade nach einem Buch greifen, als ich durchs geöffnete Fenster eine Stimme hörte. Luke. Musste der denn nicht mit Klingenberg drehen?
Offenbar nicht. »Vorhänge?«, fragte er und seine Stimme klang fassungslos.
Ich hörte keine Antwort, Luke offenbar schon. »Wieso denn in der Küche?«, wollte er wissen. Offenbar telefonierte er nebenan am offenen Fenster. »Damit uns da niemand sieht? Warum sollte man uns denn in der Küche nicht sehen? Wir haben doch nicht mal 'nen Küchentisch, auf dem wir ...« Diesen Satz vollendete er nicht. »Ja«, sagte er nach einer Weile. »Gut. Wenn du meinst. Blau finde ich sehr schön.«
Er schwieg wieder.
»Nein. Lieber Blau. Gelb kann ich mir da gar nicht vorstellen.«

Pause.
»Also gut, dann gelb.«
Jetzt schwieg Luke minutenlang, und als er weitersprach, klang seine Stimme säuerlich. »Klar. Solange er nur heiß aufs Bauen ist und nicht auf dich, ist alles okay.«
Ups. Das klang nicht, als wäre es für meine Ohren bestimmt. Ich erhob mich leise, ging ins Bad und stellte mich unter die Dusche. Lukes Beziehungsprobleme wollte ich nun wirklich nicht belauschen.

32 LUKE

Ich saß auf dem Fensterbrett und telefonierte mit Sophie. Küchenvorhänge. Gut, wenn sie wollte, sollte sie die haben. Von mir aus auch gelbe. Egal. Aber was Sophie als Nächstes sagte, war mir nicht egal.

»Ben kommt gleich und hilft mir beim Zusammenbauen des Bettes. Er ist da ganz heiß drauf«, sagte sie.

Ich hatte es vor meiner Abreise nicht mehr geschafft, unser neu gekauftes Bett aufzustellen, und Sophie schlief immer noch auf der Matratze, die auf dem Boden lag. So wie die letzten Wochen auch. Aber offenbar konnte man ihr das jetzt nicht länger zumuten.

»Klar. Solange er nur heiß aufs Bauen ist und nicht auf dich, ist alles okay«, sagte ich und tat so, als hätte ich das als Witz gemeint. Aber ich merkte selbst, wie scharf ich klang.

Sophie ging auf meine Stichelei nicht ein. »Kann länger dauern«, sagte sie. »Er kann doch hier schlafen, wenn er den Bus nicht mehr erwischt, oder?«

Das war mehr eine Feststellung als eine Frage. Ben war schließlich Dauergast auf meinem Sofa. Wenn er nachts nicht mehr fahrtüchtig war, blieb er eben.

Bei mir. Aber doch nicht bei Sophie! Er konnte doch wohl heute

ausnahmsweise mal nüchtern bleiben. Und mal ehrlich: Wie lange dauerte es, ein Bett zusammenzuschrauben? Der letzte Bus fuhr nach Mitternacht! Musste das denn sein?
Doch plötzlich schämte ich mich ein bisschen für meine Eifersucht. Waren diese Gedanken kleinlich? Ja. Waren sie. Ben war mein Freund, der würde nichts mit Sophie anfangen, und sie nichts mit ihm.
»Klar kann er«, sagte ich deswegen. »Kein Problem. Wenn er nur das Sofa, aber nicht dich auszieht, ist es okay.«
Kurze Pause. »Da ist heute aber einer lustig.« Sophies Stimme klang spitz wie ein Nadelstich.
»Ja«, sagte ich. »Liegt wohl daran, dass ich hier so viel Spaß habe.«
Das war natürlich reiner Sarkasmus. Ich hatte gehofft, dass Sophie jetzt nachfragen würde. Dass ich Dampf ablassen und mich über diesen karnickelstreichelnden Muskelmann namens Ole lustig machen konnte, der Moya in seinen Armen gewärmt hatte wie ein Held aus einem Groschenroman. Aber Fehlanzeige.
»Du, mief erst mal aus, bevor wir weiterreden. Ich hab hier grade viel um die Ohren, ich will mich nicht auch noch anzicken lassen. Bis später.« Sie legte auf.
Okay. Das war blöd gewesen. Natürlich hatte Sophie gemerkt, wie ich das gemeint hatte. Ich hätte einfach offen sagen sollen, was ich denke. Dass ich meine Betten noch immer selbst zusammengeschraubt habe, zum Beispiel. Und wie beschissen ich Sophies Spielchen fand. Denn das waren Spielchen, das wusste ich genau. Sophie machte dauernd sowas. Sie sammelte Jungs wie andere Mädchen Nagellack. Immer traf sie sich mit irgendwem,

und immer fragte sie mich, ob das okay war, aber in einem Ton, der andeutete, dass es da was zu fragen gab. Sie wollte, dass ich eifersüchtig war. Das war für sie ein Liebesbeweis. Wenn ich so richtig schäumte, fühlte sie sich so richtig begehrt.
Aber hey, Ben war mein Freund. Es gab Grenzen.
Und überhaupt – was hatte Eifersucht mit Liebe zu tun? Wenn Sophie mich wirklich lieben würde, hätte ich doch gar keinen Grund zur Eifersucht. Dann wäre ich sicher, dass ich sie nicht verlieren würde. Also war meine Eifersucht eigentlich ein Beweis dafür, dass ich an ihrer Liebe zweifelte. Warum brauchte und provozierte sie das?
Moya würde sagen: Ihr habt ein Definitionsproblem. Hier geht's nicht um Liebe, hier geht's um Macht. Wer seine Sicherheit daraus zieht, dass er den Partner verunsichert, will ihn eigentlich beherrschen.
Scheiße. Ich warf das Handy aufs Bett und verließ den Raum. Ich brauchte Luft.

Draußen überlegte ich kurz, wohin ich gehen sollte. Ich wollte allein sein. Garantiert allein. Deshalb überquerte ich die Wiese hinter dem Haus mit raschen Schritten und steuerte den Wald an. Alte Bäume standen da, am Boden raschelten Blätter. Und dann – ein idyllischer Bach, fast schon ein kleiner Fluss, mit einer Holzbrücke, die über gluckerndes Wasser führte. Ein guter Ort zum Nachdenken. Ich setzte mich aufs Geländer und warf Kieselsteinchen ins Wasser.
Sophie. Dunkelhaarig, großäugig, zierlich, eigensinnig, launisch. Durch und durch Mädchen. Genau das hatte mich am Anfang an

ihr fasziniert, weil's mir so fremd war. Ich war mit drei Brüdern aufgewachsen, bei uns wurde gerülpst, gerüpelt und gerauft. Sophie war für mich wie eine andere Welt. Kerzen, Duftlampen, Bettwäsche mit Blümchen. Ihr flauschiger Bademantel, ihre Kuschelsocken, weißer Tee mit Pfirsich-Vanille-Geschmack. Und dann ihr Studienfach: Musikwissenschaft. Geigenklänge, Notenblätter.

Aber jetzt war sie bei mir eingezogen und verwandelte meine Wohnung in diese ihre Welt. Und irgendwas daran störte mich gewaltig.

Plötzlich hörte ich Blätter rascheln und sah auf. Im Schatten des Waldes erkannte ich Moya. Sie ging mit gesenktem Kopf, in ihrer linken Hand hielt sie einen Stock, den sie gedankenverloren hin und her pendeln ließ, ihre Haare hatten einen goldbraunen Schimmer. Noch hatte sie mich nicht bemerkt. Aber da der Weg zwangsläufig über die Brücke führte, würde sie das gleich tun und vermutlich erschrecken. Um ihr das zu ersparen, räusperte ich mich leise.

Moya zuckte zusammen und riss die Augen auf, als wäre ich ein irrer Triebtäter. Mist.

»Sorry«, sagte ich. »Ich wollte dir keine Angst machen.«

»Ach, du bist's.« Sie entspannte sich. »Mrs Tippleton hat mir von der Brücke erzählt, deswegen bin ich hier. Aber ich will dich nicht stören.« Sie hob die Hand zum Abschied und kehrte um.

»Du störst mich nicht!«, rief ich etwas zu hastig und merkte erst, als ich es sagte, dass das stimmte. »Was hat sie denn über die Brücke erzählt?«

»Wie schön es hier ist. Und von dem kleinen Wehr unter der Brücke. Und dass da manchmal eine Flaschenpost hängen bleibt«, erzählte Moya. »Ich wollte schon immer mal eine finden.«

Ich blickte nach unten, wo das Wasser Wirbel bildete. »Ein Wehr ist wirklich da«, sagte ich. »Aber ich seh nur Zweige und Blätter.«

»Schade.« Moya zuckte mit den Schultern.

»Das muss nichts heißen. Da könnten unzählige Flaschen drin sein, man würde sie von hier oben nicht sehen.«

Moya trat neben mich, legte die Hände aufs Geländer und betrachtete das Gestrüpp, das sich vorm Wehr staute.

»Sollen wir nachsehen?«, fragte sie.

»Warum nicht? Das Wasser ist da aber bestimmt ganz schön tief.«

»Wird schon gehen«, meinte sie. »Und wenn wir ein bisschen nass werden, ist das doch nicht schlimm.«

»Okay«, stimmte ich zu.

Obwohl Moya »wir« gesagt hatte, rechnete ich nicht damit, dass sie mitmachen würde. Wenn Mädchen bei sowas »wir« sagen, meinen sie eigentlich immer, dass sie dableiben und einem mit Kommentaren beistehen, während man die Sache für sie erledigt. Deswegen war ich erstaunt, als sie ihre Hose hochkrempelte und noch vor mir im Wasser stand.

Zwanzig Minuten später waren unsere Hosenbeine nass und wir spürten unsere Beine nicht mehr, denn das Wasser war überraschend kalt. Eine Flaschenpost hatten wir leider nicht gefunden. Nur sieben leere Flaschen, darunter eine schöne alte Cola-Flasche aus grünem Glas.

»Nimm du sie«, sagte Moya. »Sie hat bestimmt Sammlerwert.«

»Lieber nicht«, sagte ich und gab sie ihr. »Sophie würde sie doch nur ins Altglas werfen. Du kannst sie haben.«
»Eigentlich sammle ich nichts.« Versonnen betrachtete Moya die Flasche in ihrer Hand. »Mein Vater und ich sind von Natur aus eher Wegwerfer. Aber die behalte ich. Ich kann sie gut als Vase für eine einzelne Rose verwenden.«
»Bekommst du oft Rosen?«
»Nein. Und wenn, dann nehme ich sie nicht an. Aber ich pflücke mir oft welche. Wir haben einen Rosenstrauch vorm Haus, mit Rosen, die so hellrosa sind, dass sie fast weiß wirken. Und die riechen nach einem Mix aus Rosen und Limetten. Ich stell mir oft eine ins Zimmer.«
»Warum nimmst du denn geschenkte Rosen nicht an?«
»Warum sollte ich?«, fragte Moya und spülte die Flasche mit Flusswasser aus.
Ich seufzte. Ja, warum sollte sie. Sie war wirklich unglaublich pragmatisch.
Als Moya meinen Gesichtsausdruck sah, musste sie lachen. »Okay«, sagte sie und watete zurück an Land. »Ich eine Antwort, du eine Antwort. Einverstanden?«
»Jep.«
Sie setzte sich auf das Brückengeländer, und ich lehnte mich neben ihr an das Holz.
»Also«, sagte sie und dachte kurz nach. »Ich nehme keine Rosen an, weil ich es eklig, schleimig und nervig finde, wenn mir jemand ein Liebessymbol aufdrängt, um das ich nicht gebeten habe, und dann auch noch erwartet, dass ich ergriffen bin und mich bedanke. Selbst wenn ich an die Liebe glauben würde,

fände ich das indiskret und klebrig. Jemand entblößt ungefragt seine Gefühle und wartet auf eine Reaktion von mir. Emotionaler Exhibitionismus ist das. Und ich soll dadurch natürlich irgendwie zu Gegenleistungen verpflichtet werden.«

Ich grinste. Krasse Sichtweise. Aber so war Moya eben. »Und dein Freund?«, fragte ich. »Also, falls du einen hättest? Dürfte er dir Rosen schenken?«

Moya seufzte. »Ja, wenn er unbedingt will. Weil Rosen hübsch sind und gut riechen. Und er dürfte sich ja auch in anderer Hinsicht vor mir entblößen.« Sie grinste. »Aber als Liebessymbol würde ich die Rose nicht betrachten.« Ein Windhauch spielte mit einer Haarsträhne, die ihr ins Gesicht fiel.

»Wieso nicht? Ist dir das als Symbol zu abgedroschen?«

»Schon vergessen?«, fragte sie zurück. »Ich hab's nicht so mit der Liebe.«

»Du bist ganz schön kompliziert.«

Sie schüttelte den Kopf. »Nein. Extrem einfach. Das glaubt mir nur keiner. So, aber jetzt bin ich dran mit meiner Frage.«

»Okay.«

»Warum kannst du deiner Freundin nicht sagen, dass sie deine Sachen nicht wegwerfen soll?«

Komische Frage. »Tu ich doch«, sagte ich. »Aber sie macht es trotzdem. Sie findet, dass sie das darf. Oder nein, ich glaube, sie findet sogar, dass sie das muss. Sie sieht es als ihre Aufgabe an, etwas aus mir zu machen. Bis jetzt bin ich in ihren Augen so eine Art verwildertes Zotteltier, aber sie ist da dran, und bald bin ich ein gekämmtes, duftendes Tierchen und mache Männchen.« Ich erschrak selbst über meine Worte. So deutlich hatte ich das bis jetzt noch gar nicht gesehen, aber als es raus war, wusste ich, dass es stimmte.

»Klingt verbittert«, stellte Moya fest.

»Hey, nur eine Frage!«, wehrte ich ab.

»Das war keine Frage«, stellte Moya nüchtern fest. Und nach einer Weile ergänzte sie noch: »Liebe ist ganz schön kompliziert. Für die, die dran glauben, meine ich.«

Das Wasser unter uns gluckerte. Ein Vogel raschelte im Gebüsch. Eine Hummel brummte an uns vorbei.

»Liebe ist eine Entscheidung«, sagte ich. »Das Optimum, also den Menschen, der dich nie nervt und stört, findest du nie. Wenn du danach suchst, kannst du gleich aufgeben. Irgendwas ist immer. Deswegen muss man einfach irgendwann sagen: Jep. Jetzt passt es. Das ziehen wir durch.«

»Oder?«, fragte Moya.

»Was oder?«

»Was passiert, wenn man das nicht irgendwann sagt?«

»Dann bleibt man allein.«

»Wäre das so schlimm?«

Ich zuckte mit den Schultern. »Schlimm nicht. Aber leer, oder? Keiner da, der nachts neben dir atmet und im Schlaf leise piepst wie ein Vogelbaby, und nur du weißt davon. Keiner, der morgens zerfleddert und verquiemelt aussieht, und du findest es niedlich. Keiner, mit dem du *Tatort* gucken kannst, wenn du krank bist, und der dir dabei die Schultern massiert. Keiner, der immer hoppala sagt, wenn ihm was runterfällt, obwohl das kein Mensch mehr sagt, weil es heute ups heißt.«

»Mhm«, machte Moya und blickte in die Wasserstrudel. »Und

keiner, der mit dir Opern singt, wenn du älter bist. Ich seh das Problem.« Als sie das sagte, wirkten ihre Augen plötzlich sehr nachdenklich. Aber dieser Ausdruck war so schnell weg, dass ich mich fragte, ob ich mich geirrt hatte. »Könnte man aber auch mit Freundschaft Plus lösen«, überlegte sie laut. »Müsste man nicht Liebe nennen.«

»Ja«, sagte ich und grinste. »Wenn man Angst vor dem Wort Liebe hat, kann man's auch Freundschaft Plus nennen.« Ich wollte sie mit diesem Vorstoß nicht ärgern, ich wollte nur wissen, was sie dazu sagen würde.

Zum Glück fühlte sie sich nicht provoziert. »Angst?«, fragte sie nur zurück und sah mich wieder nachdenklich an. Dann fiel ihr etwas ganz anderes ein. Oder vielleicht tat sie auch nur so, um das Thema zu wechseln. »Warte mal, wie hast du das eben noch ausgedrückt? Liebe ist eine Entscheidung? Du, Luke, mal unter uns: So wahnsinnig romantisch klingt das auch nicht. Es ist vermutlich nicht weit entfernt von dem, was ich unter Freundschaft Plus verstehe.«

Bis eben hatte ich neben Moya gestanden und mich mit den Armen am Geländer aufgestützt. Jetzt richtete ich mich auf, schob die Hände in die Taschen, sah ihr in die Augen und lächelte sie an. »Also haben wir hier ein Definitionsproblem?«

»Scheint so.« Moya lachte. »Du, ich würde dir gern noch mehr Fragen stellen.« Sie sah zu mir auf und blinzelte dabei gegen das Licht. Dabei lächelte sie immer noch. Süß sah das aus.

»Welche denn?«, fragte ich vorsichtig.

»Zum Beispiel die: Warum macht dich der Love Test so sauer? Warum nimmst du es mir übel, dass ich mitmache?«

Ich atmete erleichtert auf. Ich hatte befürchtet, dass sie mir privatere Fragen stellen würde. »Das ist schnell beantwortet«, sagte ich. »Nichts an dieser Sendung ist echt. Klug. Oder wahr. Sie ist idiotisch. Und ich nehm es nicht dir übel, dass du mitmachst, sondern vor allem mir selbst. Anfangs hast du das allerdings abbekommen, sorry.«

Moya setzte sich auf die Holzbretter der Brücke, legte die Arme auf den untersten Geländerbalken, ließ die Beine baumeln und blickte ins Wasser.

»Du bist ganz schön kompliziert«, sagte sie.

Ich grinste und setzte mich genauso neben sie. »Nein. Extrem einfach. Das glaubt mir nur keiner.« Das Wasser unter uns bildete grüne Wirbel, es war entspannend, hineinzusehen.

»Dürfen Fernsehsendungen nicht auch einfach mal unterhalten und Spaß machen?«, fragte Moya.

»Macht dir das hier denn Spaß?«

»Nö.« Sie lächelte. »Ich mein doch die Zuschauer.«

»Aber wir lügen sie an.« Ich warf ein Stöckchen ins Wasser, es wurde von der Strömung ergriffen und mitgerissen.

»Nein«, widersprach Moya und warf ein Stöckchen hinterher. »Ich sag auch vor der Kamera nur, was ich wirklich denke.«

Ich schüttelte den Kopf. »Beim Fernsehen lügt man anders. Nicht mit dem, was man sagt oder zeigt, sondern mit dem, was man nicht zeigt.«

Sie sah mich an, und ihre Augen erzeugten in mir Gefühlswirbel.

»Versteh ich nicht«, sagte sie.

Ich riss mich von ihrem Blick los und starrte wieder auf das Wasser unter mir. Plötzlich hatte ich den Wunsch, dass sie verstand, was ich fühlte. »Nehmen wir mal das Thema Liebe«, sagte ich. »Du kannst natürlich vier Kandidaten nehmen, sie wie Versuchskaninchen in künstliche Situationen versetzen und dabei filmen. Und dann schneidest du die Aufnahmen so zurecht, wie du sie für deine Zwecke brauchst. Dein Ziel dabei ist es, zu unterhalten und Geld zu verdienen. Du könntest aber stattdessen auch Menschen filmen, die sich wirklich lieben. Du könntest sie in ihrem Alltag zeigen. Wenn sie zusammen glücklich sind.«

»Wenn sie beim Spülen Opernarien singen?«, fragte Moya leise und blickte aufs Wasser.

»Genau. Oder wenn sie zusammen Krisen durchstehen. Wenn einer dem anderen eine Niere spendet. Nur mal so als Beispiel. Und dann könntest du auch Menschen zeigen, die erst eine kitschige Hochzeit feiern und zu Geigenklängen tausend herzförmige Luftballons aufsteigen lassen und sich dann ein Jahr später trennen. Du könntest also einen authentischen Film mit echten Menschen drehen, der sehr viel mehr über Liebe aussagen würde als dieses lächerliche Pseudoexperiment hier. Und dein Ziel wäre es, dass die Leute, die diese Sendung sehen, danach genauer hinschauen, wenn's um Liebe geht. Und sich ihre eigenen Gedanken machen.«

»Hmmm. Ja. Okay. Verstehe, was du meinst. Aber das eine schließt das andere ja nicht aus. Es könnte beide Sendungen geben.«

Ich nickte. »Gibt es aber nicht. Wir drehen immer mehr Sendungen von der Sorte Love Test und immer weniger von der anderen. Und ja, vielleicht ist es sogar egal, welche Sendungen es wie oft gibt. Aber nicht, an welchen man selbst mitwirkt. Man sollte nicht käuflich sein. Finde ich. Und trotzdem bin ich hier.«

»Du machst eine Ausbildung. Das ist ein guter Grund.«

»Klar. Irgendeinen guten Grund gibt es immer.«

Moya schwieg.

»Noch Fragen?«, wollte ich wissen.

»Eine. Aber die ist heikel.«

Jetzt war ich neugierig. »Lass hören.«

»Hmmm. Authentisch sein. Echt sein. Ehrlich sein. Das ist dir wichtig. Aber von deiner Freundin lässt du dich verändern. Vom Zotteltier zum Schoßhündchen. Ist das dann noch der echte, authentische Luke?«

Autsch. Voll in die Weichteile. Ich schwieg eine Weile. »Das frage ich mich auch«, gab ich dann zu. »Und ehrlich, ich weiß es nicht. Ich meine, es ist keine Niere, die ich ihr opfere.«

»Nein. Eine Niere ist es nicht«, sagte Moya.

Wir starrten beide auf die Wasserkringel unter uns und schwiegen minutenlang.

»So. Jetzt will ich aber auch was von dir wissen«, sagte ich irgendwann.

»Mhm. Was denn?«

»Beantworte mir die Frage, die ich dir schon mal gestellt habe, gestern in der Abtei. Du liebst deinen Vater. Deine Freundin irgendwie auch, selbst wenn man sowas Freundschaft nennt. Aber du glaubst nicht an diese spezielle Sorte von Liebe. Wie passt das zusammen?«

»Das ist was anderes«, sagte Moya nach kurzem Zögern.

»Das hast du gestern auch gesagt. Aber warum?«

Moya dachte eine Weile nach. »Das eine sind Gefühle. Für meinen Vater, für Lena, sie sind einfach da«, sagte sie dann. »Aber in einer sogenannten Liebesbeziehung hat man lauter Pflichten. Man darf nur einen lieben. Man muss ihm treu sein. Man darf nichts mehr allein unternehmen. Man muss alles teilen. Und mitteilen. Bis dass der Tod einen scheidet. Das sind doch keine Gefühle mehr, das sind Regeln und Gesetze.«

»Ist das so? Oder hast du da einfach ein Definitionsproblem?«

Wir lachten beide.

»Keine Fragen mehr?«, schlug ich vor.

»Keine Fragen«, bestätigte sie und betrachtete eine Eichel, die sie zwischen zwei Brückenbrettern gefunden hatte. »Weißt du, wie man feststellt, ob eine Eichel noch keimen kann?«

»Hey, das ist 'ne Frage!«, protestierte ich. »Aber gut, die lasse ich noch zu. Weiß ich nicht. Wie stellt man es fest?«

»Man wirft sie ins Wasser«, sagte Moya und tat genau das. Die Eichel sank. »Wenn sie untergeht, ist sie noch gut und daraus könnte ein Baum werden.«

»Unter Wasser eher nicht.«

»Stimmt. Das ist eine Schwachstelle dieser Methode. Zumindest, wenn man einen Fluss dazu benutzt.«

»Soll ich nach ihr tauchen?«

Moya lachte. Aber dann sah sie mich an und wurde auf einmal ganz still. Und mir ging's genauso.

»Ich glaube …«, begann sie und stockte dann.

»Was?«

»Ich glaube, ich sollte zurückgehen.« Sie erhob sich. »Zurück zu den anderen. Sie könnten sich Sorgen machen.«

Ole. Ja, klar, Ole. Den brauchte ich auch gerade ganz dringend. So dringend wie ein Loch im Kopf.

Der Nachdreh des Achterbahntags war die reinste Hölle. Wieder nieselte es. Wieder fuhren Moya und Ole Achterbahn. Und natürlich standen die beiden nach der Fahrt auch wieder Arm in Arm da. Mussten sie ja. Aber heute schmiegte Moya sich dabei noch enger an Ole als gestern. Das musste sie nicht. Und beim anschließenden Essen strahlte sie ihn mit großen Rehaugen an. Weickert und Klingenberg fanden das toll. Endlich lief was zwischen den beiden. Ich nicht. Mich störte der Gedanke, dass Menschen so leicht manipulierbar waren. Adrenalin. Oxytocin. Hedion drauf. Und Peng. War Liebe wirklich nur Biochemie?

»Wie ist das eigentlich?«, fragte Tom, unser Toningenieur, als wir nach dem Dreh die Kameras im Kofferraum verstauten. »Wenn sich die Prinzessin jetzt schon in den Blonden verliebt und er sich in sie, dann können wir die anderen Experimente doch in die Tonne kloppen. Dann haben die anderen Jungs sowieso keine Chance mehr.«

»Wir kloppen gar nichts in die Tonne«, bestimmte Weickert, der Tom gehört hatte. »Gedreht wird trotzdem. Wenn Amors Pfeil heute schon trifft, verändern wir beim Senden eben die Reihenfolge. Dann kommt Olaf als Letzter dran.«

»Ole«, verbesserte ich mechanisch, doch Weickert hörte mir gar nicht zu. Egal. Olaf oder Ole, ich mochte den Typ nicht. Irgendwie war er mir unsympathisch, keine Ahnung, warum.

»Luke, hallo?!« Weickerts schneidende Stimme holte mich aus meinen Gedanken. »Wenn der Mann an der Kamera dann auch

so weit wäre, könnten wir vielleicht abfahren?« Schweigend knallte ich den Kofferraumdeckel zu.
Ole fuhr bei der Rückfahrt in Weickerts Wagen mit. Der wollte nämlich ein Vorgespräch für das Interview am nächsten Tag mit ihm führen. Im Klartext: Er wollte herausfinden, ob sich der Märchenprinz in die Prinzessin verliebt hatte. Ich landete deswegen bei Moya im Wagen von Mr Tippleton. Und da beschloss ich spontan, dasselbe Gespräch mit ihr zu führen.
»Und? Bist du jetzt in Ole verliebt?«, fragte ich ganz direkt. Ich rechnete natürlich fest mit einem empörten Nein. Moya hatte es ja nicht so mit der Liebe. Aber seltsamerweise fiel ihre Antwort anders aus als erwartet. »Ich finde, dass er ziemlich gut zu mir passt«, sagte sie.
»Tut er nicht«, sagte ich. »Er studiert Medizin. Du nicht. Er will in die USA und da wandern. Du nicht.«
»Man muss ja nicht in allem passen.« Sie sah aus dem Fenster, dabei gab es da überhaupt nichts zu sehen.
»Moya, die manipulieren dich.« Ich ballte die Hände zu Fäusten. »Die wollen, dass du das denkst.«
»Pass auf, was du sagst«, sagte Moya sanft. »Hier könnten versteckte Kameras und Mikros sein.«
»Klar«, sagte ich. »Sind sie auch. Aber sie sind nicht eingeschaltet. Vergiss nicht, ich bin der Kameramann.«
Sie lächelte ihr ganz besonderes Moyalächeln, und plötzlich gingen mir die Pferde durch. Ich senkte die Stimme. »Sie sagen dir so oft, dass du zu Ole passt, bis du es glaubst«, raunte ich ihr so leise zu, dass Mr Tippleton mich nicht hören konnte. »Sie stressen dich absichtlich, damit du Herzklopfen bekommst.

Und dann sorgen sie dafür, dass du in Oles Armen landest, wo du dich geborgen fühlst und Kuschelhormone ausschüttest. Zuletzt besprühen sie euch noch mit Sexuallockstoffen. Tschacka. Schon stehst du auf ihn.«

»Ach«, sagte Moya. »So war das also geplant. Okay, so gibt dieses idiotisches Experiment wenigstens entfernt einen Sinn.« Sie wirkte nicht annähernd so erstaunt, wie ich gedacht hatte.

»Siehst du es jetzt?«, hakte ich nach. »Sie wollen dich gezielt manipulieren. Sie treiben dich in seine Arme.«

Sie schüttelte den Kopf. »Och, Luke, ich glaube nicht, dass diese Art von Manipulation bei mir funktioniert.« Sie war immer noch cool wie eine Hundeschnauze.

»Aber du hast eben selbst gesagt, dass du und Ole, also, dass ihr zusammenpasst. Du denkst also darüber nach, ob du …«

Sie unterbrach mich. »Aber nicht, weil ich manipuliert werde. Sondern weil du mir das heute Morgen geraten hast. Ich spiele das Szenario, das du für Liebe hältst, einfach mal rein theoretisch in Gedanken durch.«

»Bitte?« Ich spuckte das Wort förmlich aus. Ich hatte ihr zu Ole geraten? Garantiert nicht!

»Liebe ist eine Entscheidung, hast du gesagt. Und dass man nie komplett zusammenpasst. Irgendwas ist immer. Aber Ole und ich, das passt eigentlich ganz gut. Vielleicht sollte ich wenigstens mal testweise so eine Entscheidung treffen. Und ausprobieren, ob daraus sowas wie Liebe wird.«

»Du klingst, als würdest du ein Sofa kaufen«, sagte ich verbittert. »Eins mit Rückgaberecht.« Aber gleichzeitig wusste ich, dass Moya recht hatte. Ich hatte das wirklich heute Vormittag so ähnlich gesagt. Über Sophie. Nur hatte es bei mir irgendwie besser geklungen.

Oder? Auf einmal war ich mir da nicht mehr so sicher. Plötzlich verstand ich gar nichts mehr, am wenigsten mich selbst. Ich dachte an Ole und merkte, dass ich froh war, dass er bald seine Koffer packen und zurück nach Berlin fliegen würde. Für meinen Geschmack waren tausend Kilometer und ein bisschen Nordsee eigentlich noch viel zu wenig Distanz zwischen ihm und Moya. Und dann dachte ich an Sophie. Und ich spürte, dass tausend Kilometer und ein paar Seemeilen fast nicht genug Distanz zwischen ihr und mir waren.

Als mir bewusst wurde, was ich da gerade gedacht hatte, zuckte ich zusammen. Mir dämmerte, dass mein Leben gerade ziemlich kompliziert wurde.

33 MOYA

»Und?«, fragte Lynn mich, als wir nach der Fahrt noch vorm Haus standen und darauf warteten, dass Dobby ein Pfützchen machte. »Wie findest du ihn? Ole meine ich.«
»Humor und Herz 100 Punkte«, sagte ich.
»Er ist also der Richtige?«
»Als Kumpel ja, als Lover nicht.«
Täuschte ich mich, oder blitzte da etwas in ihren Augen auf? Im Licht der Laternen konnte ich es nicht sicher erkennen.
»Bist du sicher?«, fragte sie noch einmal.
»Ganz sicher.«
Ich hatte mich nicht getäuscht. Jetzt lächelte Lynn, als hätte ich ihr eben ein Geschenk überreicht. »Sag mal, hast du zufällig Oles Telefonnummer?« Sie betrachtete betont beiläufig Dobbys Hundeleine, die sie in der Hand hielt.
»Jep. Auf meinem Handy. Aber leider hab ich das nicht mit. Du musst ihn wohl selbst danach fragen.«
»Glaubst du, dass er in dich verliebt ist?«, fragte sie nach einer Pause leise.
Ich dachte kurz nach. »Nein«, sagte ich. »Er mag mich, aber mehr ist da nicht.«
»Sicher?«

»Ganz sicher. Er ist einfach nur nett, mehr nicht.«
»Dann frag ich ihn nach der Nummer. Vielleicht.«
»Nicht vielleicht. Mach's am besten gleich. Okay?«
Lynn nickte. Aber ganz entschlossen wirkte sie noch nicht.

Mrs Tippleton war wirklich ein Schatz. Als ich in mein Zimmer kam, entdeckte ich eine Thermoskanne mit Kräutertee auf dem Tisch am Kamin. Auf meinem Bett hatte sie einen warmen Schal und selbst gestrickte Socken für mich bereitgelegt. Ich wickelte mich in den Schal, schlüpfte in die Socken, trank eine Tasse Tee und fühlte mich warm und geborgen. Das bisschen Schnupfen, das mich plagte, würde ich bestimmt schnell wieder in den Griff bekommen. Ich kuschelte mich ins Bett und war schon fast eingeschlafen, als es an der Tür klopfte. Hatte Lynn Erfolg gehabt? Wollte sie mir das noch schnell sagen?
»Herein«, krächzte ich. Nichts geschah. Vermutlich waren die alten Türen so dick, dass meine heisere Stimme sie nicht durchdrang. Ich sprang aus dem Bett, zupfte mein übergroßes rosa Schlafshirt zurecht und ging zur Tür.
Von wegen Lynn. Luke war's, der seinen Blick kurz über mein merkwürdiges Outfit schweifen ließ, ein Grinsen unterdrückte, und mir wortlos ein Buch in die Hand drückte. *Die schönsten Gärten Englands* stand auf dem Cover.
»Wir hatten darüber gesprochen, da wollte ich dir das Buch mal ausleihen«, sagte er und blinzelte mir zu. Ich wollte schon den Mund aufmachen und fragen, was das sollte, aber er schüttelte unmerklich den Kopf. »In einer halben Stunde komme ich vorbei und hole es wieder ab.« Er sah mich beschwörend an. »Ach

so, ja, und hier sind noch Kekse. Von Mrs Tippleton. Für dich.« Er drückte mir eine Schachtel in die Hand, drehte sich um und ging.

Gekaufte Kekse? Von Mrs Tippleton, die ständig selbst die besten Kuchen und Kekse backte? Und ein Buch über englische Gärten, über das wir nie gesprochen hatten, in dem ich eine halbe Stunde lang blättern durfte? Ging's noch? Aber dann fiel mir ein, dass die Gänge im Haus kameraüberwacht waren. Natürlich wollte Luke mir weder das Buch noch die Kekse bringen. Das war Tarnung, darin musste irgendetwas anderes verborgen sein.

Ich schloss die Tür und untersuchte das Buch genauer. Tatsächlich, zwischen den Seiten steckten ein paar Zettel. Es handelte sich um Unterlagen über den Love Test, Infos über die geplanten Experimente, über die Kandidaten, Sponsoren, Aktionen. Hastig überflog ich die Seiten und prägte mir möglichst viel ein. Ab sofort war ich vorgewarnt und wusste ungefähr, was mich erwartete. Und dann entdeckte ich ganz hinten im Buch noch mehrere Seiten mit merkwürdigen Fragen. »Die kannst du behalten«, stand darauf. Auch diese Fragen hatten etwas mit der Sendung zu tun, sie wurden auf einem der anderen Zettel erwähnt. Ich legte sie erst einmal beiseite, untersuchte die Keksschachtel und fand darin Lukes Handy. »Falls du telefonieren oder irgendwas recherchieren willst«, stand auf einem Zettelchen, das er ans Handy gepinnt hatte.

Mensch, Luke, dachte ich, du riskierst hier deinen Job. Ich war besorgt und gleichzeitig unendlich dankbar für diese Hilfe.

Ich rief Lena an, erwischte sie aber in einem Moment, in dem sie nicht frei reden konnte. Egal. Es ging ihr eindeutig gut. Richtig gut sogar. Das war alles, was ich wissen musste. Rasch beendete ich das Gespräch und schob das Gerät zurück in die Schachtel. Keine Sekunde zu früh. Luke klopfte wieder. Ich öffnete die Tür und reichte ihm das Buch. »Es ist wirklich toll«, sagte ich laut. »Danke fürs Leihen. Aber die Kekse mag ich nicht. Iss du sie.« Ich gab ihm auch die Schachtel. Dann senkte ich die Stimme. »Darf ich das denn alles überhaupt wissen?«, flüsterte ich fast tonlos.

»Ich finde, dass du das wissen musst«, raunte er und sah mich ernst an. »Du musst doch wissen, was du hier tust.«

»Hab ich denn eine Wahl?«, fragte ich und sah zu ihm auf.

Er seufzte und zuckte mit den Schultern. »Nein, hast du nicht.« Nach einer Pause setzte er noch hinzu. »Trotzdem.«

Er sah mich mit ernsten grauen Augen an, und in seinem Blick lag etwas, das ich nicht deuten konnte. Erst schien es, als wollte er noch etwas sagen. Aber dann drehte er sich um und ging.

Verwirrt schloss ich die Tür. Aber was mich durcheinandergebracht hatte, waren nicht die Infos von Lukes Zetteln. Es waren Lukes graue Augen, die mir nicht mehr aus dem Sinn gingen.

34 LENA

An dem Abend, als Moya bei mir anrief, war ich gerade mit Karim in einem Open-Air-Kino gewesen. Wir hatten einen uralten Schwarzweißfilm gesehen, liefen mit merkwürdig zackigen Bewegungen Richtung U-Bahn und sprachen mit bebenden Stimmen und rollendem R, so wie das die Schauspieler in dem Film getan hatten. Das hatte was.
Ich sah eine fremde Nummer auf dem Display meines Smartphones, dachte, jemand hätte sich verwählt, und meldete mich mit Schwarzweißfilm-Timbre: »Gebäuderrreinigung Blitz und Blank. Sie machen den Drrreck, wir machen ihn weg. Was kann ich für Sie tun?«
»Lena?«, fragte Moya. »Alles okay bei dir?«
»Alles sauberrr!«, schmetterte ich.
»Mööönsch, Lenilein, du klingst ja wieder lebendig! Gar nicht mehr wie Plumpi!«
»Wie wer?«
»Ach, egal. Erzähl lieber, was los ist!«, forderte Moya mich auf.
Mir war klar, dass sie damit indirekt nach Patrick fragte. Bestimmt glaubte sie, meine Fröhlichkeit würde mit ihm zusammenhängen. »Nichts ist los«, sagte ich. »Alles wie immer. Ich war nur gerade mit Karim im Kino, und der Film war gut.«

»Der Film«, sagte Moya.
»Ja.«
»Und ist dieser Karim noch bei dir?«
»Ja.«
»Aha.«
»Nix aha. Wir sind Freunde.« Und dann wandte ich mich ab und flüsterte in den Hörer: »Er lebt mit einem Jungen namens Mario zusammen.«
»Oh«, sagte Moya. »Na, dann ist zwischen euch wenigstens alles klar. Freunde sind sowieso viel wichtiger als Lover.«
»Was ist los, Mo? Du klingst komisch. Wolltest du mir was erzählen?«
»Nö, ich hab mir nur einen Schnupfen geholt«, sagte Moya, aber ich merkte, dass das nicht alles war. Ich hörte es an ihrer Stimme. Sie klang gestresst.
»Da ist doch noch was«, stellte ich fest.
»Ach, ich bin irgendwie … verwirrt.«
»Verwirrt?«
Moya schnaubte. »Alles ist so … unübersichtlich.«
»Unübersichtlich?«
»Ich weiß überhaupt nicht mehr, was ich denken soll.«
»*Du* weißt nicht mehr, was du denken sollst? Dann ist es ernst!«, sagte ich.
»Sag mal, Lenchen, hast du was getrunken?«
»Nur ein bisschen, warum?«
»Weil du alles wiederholst, was ich sage, und durch die Betonung eine Frage daraus machst.«
»Ich wiederhol alles, was du sagst? Und mach eine Frage daraus?«

»Lena!«
»Tschuldigung.«
»Außerdem sprichst du komisch. Du rollst das R und deine Stimme bebt merkwürdig.«
»Meine Stimme bebt?«
»Du, Lena, lass uns ein andermal telefonieren, okay? Ich organisier mir bald wieder ein Telefon. Gerade habe ich wenig Zeit.«
»Nee, Moya, warte mal. Ich reiß mich jetzt zusammen. Erklär mir doch bitte, was los ist, ich hab Zeit. Wirklich.«
»Wenn ich's dir erklären könnte, wäre ich schon einen Schritt weiter«, sagte Moya. »Vielleicht muss ich auch einfach nur schlafen. Ich bin ein bisschen müde und krank.«
»Ja, ich glaube, das solltest du tun«, sagte ich und verabschiedete mich voll Sorge.

Karim war bei meinem Telefongespräch diskret ein paar Schritte weitergegangen und tat so, als würde er das Schaufenster einer Buchhandlung betrachten. Aber natürlich hatte er ein paar meiner Sätze gehört. Und das verbarg er jetzt auch nicht länger. »Sie ist durcheinander, sie ist verwirrt, sie weiß nicht, was sie denken soll. Kombiniere messerscharf: Sie ist verliebt.«
»Ist sie nicht«, seufzte ich. »Ist sie nie.« Und ich erzählte ihm von Moya und dem Liebesexperiment.
»Voll der Freak«, sagte er, als ich ihm von Moyas Ansicht über Liebe und Yetis erzählte. »Natürlich gibt es Liebe. Das kann man doch spüren. Man muss gar nicht groß rumforschen. Einfach Augen zu und ... hach!« Er legte beide Hände auf seine Brust und seufzte theatralisch.

»So einfach ist es dann doch nicht«, widersprach ich ihm. »Moya ist kein Freak, sie ist nur ein sehr analytischer Mensch. Und sie hat wirklich oft recht, wenn sie was sagt. Ich hab bei Patrick auch ganz viel *Hach* gespürt, und Liebe war es dann doch nicht.«

»Woher weißt du das?«

»Weil es jetzt vorbei ist. Und weil er mich nicht geliebt hat. Keine Sekunde.«

»Wer sagt denn, dass Liebe ewig währt? Und dass sie erwidert werden muss?«

Wir gingen eine Weile schweigend nebeneinander her, und ich dachte an Knorpelohren. Seit ich Patrick nüchterner betrachtete, fand ich einiges an ihm nicht mehr so liebenswert. Anderes aber immer noch. War das nun Liebe gewesen oder nicht? Keine Ahnung. Vielleicht gab es da ja nicht nur Schwarz und Weiß, sondern auch viele Grautöne.

35

2. Testtag Dr. Soul – Prof. Dr. Dr. Eckhard Melchior

Kandidat: Maximilian Weyandt
Sponsor: eChance – Singlebörse mit Herz

1. Kandidat
Der Kandidat Maximilian Weyandt kommt aus ähnlichen Verhältnissen wie die Testperson. Er ist Einzelkind und wurde von seiner Mutter aufgezogen, die als Naturwissenschaftlerin arbeitet und nie in einer festen Beziehung lebte. Wie die Testperson verfügt er über einen hohen IQ und ein umfassendes Allgemeinwissen. Auch im Wertesystem ist die Übereinstimmung hoch.

2. Wissenschaftliche Grundlagen für den geplanten Testtag
Ergebnisse psychologischer Studien zeigen:

- Gleich und gleich gesellt sich gern. Menschen verlieben sich leichter in Partner, die ihnen in Bildung, Charakter und Herkunft ähneln.
- Männer beachten Frauen stärker, wenn diese rote Kleidung tragen.

- Menschliche Nähe kann man zuverlässig experimentell erzeugen, indem man die Partner auffordert, sich gegenseitig sechsunddreißig speziell dafür entwickelte Fragen zu stellen und sich danach vier Minuten lang schweigend in die Augen zu sehen.
- Wissenschaftlichen Studien zufolge hat es zwar keine Auswirkungen auf den menschlichen Sexualtrieb, wenn man Paaren einmalig aphrodisierende Gewürze verabreicht. Eine liebesfördernde Wirkung könnte man allenfalls nach einem mehrwöchigen Einsatz von Nahrungsmitteln wie Safran und Ginseng feststellen. Dennoch kann es wirksam sein, Paaren glaubhaft zu vermitteln, sie würden lustfördernde Gewürze zu sich nehmen, Stichwort Placeboeffekt. Der Glaube versetzt nicht nur Berge, er kann auch Gefühle in Wallung bringen.

3. Umsetzung in die Praxis – Testtag Dr. Soul

Die weibliche Testperson ist rot gekleidet. Wir versetzen das Paar in eine Situation, in der es sich ungestört unterhalten kann. In entspannter Atmosphäre beantworten sich die Kandidaten gegenseitig die bereits erwähnten sechsunddreißig Fragen. Dabei werden aphrodisierende Lebensmittel serviert, die Wirkung wird den Testpersonen ausführlich erklärt, wissenschaftliche Nachweise werden zitiert.

Hinweise für die Kamera:
Bitte bei diesem Dreh viele Nahaufnahmen auf die Gesichter und Hände der Kandidaten!

3. Testtag Dr. Love – Dr. Marie Lagarde

Kandidat: Jaro Greiffenberg
Sponsor: Lovingly Hotels International

1. Kandidat
Der Kandidat Jaro Greiffenberg hat die Testperson beim Auswahltest mit einem leidenschaftlichen Kuss emotional zutiefst berührt. Nach Einschätzung von Prof. Lagarde besteht zwischen den beiden Probanden bereits eine erotische Verbindung. In Bildtests haben sich beide außerdem gegenseitig als äußerst attraktiv bewertet.

2. Wissenschaftliche Grundlagen für den geplanten Testtag
Da die beiden Partner nach Meinung von Dr. Love bereits verliebt sind, geht es hier nur noch darum, dass sie sich möglichst schnell näherkommen. Dafür soll ein geeignetes Umfeld geschaffen werden.

3. Umsetzung in die Praxis – Testtag Dr. Love
Wir versetzen das Paar in eine gezielt herbeigeführte, überaus romantische Situation in einem Hotel des Sponsors Lovingly Hotels International. Bei einer sportlichen Aktivität kommt es dort zu intensivem Körperkontakt.

Hinweise für die Kamera:
Bitte besonders auf Berührungen und schmachtende Blicke achten.

36 MOYA

An den getäfelten Wänden standen Regale aus sanft schimmerndem Holz, die uralte Bücher mit goldgeprägtem Rücken bargen. Um einen niedrigen Tisch, in den ein Schachbrett eingelassen war, waren vier Ohrensessel aus Leder gruppiert. Auf einem davon saß ich, eingehüllt in den dicken Schal, den Mrs Tippleton mir gegeben hatte. Die Bibliothek war mein Lieblingsraum in Millford Manor. Eigentlich stand sie uns nicht zur Verfügung, weil sie viele Wertgegenstände enthielt. Aber Mrs Tippleton hatte nichts dagegen, wenn ich mich darin aufhielt, und das tat ich in meiner Freizeit gern.

Eine Standuhr tickte leise. Vermutlich roch es hier nach Leder und alten Büchern, aber davon merkte ich nichts, denn meine Nase tropfte wie ein undichter Wasserhahn, sie hatte ihre Riechtätigkeit komplett eingestellt. Vom Kaminsims aus beobachtete mich ein Shakespeare aus Marmor, der wenig Haare hatte und irgendwie kummervoll aussah. Aber vielleicht stimmte das auch gar nicht, und ich übertrug nur meine Stimmung auf ihn. Ich war nämlich total erkältet und hatte nachts fast nicht geschlafen. Lars Weickert höchstpersönlich hatte mich heute für krank erklärt. »Deine Nase leuchtet wie ein Bremslicht«, hatte er morgens gesagt und mich direkt wieder ins Bett geschickt. Drehpause also, aber nur für mich. Der Rest des Teams würde heute mit Ole und Klingenberg drehen.

Als ich nach dem Frühstück wieder in meinem Himmelbett lag, fühlte ich mich dort aber noch viel kränker, als ich es war. Das lag an den weißen Spitzenkissen, auf denen ich mir wie ein Mädchen in einem historischen Film vorkam. Und immer, wenn in diesen Filmen eine mit fiebrigem Kopf im Bett liegt, siecht sie langsam, aber sicher dem Ende entgegen. Kein schöner Gedanke. Um ihn loszuwerden, erhob ich mich und schlurfte in meiner Jogginghose in die Bibliothek.

In dem riesigen Ledersessel fühlte ich mich gleich ein bisschen besser. Aber nicht viel. Irgendwas stimmte nicht mit mir, und das hatte nichts mit meiner Erkältung zu tun. Ich hatte mein Pinguin-Schreibheft mitgenommen, um meine Gedanken zu ordnen, und während ich mir Notizen machte, wurde mir klar, was mich so aus dem Gleichgewicht gebracht hatte: Es gab plötzlich so viele Gedanken in meinem Kopf, die ich lieber nicht denken wollte. Die Sache mit den Sponsoren zum Beispiel. Lukes Unterlagen bewiesen, dass es mindestens drei gab: ein Pharmaunternehmen, eine Partnervermittlung und eine Romantikhotelkette. Und jeder setzte offenbar auf einen der Kandidaten, wie auf ein Pferd beim Pferderennen. Dass sich hier gleich drei Professoren für Werbezwecke einspannen ließen und ihre Namen für eine so lächerliche Studie wie den Love Test verkauft hatten, traf mich doch ziemlich. Mit unabhängiger Wissenschaft hatte das nun wirklich nichts zu tun. Und meinen Namen hatten die drei gleich mitverkauft. Ohne mich zu fragen.

Aber gut, so war's nun mal. Ich konnte daran nichts ändern,

auch wenn mich das wurmte. Also weg mit diesem Gedanken. Aber kaum hatte ich ihn beiseitegeschoben, lauerte schon der nächste auf mich. Ich wusste jetzt, welche Jungs ich noch treffen würde, und auf Maximilian, den freundlichen Schweiger mit der kaffeebraunen Haut und den dunklen Augen, freute ich mich sehr. Aber danach kam Jaro, und beim Gedanken an ihn verkrampfte sich mein Magen erneut. Erst mein überfallähnlicher Überraschungskuss und danach sein Boden-unter-den-Füßen-weg-Kuss … Puh, ich wurde jetzt noch rot, wenn ich daran dachte.

Ich rutschte tiefer in meinen Sessel und seufzte abgrundtief.

Und dann waren da noch Lukes Augen, die ich nicht mehr vergessen konnte. Warum hatte er das alles für mich getan? Auch diesen Gedanken wollte ich nicht weiterdenken, denn da warteten unzählige Fallstricke auf mich.

Um mich abzulenken, las ich die Zettel mit den sechsunddreißig Fragen, die Luke mir zugeschoben hatte, noch einmal durch. Sie stammten von einem amerikanischen Psychologen namens Arthur Aron und konnten angeblich sogar zwischen Fremden stärkste menschliche Zuneigung erzeugen. Anscheinend musste man sie sich in einem langen Gespräch gegenseitig stellen und sich anschließend vier Minuten lang schweigend in die Augen sehen. Und dann verliebte man sich wie durch Magie.

Dabei klangen diese angeblichen Zauberfragen eigentlich ganz harmlos. »Wenn du dir von allen Menschen auf der Welt einen aussuchen könntest, mit wem würdest du gern zusammen essen?« Da musste ich nicht lange nachdenken: mit meinem Dad natürlich. Ich war schlapp, müde und weinerlich und wollte nichts lieber als nach Hause, um mit ihm in unserer leeren, aufgeräumten Wohnküche beim leisen Blubbern des Aquariums zu sitzen und sein Spezialrisotto zu essen, während sich hinter uns die rosa Guramis küssten. Aber das würde ich morgen natürlich nicht zugeben. Wir machten Fernsehen, das war Show, und ich musste irgendwen auswählen, der etwas über mich und meine Interessen verriet.

Ich überflog rasch den Rest der Fragen, um mir diejenigen herauszupicken, bei denen ich garantiert nicht die Wahrheit sagen würde. Diese zum Beispiel: »Was ist deine schrecklichste Erinnerung?«

Vor meinem inneren Auge tauchte da sofort ein Bild auf, wie Sanitäter meinen Vater in einen Krankenwagen schoben. Eben noch hatte er am Herd gestanden und Paprika angebraten, und im nächsten Moment lag er zusammengekrümmt auf dem Boden und gab grauenhafte Geräusche von sich. Ich weinte, ich war erst zwölf. Aber dann habe ich es irgendwie geschafft, einen Krankenwagen zu rufen. Bis der Notarzt kam, saß ich neben ihm und versuchte, ihm ein Kissen unterzuschieben. Das war schrecklich. Aber noch schrecklicher war es, als sich die Türen des Krankenwagens hinter ihm schlossen, die Sanitäter ihn mitnahmen und mich in der Obhut unserer Nachbarin zurückließen. Ich dachte, dass er stirbt, und ich habe mich nie vorher und auch nie danach so einsam gefühlt. In diesem Augenblick habe ich gespürt, dass ich möglichst schnell erwachsen werden musste. Irgendwie musste ich es schaffen, das Leben selbst in den Griff zu bekommen, anders ging es nicht.

Aber nein, diesen Moment würde ich sicher nicht beschreiben,

mir kamen ja sogar jetzt die Tränen, als ich nur daran dachte. Ich musste eine belanglosere Antwort finden.
Ich schnäuzte mich in ein Taschentuch. Irgendwie hatte ich heute nah am Wasser gebaut.
Plötzlich hörte ich Schritte auf dem Gang. Sie stoppten vor der Tür zur Bibliothek. Ich sank tiefer in den Sessel und zog die Beine an. Wenn jemand nur kurz die Tür öffnete und hereinsah, würde er mich hinter der Rückenlehne nicht sehen.
Die Tür knarrte, ich hörte Trippelschritte, und im Spiegel über dem Kamin sah ich Dobby, der neugierig in den Raum hineinschnupperte. Aber dieser Winzling konnte die lauten Schritte, die ich eben gehört hatte, nicht verursacht haben. Lynn war heute in Glastonbury, Requisiten kaufen, sie konnte es also auch nicht sein. Wer dann?
Jetzt öffnete sich die Tür weiter, und ein Alien betrat den Raum. Im Spiegel wirkte das Geschöpf auf den ersten Blick ein bisschen wie ein Wesen aus dem Film *Transformers*, denn ein seltsamer, schwarzer Technikapparat umgab seinen Körper. Aber dann erkannte ich Luke. Er trug eine monströse Weste, an der irgendwie ein Schwenkarm samt Kamera befestigt war, und damit hatte er Dobby im Visier. Langsam folgte er dem Hund in die Bibliothek. Ich sank noch ein bisschen tiefer in meinen Sessel, aber ganz vorsichtig, denn wenn ich Luke im Spiegel sehen konnte, dann konnte er mich auch sehen, wenn er den Blick hob. Im Moment war er aber ganz darauf konzentriert, Dobby nicht aus dem Blickwinkel der Kamera zu verlieren.
»Nicht so schnell, du Zwerg«, hörte ich ihn sagen. »Ja, so ist's fein. Darfst ruhig ein bisschen schnüffeln.« Und dann: »Hey,

Dobby, was machst du denn da? Du wirst doch nicht … Nein! Dobby! Aus! Pfui! Oh, Shit.« Dobby ging in die Hocke, wie Hundebabys das tun, und pinkelte auf den Boden. »Scheiße, Dobby, das ist uraltes Parkett. Da ist schon Queen Victoria drübergeschritten. Du kannst da doch nicht einfach draufpinkeln! Was mach ich denn jetzt? Ich hab nicht mal ein Taschentuch dabei. Böser Hund!«

Aber ich hatte eins. Und nicht nur eins, sondern eine ganze Packung. Da mir klar war, dass Dobby mich sowieso gleich entdecken würde, krabbelte ich entschlossen aus dem Sessel und sagte mit fester Stimme: »Ich hab welche.«

Luke erschrak so, dass er gegen ein Regal knallte. Als direkt neben ihm ein schweres Buch zu Boden fiel, fuhr er gleich noch einmal zusammen.

»Moya! Hast du mich erschreckt!« Er atmete deutlich hörbar ein und wieder aus.

Auch Dobby war zusammengezuckt. Er sah aus, als würde er vor Angst gleich noch mal Pipi machen. Aber dann erkannte er mich, und sein kleiner Wackelschwanz begann vor Freude zu rotieren. Ich nahm ein Taschentuch aus der Packung, und noch eins, bückte mich und warf beide auf Dobbys Pfützchen, während ich mit der anderen Hand den hocherfreuten Hund davon abhielt, an mir hochzuspringen und meine Nase abzuknabbern. »Sorry, ich wusste nicht, wie ich mich schonender bemerkbar machen sollte. So. Schon alles trocken.« Ich warf die Tücher in den Papierkorb.

»Danke«, sagte Luke, der sich inzwischen von seinem Schreck erholt hatte. Als er meinen Blick sah, der über die Kamerakon-

struktion wanderte, erklärte er: »Das ist eine Steadycam. Man kann damit ohne Stativ drehen, fast ohne die Bilder zu verwackeln. Wenn man's kann. Es ist aber nicht leicht. Ich übe gerade.«
»Warum bist du nicht beim Dreh?«
»Sie brauchen mich erst heute Nachmittag.«
»Dooobby!«, tönte es da auf dem Flur. Mrs Tippleton vermisste offenbar ihren Liebling. Der Hund gab Vollgas und sauste mit scharrenden Krallen durch die Tür. Wenn sie so rief, gab es bestimmt was zu fressen.
»Tja«, sagte Luke und betrachtete kummervoll seine Kamera. »Das war's dann wohl mit dem Üben, denn dazu brauche ich ein Objekt, das sich bewegt.« Er dachte kurz nach. »Du würdest nicht zufällig …?«
Nein, würde ich nicht. »Ich bin heute nicht kameratauglich«, sagte ich, ließ mich wieder auf den Sessel fallen und putzte mir die Nase.
»Wieso? Du siehst toll aus.«
Er sah mich an, als würde er das wirklich so meinen, aber hey, da hing ein Spiegel, ich kannte die Wahrheit. »Klar. Das Rot meiner Nase passt genau zu dem meiner Jogginghose. Nee, du, vergiss es.«
Seufzend ging Luke zu einem der Sessel, nahm vorsichtig die Kamera ab und platzierte sie so auf dem weichen Leder, dass sie nicht umkippen konnte. Dann löste er den Schwenkarm und zog die Weste aus. »Bequem ist was anderes«, murmelte er dabei. Endlich hatte er sich von dem ganzen Technikkram befreit und sah wieder aus wie ein normaler Mensch. Er ließ sich auf den Sessel neben mir fallen. »Und du? Was machst du hier?«

»Ich bereite mich auf morgen vor.« Ich seufzte. »Diese sechsunddreißig Fragen sind fies.«
»Zeig mal. Ich hab die noch gar nicht gelesen.«
Ich reichte ihm die Zettel, und er überflog sie. »Oha. Verstehe, was du meinst. Das will man nicht vor laufenden Kameras erzählen.«
»Muss ich aber.« Ich seufzte wieder.
»Okay«, sagte Luke. »Dann üben wir das jetzt mal. Also: Wenn du dir von allen Menschen auf der Welt einen aussuchen könntest, mit wem würdest du gern zusammen essen?«
»Tuheitia Paki«, sagte ich wie aus der Pistole geschossen. »Das ist der amtierende Maori-König. Wegen meiner Neuseelandreise würde ich ihm gern ein paar Fragen stellen.«
»Spricht man den Namen so aus?«, wollte Luke wissen.
»Das frage ich ihn dann beim Essen«, sagte ich.
Er grinste. »Okay, nächste Frage: Was ist deine schrecklichste Erinnerung?«
»Ein Fahrradunfall mitten auf einer Kreuzung«, behauptete ich, ohne mit der Wimper zu zucken. Und dann setzte ich noch ganz schnell hinzu, um ihn von diesem Schwindel abzulenken: »Und deins?«
Er dachte kurz nach. »Jemand ist in meinen Armen gestorben«, sagte er leise.
Au weia, das war bestimmt die Wahrheit. Und jetzt stand es hier im Raum, und ich hatte keine Ahnung, ob Luke darüber reden wollte oder nicht. Sollte ich nachfragen? Oder ging das zu weit? Ich an seiner Stelle hätte vermutlich nicht gern über ein so schreckliches Erlebnis gesprochen.

Luke nahm mir die Entscheidung ab. »Ich kannte ihn nicht«, sagte er. »Es war nach einer Schlägerei. Er lag am Boden, ich wollte ihm helfen und drehte ihn um.« Er schluckte und fügte hinzu: »Da sah er mich an und starb.«

Oh, Luke, dachte ich. Wie bist du damit nur klargekommen? Aber wieder wagte ich es nicht, ihn danach zu fragen.

»Ist schon okay«, sagte er, als hätte er meine Gedanken gehört. »Ich hatte jemanden, mit dem ich darüber sprechen konnte. Und es ist schon ein paar Jahre her.«

Ich legte kurz meine Hand auf seine, die auf der Armlehne des Ledersessels ruhte.

Luke atmete tief durch und blickte auf die Zettel in seiner Hand. »Nächste Frage: Und was war dein schönstes Erlebnis?«

Vorsichtig zog ich meine Hand wieder weg. »Das kommt noch«, sagte ich. »Irgendwann in den nächsten sechzig, siebzig Jahren.«

Luke lachte. »Gute Antwort!«

Nach kurzem Zögern gab ich mir einen Ruck. »Das mit dem Fahrradunfall eben war gelogen«, gab ich zu.

»Schon klar«, sagte er und lächelte mich an. »Und bei solchen Fragen solltest du auch lügen. Sie sind wirklich zu privat.« Er blätterte um. »Diese hier ist auch heikel: Falls du heute Abend sterben würdest, ohne die Gelegenheit zu haben, vorher mit jemandem zu kommunizieren – was würdest du am meisten bereuen, nicht gesagt zu haben? Und: Warum hast du es ihm oder ihr noch nicht gesagt?«

»Och«, sagte ich. »Die finde ich nicht so schlimm. Da behaupte ich einfach: Wichtige Dinge sage ich immer gleich. Und wenn nicht, dann will ich sie auch nicht sagen.«

»Weickert wird dann auf jeden Fall wieder behaupten, dass du aalglatt und spannend wie eine Haferflocke bist.«
»Na, soll er doch.«
Luke nickte. »Nächste Frage. Vervollständige den Satz: Ich wünsche mir jemanden, mit dem ich darüber reden könnte, dass ...«
Ohne nachzudenken vervollständigte ich den Satz wahrheitsgemäß: »... dass ich mich beschissen fühle.«
Überrascht zog Luke die Augenbrauen hoch. »Aber darüber kannst du doch reden. Mit mir zum Beispiel. Jetzt.«
Ich sprang auf und ging zum Fenster, um ihn nicht ansehen zu müssen. »Luke, das sind alles so düstere Fragen. Ist da eigentlich keine dabei, die nicht von Tod, Unfall, Krisen oder ungesagten Worten handelt?«
»Was Positives? Moment.« Eine Weile war es hinter mir still. »Hier hab ich was: Sagt euch abwechselnd, was ihr an euch positiv findet. Nennt insgesamt fünf Charaktereigenschaften.«
Ich grinste. »Du fängst an.«
»Positiv? Da muss ich aber nachdenken.« Luke machte eine absichtlich lange Pause. »Deine ... Jogginghose«, sagte er dann.
»Eine Jogginghose ist keine Charaktereigenschaft!«
»Diese schon.« In seiner Stimme war ein Lächeln.
Ich wackelte provokativ mit dem Po und meine zugegebenermaßen ausgebeulte Hose schlackerte um meinen Hintern.
»Jetzt du«, verlangte Luke.
»Ich mag dein Lächeln«, sagte ich zu der Fensterscheibe.
»Das ist auch keine Charaktereigenschaft«, stellte Luke hinter mir fest.
»Doch!«, behauptete ich. »Du bist dran.«

»Ich mag es, wenn du morgens unter der Dusche singst«, sagte er.

Ich räusperte mich verlegen. »Woher weißt du, dass ich das tue?«

»Dein Bad liegt Wand an Wand neben meinem.«

»Hmmm. Erstaunlich, dass du das magst. Da bist du der Einzige. Dafür finde ich es nett, wenn du morgens ein Liedchen pfeifst. Dein Zimmerfenster liegt übrigens direkt neben meinem, und wenn es offen ist, höre ich alles, was du sagst oder tust.«

»Mist«, sagte Luke. »Jetzt wieder ich. Wenn jemand Hilfe braucht, bist du sofort zur Stelle.«

Ich spürte, wie ich errötete, und tat deswegen weiter so, als würde ich da draußen im Garten irgendetwas sehen, das mich brennend interessierte. »Und wenn jemand eine Flaschenpost sucht, dann hilfst du«, sagte ich.

»Ist das eine Charaktereigenschaft?«, wollte Luke wissen.

»Klar. Sogar eine sehr wertvolle. Und die haben nicht viele.«

»Vielleicht bin ich auch nur anfällig für Mädchen mit großen dunklen Augen, die mich um was bitten?«

»Das ist auch eine Charaktereigenschaft«, sagte ich. »Aber keine positive. Da solltest du gegensteuern.« Das kam ein bisschen strenger als beabsichtigt.

Er schwieg eine Weile. »Hey, Moya, weißt du eigentlich, dass es ziemlich gefährlich ist, was wir hier tun?«, fragte er dann. Etwas in seiner Stimme ließ mich aufmerken, sie klang auf einmal anders als sonst. Ernster.

»Was?«, fragte ich und beobachtete einen Vogel, der auf einem dünnen Ast wippte.

»Ich meine, sieh es mal aus wissenschaftlicher Sicht. Du trägst eine rote Jogginghose, was zwangsläufig dazu führt, dass ich dich intensiv beachte. Ich bin hungrig, was ich als Mann auch mit Liebeshunger verwechseln könnte. Wir haben uns eben an den Händen berührt, was zweifelsohne zu Oxytocinausschüttung geführt hat. Und wir beantworten uns gegenseitig diese verheerenden sechsunddreißig Fragen.«

Ich lachte auf. »Klar, meine Jogginghose muss eine echte Anfechtung für dich sein. Und dann hab ich dich eben auch noch aus Versehen erschreckt, was dich ziemlich in Wallung gebracht haben dürfte. Gut, dass du nicht nach Pheromonen riechst. Wenn ich jetzt auch noch in Paarungsbereitschaft geraten würde, wäre das hier echt brenzlig.« Obwohl ich versuchte, witzig zu sein, drehte ich mich nicht zu ihm um. Er machte mich nervös, und ich wollte nicht, dass er das merkte.

»Woher weißt du das?«, fragte Luke. Seine Stimme war plötzlich ganz nah. Er musste aufgestanden sein, jetzt stand er dicht hinter mir. »Dass ich nicht nach Pheromonen rieche, meine ich. Vielleicht verströme ich ja körpereigene Lockstoffe, um Weibchen zu betören.«

»Gut, dass wir auf den letzten Teil des Fragen-Experiments verzichtet haben«, plapperte ich betont munter vor mich hin. »Nach den Antworten muss man sich nämlich eigentlich noch vier Minuten lang schweigend in die Augen sehen.«

»Versuch's doch mal«, sagte Luke hinter mir.

»Nein.«

»Du glaubst also daran?«

»Natürlich nicht.«

»Dann tu's.«

»Nö.«
»Feigling«, sagte Luke.
Ich drehte mich langsam um und sah zu ihm auf.
Bis jetzt hatte ich Lukes Augen für grau gehalten, aber das stimmte nicht. Sie waren graublau und hatten einen schwarzen Rand um die Pupille. Und als ich jetzt hineinsah, hatte ich das Gefühl, als würde ich diese Augen kennen. Seit mindestens tausend Jahren. Ich weiß nicht, warum, aber in diesem Moment kam es mir so normal und natürlich vor, Luke zu küssen, dass ich es einfach tat. Vielleicht auch, weil er mir dabei entgegenkam, und zwar mit einer Sicherheit und Selbstverständlichkeit, als müsse es sein, dass sich unsere Lippen jetzt berührten. Und nicht nur unsere Lippen.
»Moya«, sagte er ganz nah an meinem Mund, legte seine Hände an meine Hüften und zog mich an sich. Und dann küssten wir uns noch einmal. Die Zeit stand still. Alles stand still. Sogar die Standuhr hatte mit dem Ticken aufgehört.
Nur etwas blieb nicht still, und das war Lukes Handy. Es gab ein leises Summen von sich, als Zeichen dafür, dass eine Nachricht angekommen war. Und dieses Summen katapultierte mich jäh zurück in die Wirklichkeit.
Ich stieß Luke von mir und starrte ihn an. Plötzlich wurde mir klar, was wir getan hatten. Das auf seinem Handy war garantiert Sophie. Die er liebte. Mit der er gerade zusammengezogen war. Mit der er ein gemeinsames Leben beginnen wollte. Und was wir hier veranstalteten, das war mies. Richtig mies. Wir waren wie Patrick und Alice. Wir ließen uns gehen und betrogen Menschen, die das nicht verdient hatten.

»Spinnst du?«, fragte ich kraftlos.
Er sah mich an, als würde er in Treibsand stehen und langsam versinken.
»Sag mal, bist du komplett verrückt geworden?«, flüsterte ich. »Du hast eine Freundin.«
Und Luke? Starrte mich an. Zog das Handy aus der Tasche. Blickte aufs Display. Und sagte: »Das war nicht Sophie. Das war Peter.«
»WAS MACHT DENN DAS FÜR EINEN UNTERSCHIED?« Das kam viel lauter raus als beabsichtigt.
»Moya«, sagte er und streckte die Hand nach mir aus.
»LASS MICH IN RUHE!«, schrie ich ihn an. Und dann rannte ich weg. Ich wollte nur noch allein sein.
Aber Luke war schneller. Mit drei Schritten war er an der Tür und lehnte sich von innen dagegen. »Warte!«, bat er mich.
Ich blieb stehen. Was sollte ich auch sonst tun? Versuchen, ihn zur Seite zu drängen? Ihn mit einem Kinnhaken niederstrecken?
»Moya, es stimmt, ich bin ein Arschloch. Ich weiß das«, sagte Luke und sah mich so verzweifelt an, dass ich eine Gänsehaut bekam. »Aber das ist auch das Einzige, was ich sicher weiß.« Er fuhr sich mit der Hand über die Augen, als könne er meinen Anblick wegwischen. »Es ist wie verhext«, stieß er hervor. »Seit ich dich zum ersten Mal gesehen habe, machst du mich fertig. Du kommst in einen Raum, und ich sehe nur noch dich. Ich will das nicht, und ich hab mich dagegen gewehrt. Aber es funktioniert nicht.«
»Das sind Hormone«, sagte ich kalt. »Oder Gesichtssymmetrien. Oder Körpermaße. Irgendwas hab ich offenbar an mir, das so etwas bei Jungs bewirken kann.«

»Du bist so bescheuert, weißt du das?« Luke schüttelte fassungslos den Kopf. »Und sogar das mag ich an dir. Du bist dickköpfig, rechthaberisch, und deine Gedankengänge sind komplett verquer. Du glaubst, dass du das Leben berechnen kannst, wenn du nur alle Parameter dafür findest. Und menschliche Beziehungen würdest du am liebsten mit dem Geodreieck in ein Schaubild einzeichnen. Aber gleichzeitig bist du so warmherzig und freundlich und sensibel, dass jeder Depp sofort merkt, dass das alles nicht stimmt, was du die ganze Zeit von dir gibst. Nur du merkst es nicht.« Er stand ganz dicht vor mir und sah mich an. »Das Leben macht dir Angst, und du willst keine Fehler machen, mit deren Folgen du vielleicht nicht klarkommst. Deswegen schaltest du dauernd den Kopf ein und versuchst, gegen das Chaos in dir anzusteuern und Ordnung zu schaffen, wo es keine gibt.« Seine Stimme klang rau. »Aber selbst das finde ich faszinierend. Und abgesehen davon bist du klug, witzig – und in mancher Hinsicht sogar erfrischend unkompliziert. Gespräche, die ich mit anderen nicht führen könnte, sind mit dir ganz leicht. Und Moya, verdammt noch mal, ich bitte dich, sag mir jetzt nicht, dass ich ein Definitionsproblem habe.«

Ich sah ihn an und dachte an Sophie. Sie nähte vielleicht gerade Vorhänge für seine Küche. Luke hatte zugelassen, dass sie zu ihm zog, und er hatte ihr damit etwas versprochen. Jetzt stand er vor mir und brach dieses Versprechen, ohne dass sie auch nur etwas davon wusste. Und er verschwendete keinen Gedanken daran, wie schlecht es ihr gehen würde, wenn sie davon erfuhr. Ich dachte an Lena und ihre Tränen, als Patrick seine Versprechen gebrochen hatte. Ich hatte ihn dafür gehasst. Warum sollte ich Luke jetzt nicht hassen? Nur, weil ich Sophie nicht kannte? Liebe hin oder her, man hatte eine Verantwortung für Menschen, mit denen man eine Verbindung eingegangen war. Das hatte nichts mit Geodreiecken zu tun. Das war einfach fair. Und deshalb musste ich jetzt etwas tun, obwohl sich ein kleiner Teil meiner selbst zurück in Lukes Arme sehnte. Wenn ich auch auf diesen Teil stinksauer war.

»Ein Definitionsproblem?«, fragte ich und sah Luke direkt in die Augen. »Nein, Luke, das ist es nicht. Eher ein Charakterproblem, würde ich sagen.«

Luke zuckte zusammen, als hätte ich ihm tatsächlich einen Kinnhaken gegeben. Er schloss kurz die Augen, dann öffnete er sie wieder und gab die Tür frei.

Ich ging an ihm vorüber, ohne ihn anzusehen. In meinem Zimmer fiel ich aufs Bett und weinte, wie ich seit Jahren nicht mehr geweint hatte.

37 LENA

Am übernächsten Tag erhielt ich abends wieder einen Anruf von einer fremden Nummer. Aber es war nicht Moya, die anrief.

»Hey, ich bin Lynn«, sagte eine unbekannte Mädchenstimme. »Wir haben uns am Flughafen kurz gesehen. Moya hat mich gebeten, dich anzurufen.«

»Was ist los?«, fragte ich alarmiert. »Warum ruft sie nicht selbst an?«

»Sie ist krank«, sagte Lynn. »Husten, Schnupfen, Fieber. Stimme weg. Sie hat mich gebeten, dir das auszurichten, damit du dir keine Sorgen machst.«

Prompt machte ich mir welche. »Ist es schlimm?«

»Schlimm nicht. Aber fies. Es hat sie richtig erwischt. Der Arzt hat ihr Bettruhe verordnet, drei Tage mindestens.«

»War irgendwas?«, fragte ich. »Moya wird normalerweise nur richtig krank, wenn ihr alles zu viel wird.« Und sie hatte neulich am Telefon nicht gut geklungen. Aber das wollte ich jetzt nicht erwähnen, denn Lynn wusste vielleicht gar nicht, dass wir heimlich telefoniert hatten.

»Kann sein«, überlegte Lynn. »Unser Regisseur ist ein bisschen speziell. Hmmm, ich kenne sie einfach nicht gut genug, um das einschätzen zu können.«

Aber ich kannte Moya. Sie hatte ein Gedankenchaos im Kopf, warum auch immer, und fand sich darin nicht mehr zurecht. Kein Wunder, dass ihre Synapsen heiß liefen.

»Sie braucht jetzt Zeit«, sagte ich. »Und Schlaf. Das ist bei ihr wie bei einer Raupe. Sie muss sich eine Weile in einen Kokon einspinnen, und irgendwann ist sie dann wieder fit und hat alles im Griff. Lasst sie am besten so lange wie möglich in Ruhe.«

»So einfach ist das leider nicht«, sagte Lynn. »Wir müssen bald weiterdrehen. Heute Abend läuft ja schon die erste Folge im Fernsehen. Aber ein bisschen Luft ist da schon noch drin. Ich will sehen, was ich tun kann.« Sie seufzte.

Ich auch. »Lynn, heute war ein Interview mit Moya in der *Morgenpost*. Sie sagt da Sachen, die gar nicht nach ihr klingen. Ich mach mir echt Sorgen.«

»Wegen des Interviews? Musst du nicht. Damit hat Moya nichts zu tun. Die Antworten kommen von der Pressestelle.«

»Und dieser grauenhafte Trailer, der seit Tagen auf Sunshine TV läuft?«

Wieder seufzte Lynn. »Den kennt sie gar nicht.«

Ich dachte kurz nach. »Sag ihr davon am besten nichts«, sagte ich. »Sonst regt sie sich nur wieder auf.«

»Klar!«, meinte Lynn. »Ich bin inzwischen schon Meisterin im Verschweigen. Moya hat keine Ahnung, welcher Medienrummel um sie veranstaltet wird. Der Sender rechnet mit enormen Einschaltquoten.«

»Echt?« Ich konnte das gar nicht glauben. Es gab so viele Dating-Shows, wieso sollte ausgerechnet diese so viel Aufmerksamkeit bekommen?

Lynn schnaubte. »Die haben das ganz geschickt gemacht. Vorher läuft die letzte Sendung von *YOU*. Das ist diese Casting-Show, in der sie neue Youtuber trainieren und zu Stars aufbauen. Da haben wir Mega-Quoten bei den Preteens und Teens. Und direkt danach kommt dann Moya dran. Da hängen die Kids alle noch am Fernseher.«
»Au weia«, sagte ich. Und ich beschloss, Moya auf gar keinen Fall etwas zu sagen, falls sie doch irgendwie Kontakt mit mir aufnehmen würde. Sie konnte nun doch nichts mehr an der ganzen Sache ändern.

Kaum hatte ich aufgelegt, da klingelte es an der Wohnungstür. Das musste Karim sein. Wir hatten uns verabredet, um gemeinsam seine Putzfirma weiter zu planen.
Ich drückte auf den Öffner und nutzte die Wartezeit, um mich noch schnell zu kämmen. Karim allerdings erschien mit zerzausten Haaren, die er auch nicht glatt streichen konnte, weil er beide Hände hinter dem Rücken hatte und erfolglos versuchte, eine riesige Sonnenblume vor mir zu verbergen. Sie war so groß, dass sie weit über ihn hinausragte und über seinem Kopf hin und her wippte. Als er vor mir stand, nahm er die Blume nach vorn und reichte sie mir. »Für dich!« Er strahlte mich an. »Damit du lächelst!«
»Tu ich das so selten?«
»Nicht oft genug«, sagte er.
Ich sah, dass Erde an seinen Schuhen klebte, und fragte lieber nicht, woher er diese Blume hatte. »Wow, ist die schön!«, sagte ich stattdessen. Und lächelte natürlich. Und wie!

Weil ich keine Vase fand, die groß genug war, funktionierte ich kurzerhand unseren Schirmständer zur Vase um, eine auf alt gemachte hohe Milchkanne. Die große Blume mit den kräftigen grünen Blättern und der sonnengelben Blüte sah in dem schmalen Behälter aus Zink sogar gut aus. Landhauslook.

Dann setzten Karim und ich uns an mein Notebook und recherchierten, ob es in Berlin schon andere Putzfirmen von Studenten für Studenten gab. Das war nicht der Fall.

»Bingo!«, sagte Karim. Wir klatschten uns ab.

Plötzlich wandte er sich zum Fenster. »Hörst du das auch?« Er legte den Kopf schräg.

Tatsächlich. Da warf jemand Steinchen an mein Fenster. Patrick. Ich hielt erschrocken die Luft an.

»Das ist ...«, begann ich.

»... das Knorpelohr«, vervollständigte Karim meinen Satz.

Ich nickte.

»Und jetzt?«, wollte Karim wissen. »Wenn du mit ihm reden willst, kein Problem, ich bin schon weg.« Er sah mich mit seinen dunklen Augen an, als versuche er, etwas in meinem Gesicht zu lesen.

»Ich frag mal, was er will.« Als ich das Fenster öffnete und nach unten sah, erschrak ich über Patricks Anblick. Er schwankte, obwohl er sich an der Hauswand festhielt.

»Was ist denn mit dir los?«, fragte ich.

»Alischischweg.«

»Was?«

»Alice ist weg«, sagte er jetzt deutlicher, und dann rülpste er.

»Oh. Das tut mir leid. Wo ist sie denn?«

»Schwilludirrein.«
»Was?«
»Ich will zu dir rein!«, artikulierte er überdeutlich.
»Warum denn?«
»Schliebdich.«
Das musste er nicht übersetzen, das hatte ich verstanden. »Warte mal kurz«, sagte ich. »Ich muss nachdenken.«
Ich schloss erst das Fenster, dann die Augen. Alice hatte ihn also verlassen. Und jetzt stand er wieder hier. Er war zu mir zurückgekommen, wollte sich vielleicht vertragen. Noch mal neu anfangen. Sex haben. Ich fasste einen Entschluss und machte die Augen auf.
Karim stand immer noch unschlüssig in meinem Zimmer. Wie in Trance ging ich an ihm vorbei, nahm die Sonnenblume und drückte sie ihm in die Hand. »Wieso? Die gehört dir, das ist ein Geschenk!« protestierte er.
Ich lächelte ihn entschuldigend an. Dann öffnete ich das Fenster, stemmte den Schirmständer hoch und goss Patrick den gesamten Inhalt in einem Schwall über den Kopf. Wusch. Peng. Fenster zu.
Karim stand fassungslos mit der Sonnenblume in der Hand da und wusste sichtlich nicht, wohin mit sich. Also nahm ich ihm die Blume ab, stellte sie zurück in den Schirmständer und ging ins Bad, um mit der Gießkanne frisches Wasser zu holen.
»Ich weiß nicht genau, ob ich ihn je geliebt habe«, sagte ich betont beiläufig, während ich Wasser in den Schirmständer goss. »Und ich weiß auch nicht, was von meinen Gefühlen noch übrig ist. Aber ich halte es durchaus für möglich, dass das da eben

keine Rache war, sondern irgendwie sogar ein Akt der Freundschaft.«
»Unbedingt«, sagte Karim und nickte.
Wir sahen uns kurz an, dann mussten wir beide lachen. Und ich fühlte mich so leicht und frei wie schon seit Wochen nicht mehr.

38 MOYA

Ich lag drei Tage im Bett, trank Lindenblütentee und schwitzte unter der Aufsicht von Mrs Tippleton meine Erkältung aus. Danach war ich wieder fit. Zumindest körperlich. Inwendig war ich immer noch angeknackst wegen der Sache mit Luke. Dabei hatte ich unseren Zusammenprall in der Bibliothek – anders konnte man es ja wohl kaum nennen – wieder und wieder durchdacht und war zu dem Schluss gekommen, dass ich mich richtig verhalten hatte. Okay, am Anfang nicht, das mit dem Kuss war alles andere als richtig gewesen. Es ist schon erstaunlich, was Suggestion anrichten kann. Wenn man tagelang, wochenlang dauernd auf das Thema Liebe angesprochen wird, dann hat man irgendwann nichts anderes mehr im Kopf. Das verselbständigt sich. Und vielleicht waren da auch noch Spätwirkungen des Pheromonsprays mit im Spiel gewesen. Aber dann hatte ich ja zum Glück die Kurve gekriegt. Ich war nämlich nicht wie Alice. Und ich war unendlich enttäuscht, dass ausgerechnet Luke sich wie Patrick benommen hatte.

Um wieder in die Spur zu kommen, zwang ich mich zu äußerster Disziplin. Ab sofort ging bei mir alles zack, zack. Und als ich merkte, dass Luke abgereist war, funktionierte das sogar ganz gut. Der war nämlich über Nacht verschwunden. »Was Familiäres«, hatte Lynn erzählt. Alle hatten damit gerechnet, dass er nach meiner dreitägigen Krankheitspause zurückkehren und weiterdrehen würde. Aber stattdessen tauchte nach dem Frühstück Kilian auf, ein Kameraassistent aus Berlin. Auch Luke sei krank geworden, teilte er uns mit. Ebenfalls ein grippaler Infekt. Hatte sich wohl irgendwie bei mir angesteckt. Tja, wie nur? Ich machte an dieser Stelle ein betont unschuldiges Gesicht.

Disziplin war also ab sofort mein zweiter Vorname. Jeden Morgen stand ich lange vor Drehbeginn auf, hielt unseren Zeitplan peinlich genau ein, befolgte jede Anweisung von Lars Weickert eins zu eins ohne Widerspruch und wirkte genau deswegen bei jeder Aufnahme fad und langweilig. Hätte ich tagelang gegrübelt, um eine raffinierte Methode auszuhecken, wie ich Lars Weickert in den Wahnsinn treiben konnte, ich hätte mir keine bessere ausdenken können. Aber ich tat das nicht absichtlich. Ich nahm die Dreharbeiten einfach auf meine ganz spezielle Weise in Angriff und arbeitete mich da genauso systematisch durch, wie ich mich früher durch einen Berg Hausaufgaben gearbeitet hatte. Ich wollte den Dreh einfach nur noch hinter mich bringen. Dass unserem Regisseur dadurch anschaulich vor Augen geführt wurde, wie dämlich seine Regieanweisungen waren, war ein schöner Nebeneffekt.

Das Ergebnis wirkte nämlich ungefähr so lebendig wie ein Marionettentheater und Weickert raufte sich die Haare.

So zeichneten wir also auf, wie Maximilian und ich uns erstmals begegneten, wie wir angeblich unglaublich überrascht waren, uns zu sehen, wie wir uns gegenseitig bis über den grünen Klee

lobten und uns schließlich gegenseitig die sechsunddreißig Fragen der Liebe stellten.
Maximilian war ein großer, ruhiger Junge mit dunkler Haut und unglaublich schönen Augen. Sie waren fast schwarz, und in ihnen lag alle Freundlichkeit dieser Welt. Klingt komisch, ich weiß. War aber so. Wenn man ihm in die Augen sah, hatte man plötzlich das Gefühl, dass alles gut war. Sowas gibt's. Auf mich hatte das eine angenehm beruhigende Wirkung. Professor Melchior hatte in seinen Unterlagen behauptet, dass er und ich viel gemeinsam hätten, Charakter, Herkunft, Erziehung, Lebenseinstellung, und das stimmte. Wir waren uns wirklich in vielem so ähnlich, dass die gesamte Crew uns bald nur noch als »Max und Mo« bezeichnete.
Max ging die meisten Themen genau wie ich mit Logik an. Er war zum Beispiel der einzige Mensch, den ich kannte, der die Maßeinheit Pi mal Daumen exakt berechnet hatte. »Bezogen auf den Umfang des Daumens beträgt Pi mal Daumen bei mir sechsundfünfzig Millimeter, bezogen auf den Daumenquerschnitt sind es zweihundertfünfzig Quadratmillimeter«, verkündete er. Und genau wie ich betrachtete auch Max die Welt mit den Augen eines Naturwissenschaftlers. Beim Mittagessen in einem billigen Imbiss beispielsweise fand Lynn, dass der Salat labbrig war. Für Max hatte er Osmose.
In einem Punkt unterschied sich Maximilians Weltsicht aber grundlegend von meiner: Während ich die romantische Liebe als größten PR-Gag in der Geschichte der Menschheit betrachtete und fest davon überzeugt war, dass es diese Sorte Liebe gar nicht gab, hielt er sie für möglich.

»Liebe könnte so etwas sein wie ein Traum«, sagte er in einer unserer endlosen abendlichen Diskussionen. »Also ein Bild, das unser Gehirn uns vorgaukelt. Aber Träume gibt es. Definitiv. Auch wenn ihre Bilder nicht real sind.«

»Interessante Sichtweise«, gab ich zu. »Trotzdem sehe ich nicht ein, warum man einem Traum hinterherlaufen sollte.« Keine Ahnung, warum ich dabei plötzlich Luke vor Augen hatte.

Für den Drehort hatte Lars Weickert diesmal keine Kosten gescheut. Weil strahlendes Wetter angesagt war, ließ er für uns eine Yacht anmieten. Glitzerndes Wasser, schaukelnde Wellen, knallblauer Himmel. Wir mussten uns auf dem Sonnendeck auf weißen Kissen räkeln, und ich trug dazu einen roten Bikini, der aber garantiert auch in jeder anderen Farbe Maximilians Aufmerksamkeit erregt haben dürfte, weil er fast nichts bedeckte. Ein Steward in dunkelblauer Uniform servierte uns Cocktails, die Ingwer und Safran enthielten, zusammen mit einem Kärtchen, in dem die aphrodisierende Wirkung dieses Gebräus betont wurde. Aber darauf fielen Max und ich natürlich nicht rein. Wir haben die Drinks getrunken und sind zur großen Enttäuschung von Weickert und Co danach nicht auf den weißen Kissen des Sonnendecks übereinander hergefallen. Stattdessen spielten wir uns bei den Fragen die Bälle zu, als wären wir Partner bei einem Tennis-Match. Aalglatt und wie auswendig gelernt antworteten wir. Weickert biss vor Verzweiflung fast in die Reling, als er uns dabei zuhörte. Und sogar Professor Melchior sah an dieser Stelle ein bisschen abgekämpft aus. »Seelischer Gleichklang ist für andere nicht immer eine Bereicherung«, sagte er entschuldigend zum Team.

Ja, zwischen Maximilian und mir bestand eindeutig eine Art seelischer Gleichklang. Wir passten viel besser zusammen als Ole und ich. Insofern basierte das Auswahlverfahren von Professor Melchior tatsächlich auf einer realen Grundlage. Aber da war überhaupt kein Kribbeln zwischen uns. Wir mochten uns, das war's. Hätte Weickert uns nicht dauernd gestört, wir hätten uns vermutlich noch tage- und nächtelang unterhalten. Allerdings nicht über Liebe, sondern eher über Einsteins Relativitätstheorie oder darüber, warum der Mount Everest jedes Jahr fünf Millimeter wächst.
Ich hatte in den Tagen mit Maximilian nur ein Problem: Ich musste dauernd an Luke denken. Vermutlich, weil ich versuchte, genau das nicht zu tun. Es ist ja so: Wenn du ganz bewusst nicht an einen blauen Elefanten denken willst, siehst du ihn sofort vor dir. Und so ging es mir mit Luke.

Und dann kam Jaro auf Millford Manor an. Und obwohl ich mich anfangs ein bisschen vor seiner Ankunft gefürchtet hatte, freute ich mich jetzt auf die Tage mit ihm. Wenn man nämlich nicht an einen blauen Elefanten denken will, könnte man seine Gedanken doch einfach auf eine gelbe Ente konzentrieren, dachte ich. Oder anders gesagt: Wenn ich nicht an Luke denken wollte, war es vielleicht hilfreich, mich gedanklich stattdessen mit Jaro zu befassen.
Jaro war ein ganz anderer Typ als Ole oder Maximilian. Erst mal rein äußerlich: Er war mittelgroß, hatte braune Locken und grüne Augen. Aber er war auch im Wesen unterschiedlich. Er wirkte nicht freundlich und offen wie die beiden anderen, son-

dern abweisend, verschlossen und ein bisschen geheimnisvoll. Mit seiner Rastlosigkeit erinnerte er mich an ein Wildtier. Aber nicht, weil er gefährlich gewesen wäre. Auch Jaro war wirklich sympathisch. Scheu – dieses Wort trifft es eher. Nicht scheu wie ein Reh, sondern scheu wie ein Wolf. Vorsichtig. Schweigsam. Undurchdringlich. Und sehr stolz.

Schon bei der Begrüßung war ich echt befangen. Es ist ein seltsames Gefühl, jemanden kennenzulernen, den man schon geküsst hat. Normalerweise spricht man ja erst miteinander und kommt sich danach näher. Und ehrlich, in der traditionellen Reihenfolge ist es leichter, ins Gespräch zu kommen. Es ist einfach seltsam, wenn man schon weiß, wie sich jemand anfühlt, wie er riecht und wie er küsst, bevor man mal ein paar ganz normale Alltagssituationen mit ihm erlebt hat.

Die Zurückhaltung zwischen uns blieb während des gesamten ersten Drehtags bestehen, und zwar auf beiden Seiten. Ich wurde einfach immer ein bisschen nervös, wenn er in meine Nähe kam, und ihm ging es vielleicht genauso.

Unser Treffpunkt für das Experiment, das Marie Lagarde ausgetüftelt hatte, war ein elegantes Hotel. Und was für eins! Es gehörte zur Kette unseres Sponsors und war einfach riesig. Und für den Saal, in dem wir drehten, fällt mir nur ein Wort ein: bombastisch. Mächtige Säulen stützten die hohe Decke, die in barockem Stil mit goldenen Verzierungen überladen war. Zwei Wände des Saales waren komplett verspiegelt, was den Raum noch größer erscheinen ließ und die Bedingungen für die Beleuchter und die Kamera erschwerte. Normalerweise wurden hier Hochzeiten gefeiert.

Der Boden bestand aus glänzendem dunklen Tanzparkett, denn für Jaro und mich hatte sich Frau Professor Lagarde etwas Besonderes ausgedacht: Wir mussten tanzen lernen. Aber wie!

»Die Kizomba ist ein Tanz für Körper und Seele. Eine Mischung aus Musik, Bewegung und Sinnlichkeit. Harmonisch, lässig, sexy«, erklärte die Professorin vor laufender Kamera. »Bei diesem afrikanischen Tanz kommen sich die Paare näher als bei jedem anderen, und sie müssen sich voll und ganz aufeinander einlassen.«

Aufeinander einlassen? Ja, so konnte man das nennen. Aber der Tanz, den unser Tanzlehrer uns mit seiner Partnerin jetzt vortanzte, legte eine ganz andere Beschreibung nahe: Das war getanzter Sex. Sehr langsamer, sehr romantischer, zärtlicher und inniger Sex.

Himmel. Und ausgerechnet mit Jaro sollte ich so eng tanzen? Das war, als würde man Nitriersäure und Glyzerin mixen. Das ergibt Nitroglyzerin. Einen Sprengstoff. Ich wollte Luke ja wirklich vergessen. Aber ich wollte keine Affäre mit Jaro. Er hatte es nicht verdient, mir als Ersatzdroge zu dienen.

Die Musik, die gerade durch den riesigen Saal hallte, hatte eigentlich gar nichts Explosives. Sie war verträumt. Auch die Schritte unserer Vortänzer waren ruhig und die Hüftbewegungen fließend. Kein bisschen dirty, aber sehr intim. Totzdem. Als die beiden sich so vor uns bewegten, wollte ich wegsehen, weil ich das Gefühl hatte, es würde mich nichts angehen, was die beiden da taten. Doch ich konnte den Blick nicht von ihnen abwenden, denn sie waren atemberaubend schön bei diesem Tanz.

Marie Lagarde lächelte verführerisch in die Kamera. »Kizomba

macht glücklich«, sagte sie. Mich nicht, das merkte ich deutlich. Mich machte dieser Tanz einfach nur nervös.
Jaro und ich mussten zunächst nebeneinander stehend den Grundschritt üben, was wirklich nicht schwer war. Aber der Teufel steckte im Detail. Wieder und wieder mussten wir die Schritte wiederholen, bis Tony, unser Lehrer, zufrieden war. Als wir sie dann endlich sicher beherrschten, zeigte Tony uns die richtige Tanzhaltung als Paar, und ich erstarrte. Wir mussten uns so eng fassen, dass Jaro seinen Arm förmlich um mich herumwickelte. Und das war mir definitiv zu eng. Weil mein Top kurz war, lag Jaros Hand dabei zwangsläufig auf meinem nackten Rücken, und das verursachte mir weiche Knie. Irgendwas war zwischen uns beiden. In seiner Nähe stand ich immer unter Strom. Wie soll man so Tanzschritte machen? Und dann mussten wir auch noch unsere Gesichter aneinanderlehnen, meine Wange schmiegte sich dabei an sein Kinn. In dieser Haltung dann Hüftmoves zu langsamer Musik. Mannomann. Plötzlich besaß ich die Grazie eines Spazierstocks.
»Lasst los!«, rief Marie Lagarde.
Ja, bitte, lass los, Jaro, dachte ich. Nimm einfach die Hände weg. Aber so hatte sie das natürlich nicht gemeint. »Gebt euch der Musik hin. Schließt die Augen. Vergesst, wo ihr seid«, kommandierte sie.
Eher hätte ich das Atmen vergessen.
»So geht das nicht«, sagte Weickert.
Doch Marie Lagarde legte die Hand auf seinen Arm und flüsterte ihm zu: »Lass ihnen Zeit. Tony macht das schon.«
Ich war erstaunt über ihre Zuversicht. Aber als die Zeit verstrich

und sich nicht die geringste Besserung zeigte, wurde selbst Marie Lagarde zunehmend nervös. »Habt ihr denn noch nie euren Körper an die Leidenschaft verloren? Euren Instinkten die Kontrolle überlassen?«, rief sie uns zu. »Doch. Habt ihr. Und jetzt tanzt so, wie ihr euch in diesem Moment gefühlt habt!«

Jetzt ging gar nichts mehr. Ich ließ die Arme sinken, entwand mich Jaros Griff und raufte mir die Haare. Lars Weickert holte schon tief Luft, doch bevor er losbrüllen konnte, mischte Tony sich ein. »Es liegt nicht an den beiden«, sagte er. »Es liegt an der Location.« Und er erklärte Weickert, dass niemand in einem überdimensionierten Kitschsaal zu zweit Kizomba tanzen kann, und schon gar nicht vor laufenden Kameras. Wobei er da ein bisschen übertrieb, denn er und seine Partnerin hatten es ja geschafft. Aber gut, das war wohl wirklich eher etwas für Fortgeschrittene.

Weickert ließ sich überzeugen, und am nächsten Tag drehten wir am Strand. Das Hotel besaß eine Terrasse aus weißem Holz, die über das graublaue Wasser hinausragte. Und hier, unter dem freien Himmel über dem Meer waren wir wirklich entspannter.

»Tanze, als wärst du nie verletzt worden«, sagte Tony leise zu mir.

Hoppla, dachte ich, jetzt übertreibt er aber. Aber ich konnte es nicht verhindern, dass ich plötzlich wieder Luke vor mir sah. Hatte er mich verletzt?

Leise ertönten die ersten Klänge der zärtlichen Kizomba-Musik. Ich schloss die Augen und begann zu tanzen. Zunächst allein. Doch als Jaro sah, wie ich mich bewegte, nahm er mich behut-

sam in den Arm und folgte meinen Schritten. Langsam, zart und sanft. Und auf einmal flossen unsere Bewegungen im Auf und Ab der Musik wie die Wellen im Meer. Ich fühlte mich, als wäre ich gar nicht da.
Niemals hätte ich gedacht, dass ich mich vor der Kamera je so fallen lassen würde. Und das auch noch bei einem Tanz, der aussah, als würde er früher oder später im Bett enden. Aber genau das tat ich. Jaro und ich, wir waren außerhalb von Zeit und Raum. Es gab nur noch Wasser, Himmel und diese Melodie. Als die Musik endete, stand ich in Gedanken im Nirgendwo. Ich hatte mich aufgelöst, fühlte mich ruhig, glücklich und ganz weit weg. Seltsamerweise dachte ich dabei nicht an Jaro. In Gedanken war ich bei Luke.
Ich ließ meine Arme sinken und verabschiedete mich mit einem Lächeln von Jaro. Dann trat ich ans Geländer, um aufs Wasser zu blicken. Und weil ich gerade an Luke gedacht hatte, erschrak ich nicht, als er dort stand. Ich wunderte mich nicht einmal.
»Was war das denn?«, fragte er und erst da merkte ich, dass er kein Traum war. Luke war wirklich hier. Und ich erschrak so, dass ich ihm nicht antworten konnte. Hatte er mich verletzt?, fragte ich mich stattdessen noch einmal, während ich ihn anstarrte. Und meine ehrliche Antwort lautete: Ja. Zumindest tat es weh, ihn jetzt zu sehen. Aber er hatte mich eindeutig nicht mehr verletzt als ich ihn, auch das las ich in seinem Blick. Seine Augen waren dunkelgrau wie polierter Granit. Wie konnte ein einziger Kuss nur so viel anrichten?
Ich wünschte mir die Zeit zurück, als alles noch in Ordnung gewesen war. Konnten wir irgendwie zur Normalität zurückkeh-

ren? Verzweifelt suchte ich nach einer Möglichkeit, die Situation zu retten.
»Geht's dir besser?«, fragte ich, einfach, um irgendwas zu sagen.
»Wieso?« Luke sah mich irritiert an.
»Peter sagte, du wärst auch krank geworden.«
»Ach so, ja, nee. Das war nur die offizielle Version. Ich musste mit Sophie reden und ein paar Sachen regeln. Wir sind nicht mehr zusammen.«
Ich schloss kurz die Augen. Weinte Sophie jetzt, wie Lena damals geweint hatte? Und – warum sagte Luke mir das? Glaubte er etwa, ich würde ihm in die Arme sinken?
»Aha«, sagte ich betont desinteressiert.
»Mo, du hattest in vielem recht, was du gesagt hast. Ich musste wirklich mit Sophie reden. Ich habe das viel zu lange aufgeschoben. Sie allerdings auch.«
»Luke, das ist eure Angelegenheit.«
»Hör mir zu, Moya. Bitte.«
Ich schüttelte den Kopf. »Nein. Erst musst du mir zuhören.« Ich sah ihn eindringlich an. Jedes weitere Wort von ihm würde nur noch mehr Chaos anrichten.
Er nickte. »Leg los.«
»Gibt's hier versteckte Kameras?«, wollte ich wissen und sah mich um. Die anderen hatten inzwischen alles zusammengepackt und die Terrasse verlassen. Wir waren allein. Aber das konnte täuschen, wie ich wusste. »Oder verborgene Mikros?«
Er schüttelte den Kopf. »Nicht hier. Ihr habt doch eben ganz offiziell mit Kameraleuten und Ton gedreht. Da haben sie diesen Ort garantiert nicht auch noch verwanzt.«

»Sicher?«

Luke musterte die Terrasse genau. »Sicher«, sagte er dann.

»Luke«, sagte ich und suchte nach Worten. »Das mit dem Kuss. Das erinnert mich an die Sache mit dem gekochten Frosch.«

»Dem was?« Er sah mich fassungslos an und ließ sich gegen das Geländer fallen. Erst jetzt wurde mir klar, wie das geklungen haben musste, und ich musste wider Willen lachen. »Ich meine damit nicht, dass der Kuss sich angefühlt hat wie ein gekochter Frosch«, sagte ich. »Das ist falsch rübergekommen. Es gibt da doch diese Geschichte: Wenn man einen Frosch in heißes Wasser setzt, springt er so schnell wie möglich wieder raus. Aber wenn man ihn in kaltes Wasser setzt und es ganz langsam erwärmt, bleibt er angeblich drin und lässt sich widerstandslos kochen.«

Luke hatte sein Gleichgewicht wiedererlangt, wörtlich und im übertragenen Sinne. »Und was hat das jetzt mit dem Kuss zu tun?«, wollte er wissen.

»Moment«, beschwichtigte ich ihn. »Erst noch vorweg eine Info: Diese Geschichte ist definitiv falsch. Wenn man einen Frosch langsam erhitzt, versucht er sehr wohl zu fliehen. Erst ab ungefähr vierzig Grad kommt es bei Fröschen zu einer Hitzestarre.«

Luke runzelte die Stirn. »Moya, es ist wirklich sehr interessant, was du da sagst. Ich wollte schon immer wissen, wie Frösche reagieren, wenn man sie kocht. Aber jetzt, wo das geklärt ist, würde es mich doch sehr interessieren, was du mir eigentlich sagen willst.«

»Klar«, sagte ich. Seine Ironie hatte ich durchaus bemerkt, ich ging aber nicht darauf ein. »Man verwendet diese Parabel vom gekochten Frosch gern für bestimmte Verhaltensweisen beim Menschen. Wenn man jemanden langsam und systematisch an etwas gewöhnt, senkt man seine Bereitschaft, sich zu wehren. Und jetzt sind wir beim Thema. Weil ich seit Tagen und Wochen nur noch über Liebe rede und dauernd Jungs kennenlerne, die angeblich wie für mich geschaffen sind, und weil ich auch immer mal wieder aus experimentellen Gründen Körperkontakt zu ihnen aufnehmen musste, ist meine Hemmschwelle zurzeit ziemlich herabgesetzt. Ich bin quasi weichgekocht. Deswegen habe ich es zugelassen, dass du mich geküsst hast. Ich erwähne das nur, damit du den Kuss richtig einschätzen kannst.«

Luke zog eine Augenbraue hoch. »Moya, nicht ich habe dich geküsst. Du hast mich geküsst.«

»Stimmt nicht«, widersprach ich. »Du hast …«

»Okay«, unterbrach er mich. »Einigen wir uns doch auf: Wir haben uns geküsst.«

»Von mir aus«, lenkte ich ein, denn das traf es wirklich ziemlich genau. »Aber in der Sache ändert das nichts. Ich will ja nur sagen, dass ich in diesem Moment nicht ganz ich selbst war.«

»Moya«, sagte Luke eindringlich, und als ich hörte, wie er meinen Namen aussprach, spürte ich wieder ein seltsames Vibrieren in mir. »Wir müssen nicht nach einer Rechtfertigung für diesen Kuss suchen. Sophie und ich haben uns getrennt.«

»Macht es das deiner Meinung nach besser?«, fragte ich. »Du hast mir erzählt, Liebe sei eine Entscheidung.« Ich ballte die Hände zu Fäusten. »Ich fand diese Definition ja immer schon sonderbar, aber gut, das ist deine Sache. Aber jetzt hältst du dich nicht mal mehr selbst daran. Liebe ist für dich wirklich ein un-

glaublich flexibler, dehnbarer Begriff. Ich bin nicht so flexibel.«
Ich rang um Fassung, und es gelang mir, mich wenigstens scheinbar zu beruhigen. »Ich habe echt genug von dem Thema«, stieß ich hervor.
Ich stand auf und wollte gehen, aber Luke trat mir in den Weg. »Moya, verdammt noch mal, hör mir zu«, sagte er und in seinen Augen lag so viel eiserner Wille, dass ich wirklich stehen blieb. »Es ist wahr«, sagte er und seine Augen suchten in meinen nach Halt. »Vor zwei Wochen hab ich dir noch erzählt, was Liebe ist: eine Entscheidung. Und ich hab das geglaubt. Aber heute steh ich vor dir und sage dir eine ganz andere Wahrheit, und ich weiß selbst nicht, wie das sein kann. Fakt ist: Ich weiß nicht mehr, was Liebe ist und wie sie funktioniert. Eine Entscheidung ist sie auf jeden Fall nicht. Ich kann auf einmal gar nichts mehr selbst entscheiden. Irgendetwas in mir hat längst entschieden.«
Ich wich einen Schritt zurück, aber ich konnte nicht weg. »Du hast ein Definitionsproblem«, stellte ich fest.
»Stimmt«, sagte Luke leise. »Stimmt genau. Du hast recht. Geht's dir jetzt besser?«
Nein, leider nicht. Mir ging es plötzlich sogar ziemlich schlecht. Ich wollte mich ja gar nicht mit Luke streiten. Irgendetwas in mir wollte ihn sogar einfach nur küssen. Aber das war undenkbar. Es ging einfach nicht. Er würde es doch nur falsch verstehen. Und wie auch nicht? Man konnte es nur falsch verstehen, ich verstand mich ja selbst nicht.
»Luke, das führt doch zu nichts«, sagte ich und wollte nur noch eins: weg. Ich versuchte, an ihm vorbeizukommen, aber er bewegte sich keinen Zentimeter.

»Hey«, sagte er. »Warte. So können wir das doch nicht stehen lassen. Es fühlt sich falsch an, wenn du jetzt gehst.«
Und genau das war mein Problem. Alles fühlte sich falsch an. Bleiben. Gehen. Aber auch, dass Luke mich jetzt an den Schultern packte.
»Moya, können wir nicht wenigstens darüber reden?«
Nein. Konnten wir nicht. Wenn er mich jetzt noch länger so festhielt, würde ich ihn wieder küssen, das spürte ich deutlich, als ich in seine Augen sah, die vor Verzweiflung dunkelgrau waren. Aber das ging nicht. In meinem Kopf war plötzlich ein Rauschen. Es hörte sich an wie ein Radio, das nicht richtig auf einen Sender eingestellt war. Brausen. Tosen. Pfeifen. Krach. Es war Panik, die da in mir aufstieg, reine Panik.
Und ich brachte den Lärm in meinem Inneren mit einem einzigen Satz zur Ruhe. »Welchen Teil von Nein hast du nicht verstanden?«, fragte ich mit eiskalter Stimme.
Luke ließ die Arme sinken und sah mich fassungslos an. Schweigend trat er zur Seite und ließ mich gehen. Ich hatte ihn zum zweiten Mal zurückgestoßen, und diesmal würde er nicht wiederkommen, das wusste ich.

39 LUKE

Ich stand auf der Brücke im Wald und blickte auf die grünen Wasserwirbel, die sich vorm Wehr stauten. Wie lange war es her, dass ich mit Moya hier gestanden hatte? Mir kam es vor, als wäre es gestern gewesen. Und trotzdem lagen Welten zwischen damals und heute. Bei unserem ersten Treffen auf dieser Brücke hatte ich noch gewusst, wer ich war und was ich wollte. Jetzt nicht mehr. Moya hatte mir, ohne es zu wollen, nach und nach den Boden unter den Füßen weggezogen.

Ich war nach Berlin gefahren, um die Kontrolle über mein Leben zurückzugewinnen, aber das hatte nicht funktioniert.

Was ich Moya eben nicht erzählt hatte, weil ich nicht dazu gekommen war: Nicht ich hatte Schluss mit Sophie gemacht. Sie war es gewesen, die diese Entscheidung getroffen hatte. Als ich ankam, hatte sie ihre Kisten schon zum zweiten Mal gepackt. Sie hatte ein WG-Zimmer gefunden und wollte ausziehen. In der Zeit, die sie allein in meiner leeren Wohnung verbracht hatte, war ihr klar geworden, wie unterschiedlich wir waren. Und dass es nicht funktionierte.

Erklären musste sie mir nichts, ich wusste ja, was sie meinte, mir ging's genauso. Als Fernbeziehung hatte das mit uns ganz gut geklappt, aber in derselben Wohnung waren wir uns dauernd auf

die Zehen getreten. Da ließen sich die Unterschiede nicht mehr ausblenden. Wir haben uns also in Freundschaft getrennt.
Habe ich geglaubt, dass das zwischen Moya und mir etwas ändern würde, wenn sie es erfuhr? Oh Mann. Geglaubt nicht. Gehofft natürlich schon.
Tja. So war's aber nicht. Man kann lieben, so viel man will. Wenn sich aber nur einer verliebt hat, dann wird daraus nichts. So einfach war das. Und gleichzeitig so unendlich schwer zu akzeptieren.

LOVE TEST

TEIL 4 – DIE LIVESHOW

40 MOYA

»Habe ich mich verändert?«, fragte ich meinen Vater, als wir abends zusammensaßen und sein Spezialrisotto aßen. Ich war gerade vom Flughafen gekommen und froh, endlich zu Hause zu sein.
»Verändert?« Er betrachtete mich liebevoll. »Das darfst du mich nicht fragen. In meinen Augen hast du dich noch nie verändert. Aber bei realistischer Betrachtung muss ich zugeben, dass du vor achtzehn Jahren anders warst.«
Ich lächelte ihn an. Er hatte sich auch nie verändert, obwohl seine Haare an den Schläfen realistisch betrachtet früher auch nicht grau gewesen waren. Aber irgendwie fühlte ich selbst mich anders, seit ich zurück war. Wie leer innen drin. Als hätte der Love Test mir etwas weggenommen, das ich vorher besessen hatte. Aber ich konnte nicht greifen, was das gewesen sein sollte.
»Was hast du in den nächsten Tagen vor?«, wollte mein Vater wissen und nahm einen Schluck aus seinem Rotweinglas.
Ich seufzte. Eigentlich waren es nicht Tage, sondern Wochen, die ich irgendwie totschlagen musste. Zwei Wochen, um genau zu sein. In dieser Zeit liefen die restlichen Folgen des Love Tests, die wir bereits gedreht hatten, im Fernsehen. Danach war dann die Liveshow dran. »Lesen? Sonst bleibt mir ja nicht viel«, sagte

ich und schob den Teller zurück. Ich war zu müde, um viel zu essen. Und der Gedanke an diese vierzehn Tage war auch nicht gerade appetitfördernd.
Bis zur Show unterlag mein Alltag jetzt strengen Beschränkungen. Ich durfte mit niemandem über die Dreharbeiten sprechen, keine Interviews geben, mich nicht im Internet äußern, egal wozu, und ich durfte nicht zum Friseur gehen oder irgendetwas anderes an mir ändern. Das war alles okay, das hatte ich unterschrieben und ich konnte es mir leicht verkneifen. Aber ich hatte nicht damit gerechnet, dass ich nicht mehr weggehen konnte. Das stand nämlich nicht im Vertrag. Und trotzdem war es so.
»Das eben am Flughafen war krass.« Ich stand auf und räumte die Teller zusammen.
Mein Vater trug die Gläser in die Küche und öffnete die Spülmaschine. Jetzt sah er auf. »Das kam unerwartet, oder?«
Ja, wirklich. Ich hatte gerade die Gepäckhalle verlassen und mich suchend nach meinem Vater umgesehen, als ich plötzlich von Teenies umringt war. *Das ist Moya!*, quietschten die Mädchen und baten mich, mit ihnen für Selfies zu posieren. Sie hatten die ersten beiden Folgen des Love Tests gesehen und wollten unbedingt wissen, wie ich Ole fand. *Er ist voll süüüüüüüß! Hast du dich verliebt? Ja, das hast du, oder? Man hat es gesehen, als du dich im Auto an ihn gelehnt hast. Oh, ihr seid so ein süüüüüüßes Paar!* Alle redeten durcheinander und drängten sich um mich. Erst als mein Vater auftauchte, meinen Koffer nahm und zielstrebig vorausging, ließen die Mädchen mich in Ruhe. Aber danach wurde es nicht besser. Wir liefen durch das Flughafengebäude, und überall stießen sich Leute an und drehten sich nach mir um. Und

weil es voll war und wir nicht schnell vorankamen, konnte ich hören, was sie sagten. *Ist das Moya? Die aus dieser Fernsehshow? Ja, oder? In echt sieht sie gar nicht so toll aus. Doch, find ich schon, die ist jetzt halt ungeschminkt.* Die Leute redeten über mich, als wäre ich gar nicht da. Andere zückten ihre Smartphones und filmten mich einfach. Ohne zu fragen. Als wäre ich gar kein echter Mensch, sondern eine Figur aus einem Wachsfigurenkabinett. Und dann kam dieser Typ. Lief einfach auf mich zu, umarmte mich und wollte mich küssen. Ich konnte mein Gesicht gerade noch rechtzeitig wegdrehen. *Ole ist nichts für dich,* hat er gesagt, nur um mich danach nach meiner Telefonnummer zu fragen. Ich bin ihn erst losgeworden, als mein Vater ihm mit dem Finger auf die Schulter getippt und drohend die Augenbrauen hochgezogen hat. Im Gegensatz zu mir war er in dieser Situation auffallend gelassen. »Warst du von dem Rummel nicht überrascht?«, fragte ich ihn jetzt.

»Mo, du weißt nicht, was hier seit Tagen los ist! Ich musste das Telefon und die Klingel ausschalten. Journalisten, Fans, alte Freunde von dir. Alle rufen an oder stehen gleich vor der Haustür. Und diese angeblichen Freunde sind es wohl auch, die deine Adresse und deine Nummer fröhlich weitergeben.«

»Puh!« Kraftlos lehnte ich mich an den Kühlschrank. »Paps?«

»Hmmm.«

»Hab ich einen Fehler gemacht?« Vor meinem Abflug hatte ich den Eindruck gehabt, dass ich aus dem Machtkampf, den Lars Weickert und ich ausgetragen hatten, als Siegerin hervorgegangen war. Seit der Sache am Flughafen war ich mir da nicht mehr so sicher.

Aber mein Vater grinste nur. »Die Frage beweist, dass du noch nie einen richtigen Fehler gemacht hast. Die fühlen sich anders an.«
Das beruhigte mich. »Ich werde in den nächsten beiden Wochen das Haus nicht verlassen«, verkündete ich. »Und wenn, dann nur mit riesiger Sonnenbrille oder im Dunkeln. Und nach der Show tauche ich unter. Down under.«
Eigentlich hatte ich mir fest vorgenommen, nicht nachzusehen, was im Internet über mich stand. Aber als ich später im Bett lag, müde, aber viel zu aufgeregt zum Schlafen, da fiel mein Blick auf das Notebook auf meinem Nachttisch und ich konnte der Versuchung nicht mehr widerstehen. Ich öffnete den Browser und gab meinen Vornamen und das Stichwort Love Test ins Suchfeld ein.
Autsch. Was war das? Ich hatte eine neue Facebookseite, auf der ich täglich Bilder und Kommentare postete. Und das, ohne etwas davon zu wissen. Die Seite musste von Sunshine TV kommen, denn darauf waren Bilder von unseren Dreharbeiten zu sehen. Durften die das? Klar. Blöde Frage. Die hatten alle Rechte an meinen Aufnahmen und durften alles.
Ich hatte auf dieser Seite schon dreißigtausend »Gefällt mir«-Klicks, aber ich gefiel eindeutig nicht allen. Die Kommentare reichten von »Du bist so hübsch und so nett, kannst du meine beste Freundin sein?« über »Ich finde dich seelenlos und oberflächlich« bis »Mann, bist du Scheiße«. Entsetzt klappte ich mein Notebook zu. Ich wusste nicht, welche Kommentare mich mehr erschreckten, die der Hater, die mich beschimpften, obwohl sie mich nicht mal kannten. Oder die der Mädchen, die kritiklos das

rosarote Bild glaubten, das Weickert in der Show von mir entworfen hatte. Viel schlimmer als die Facebook-Seite waren aber die Love-Test-Folgen, die bereits gelaufen waren. Fassungslos sah ich sie mir im Schnelldurchlauf auf Youtube an. Schon dieser grauenhafte Trailer! »Ein Mädchen – drei Wissenschaftler – drei Männer. Wird einer von ihnen ihr Herz erobern?« Lars Weickert hatte nie vorgehabt, eine auch nur annähernd wissenschaftlich fundierte Sendung zu drehen. Okay, das hatte ich inzwischen begriffen. Aber wie oft ich mich vor laufenden Kameras zu Äußerungen hatte hinreißen lassen, die aus dem Kontext gerissen peinlich wirkten, das war mir nicht klar gewesen. Vor allem, wenn ich unter freiem Himmel war, hatte ich mich oft um Kopf und Kragen geredet.
»Humor und Herz 100 Punkte«, sagte ich zum Beispiel in einer Folge über Ole. Und fügte dann noch dazu: »Ganz sicher.« Das war ein Satz, den ich in einem ganz anderen Zusammenhang zu Lynn gesagt hatte. Jetzt war er einer Szene unterlegt, bei der man Ole und mich während einer Autofahrt sah. In Wahrheit hatten wir in diesem Moment über Neuseeland gesprochen. Im Zusammenhang mit meiner aus dem Off eingespielten Stimme wirkte die Szene jetzt aber so, als würde ich Oles überaus intelligenten Ausführungen voll Anbetung lauschen. Brrr.
Zum Glück war Luke Kameramann, dachte ich jetzt. Nicht auszudenken, wenn unser Gespräch am Fluss aufgezeichnet worden wäre. Oder der Kuss in der Bibliothek. Mir wurde ganz heiß bei diesem Gedanken. O Gott, da waren doch keine Kameras gewesen, oder? Nein. Bestimmt nicht. Dieser Raum war nicht für Filmaufnahmen vorgesehen gewesen, der war eigentlich privat.

Außerdem hätte Luke es gewusst, wenn es anders gewesen wäre. Aber allein die Tatsache, dass ich bis jetzt nie darüber nachgedacht hatte, zeigte mir, wie nachlässig ich oft gewesen war. Und so langsam fragte ich mich, was da noch gesendet werden würde. Sollte ich es mir ansehen? Oder war Ignorieren die bessere Strategie? Ich entschied mich für Letzteres und klappte das Notebook zu.

Als Lena am nächsten Tag vorbeikam, sah ich an ihrem Gesicht, dass sie alles gelesen und gesehen hatte, was mit mir und dem Love Test zusammenhing. Aber sie sagte nicht, dass sie das alles vorausgesehen hatte. Sie nahm mich einfach in den Arm und brummte: »Das schaffen wir schon.« Und noch bevor wir uns erzählt hatten, was in den vergangenen Wochen passiert war, buchten wir schleunigst den Flug und beantragten das Visum. »Du musst wirklich ganz schnell hier weg«, sagte sie und nahm es sogar hin, dass ich beide Tickets bezahlte, bis ihr Gehalt auf ihrem Konto war.

Danach warf sie sich auf mein Bett und stützte ihr Gesicht in beide Hände. »Aber jetzt erzähl mal: Wie waren eigentlich die Jungs?«, wollte sie wissen. »In der Vorschau hab ich die ja alle schon gesehen. Und die sahen alle drei echt gut aus.«

»Ganz in Ordnung«, sagte ich.

»Nee, nee, nee!« Sie setzte sich auf und funkelte mich an. »Damit kommst du diesmal nicht durch. Ich will alles wissen. Und zwar ganz genau.«

Ich ließ mich neben sie aufs Bett fallen. »Viel kann ich da gar nicht erzählen«, sagte ich. »Ich hab sie nicht wirklich kennengelernt. Wir waren ja dauernd von Kameras umgeben. Das war fast so, als würde ich sie nur aus dem Fernsehen kennen. Sie gaben sich natürlich genau wie ich nie so, wie sie wirklich waren.«

Aber Lena blieb beharrlich »Ich will Details!«, forderte sie.

»Okay.« Ich seufzte, ließ mich auf den Rücken fallen und starrte an die Zimmerdecke. »Ole war ein toller Kumpel. Warmherzig, freundlich, fürsorglich. Mit Maximilian hätte ich ewig reden können. Er war witzig, klug und unglaublich gebildet. Und Jaro war ziemlich sexy.«

»Und?«, fragte Lena und ließ mich nicht aus den Augen.

»Was und?«

»Welcher ist es jetzt?«

»Och, Mann, Lena, jetzt fang du nicht auch noch damit an. Keiner natürlich. Eigentlich müsste ein Lover doch alles sein. Kumpel, Gesprächspartner und sexy. Und von der Sorte war leider keiner dabei.«

Doch. Einer schon. Das sagte eine fiese kleine Stimme in meinem Kopf. Aber die brachte ich ganz schnell zum Schweigen. Dieser eine hatte sich nämlich als ziemliches Charakterschwein erwiesen. Doch das konnte ich unmöglich laut sagen, denn ich wollte jetzt nicht über Luke reden. Nicht mal mit Lena. Nicht mal an ihn denken wollte ich. Nein, verdammt! NEIN!

»Keine Panik«, sagte Lena, die mein Gesicht beobachtet hatte.

»Was?« Ich erschrak. Hatte ich laut gedacht?

»Na, ich kenn dich doch. Ich sehe, dass da was in dir arbeitet. Aber ich dräng dich jetzt nicht. Du wirst mir alles erzählen, wenn du klarsiehst, das weiß ich.« Sie strich sich eine blonde Strähne aus dem Gesicht und lächelte mich lieb an.

»Aha.« Mehr fiel mir dazu nicht ein. »Und du?«, fragte ich, um das Thema zu wechseln. »Wie geht's dir denn? Mit Patrick und so?«

»Nee, nee, nee!«, sagte Lena. »Darüber reden wir, wenn *ich* klarsehe. Ich glaub, da kann ich wirklich was von dir lernen. Manche Sachen muss man einfach ganz allein durchstehen. Das stählt!«

»Bist du sauer?«, fragte ich.

»Überhaupt nicht.« Sie lächelte wieder, und ich sah ihr an, dass das die Wahrheit war. »Ich seh jetzt nur das mit der Liebe anders als früher. Und ich weiß noch nicht genau, wie eigentlich.«

»Willkommen im Club«, seufzte ich. Und das war eigentlich schon mehr, als ich hatte zugeben wollen.

»Weißt du …«, sagte Lena langsam. Dann stockte sie.

»Was denn?«

»Ich frag mich manchmal, ob Patrick nicht recht hatte.«

»Womit?«

»Damit, mich zu verlassen.«

»Spinnst du?«

»Okay, er hätte das fairer tun können. Aber es stimmte ja. Er passte überhaupt nicht zu mir.«

Ich schwieg, denn widersprechen konnte ich nicht. Aber irgendwie hinterließen diese Worte einen Stachel in mir. Patrick hatte nicht zu Lena gepasst. Und Luke nicht zu Sophie. Entschuldigte das wirklich den Betrug?

Lena hatte mir aus der Bibliothek einen Stapel Reiseführer mitgebracht, und nun verbrachte ich meine Zeit damit, auf dem Balkon zu sitzen und unsere Reiseroute zu planen.

Alles wäre ganz in Ordnung gewesen. Wenn ich nur nicht dauernd an Luke gedacht hätte! Er tauchte in meinen Gedanken auf, wenn ich aufwachte und wenn ich einschlief. Beim Fernsehen dachte ich bei jeder Kameraeinstellung an ihn, ohne Kamera geht's ja beim Fernsehen nicht. Absurd war allerdings, dass ich sogar beim Lesen ständig an ihn dachte. Wenigstens beim Schmieren eines Butterbrotes hätte ich wirklich mal an etwas Naheliegendes denken können. An Butter. Oder Brot. Aber ich dachte schon wieder an Luke. Ich verstand mich selbst nicht mehr.
Als ich zwei Tage vor der Show hinter einer riesigen Sonnenbrille verborgen frühmorgens in ein Taxi stieg, um bei Sunshine TV die geplante Liveshow zu besprechen, passierte es wieder. Ich durchquerte die Glashalle des Senders und hatte wie üblich nur einen Gedanken im Kopf: Luke. Ich hoffte, ihn irgendwo zu sehen, und gleichzeitig wünschte ich, dass er nicht da sein würde. Tja. War er auch nicht. Ich tat so, als würde ich Weickerts Büro nicht finden, obwohl sein Name in riesigen Buchstaben daran angebracht war, und irrte viel länger durch die Gänge des Senders als nötig. Aber dann fragte mich eine freundliche Sekretärin, was mein Problem sei, und brachte mich höchstpersönlich zur richtigen Tür. Ich klopfte und betrat einen sonnendurchfluteten Raum mit Designermöbeln aus Stahl.
»Moya!«, dröhnte Weickert, sprang von dem schwarzen Chefsessel hinter seinem Schreibtisch auf, ging mir entgegen und schmatzte mir Küsse auf beide Wangen. Bäh! Wir wussten doch, dass wir uns nicht mochten, da hätte er das ruhig lassen können. Zum Glück waren meine Augen hinter der Sonnenbrille verborgen, sodass er nicht sehen konnte, was ich dachte.

»Und?«, fragte Weickert, der heute eine grüne Brille trug, als wir uns an einen gläsernen Konferenztisch gesetzt hatten. »Für welchen unserer drei Helden wirst du dich entscheiden?«

»Ich habe mich in keinen verliebt.«

»Hohoho!«, dröhnte Weickert, als hätte ich einen guten Witz gemacht. »Die eiserne Moya! Aber vergiss nicht, wir waren dabei. Und dass zwischen dir und Jaro Funken geflogen sind, konnte ein Blinder sehen.«

Ich verdrehte die Augen. »Ich habe mich definitiv auch nicht in Jaro verliebt.«

»Macht doch nichts, Baby. Dann such dir eben irgendeinen aus. Nimm den, der dir am besten gefällt. Du musst ihn ja nicht gleich heiraten. Ein Küsschen vor der Kamera, später dann ein paar Interviews, in denen ihr sagt, wie glücklich ihr seid, und in den nächsten Wochen dann noch ein paar Fotos im Internet. Danach kannst du Schluss machen.«

»Lars, das war ein wissenschaftliches Experiment«, sagte ich ganz ruhig. »Und übermorgen verkünden wir das Ergebnis. Das *echte* Ergebnis. Es lautet: Ich habe mich in keinen der drei Jungs verliebt.«

»Moya, Moya, Moya«, sagte Lars Weickert mit Onkel-Stimme. »Die Kids gucken sich jetzt seit fünf Wochen an, wie du in den tollsten Locations mit drei echten Sahneschnitten flirtest. Die wollen ein Happy End. Los, gib's ihnen.«

Ich schüttelte wieder den Kopf. »Ich weiß noch genau, wie ihr mir vor ein paar Wochen die Regeln erklärt habt. Und da hieß es: Wenn ich mich nicht verliebe, dann ist auch das ein Ergebnis. Und dabei bleibt es. Ich will nicht lügen.«

Jetzt hatte es sich ausgeonkelt. Lars Weickert und ich saßen uns an seinem Tisch gegenüber und starrten uns an wie zwei Pitbulls kurz vorm Kampf. Am liebsten hätte ich wie er eben laut »Hohoho« geröhrt, denn diesmal saß *ich* am längeren Hebel. Bei der Liveshow konnte er die Szenen nicht so lange wiederholen, bis ich schimmelte. Was ich sagen würde, ging ungefiltert über den Sender. Diesmal würde ich endgültig gewinnen.
Dachte ich. Aber dann war nicht ich es, die »Hohoho« machte, sondern er. Und nicht nur einmal, sondern drei Mal.
Als er fertig war, zog er ein Kärtchen aus der Brusttasche und schob es über den Tisch. »Das ist unser Anwalt«, sagte er. »Ruf ihn an und lass dir von ihm noch mal die Regeln erklären, die du unterschrieben hast.« In seinen Augen war keine Freundlichkeit mehr, durch die grünen Brillengläser sahen sie aus wie die eines Krokodils. Und sie fixierten mich wie ein Beutetier. »Du musst dich an Regieanweisungen halten. Und pass auf, jetzt kommt eine: Du entscheidest dich in der Show für den Knaben, der dir am besten gefällt. Und basta. Alles andere kostet dich dreißigtausend Euro, die du nicht besitzt.« Er erhob sich. »Und tschüss. Wir sehen uns übermorgen. Du kommst schon morgens um acht, dann machen wir erst mal einen Probelauf ohne Publikum.«
»Moment«, sagte ich und stand auf. »Ich muss mich zwar an Regieanweisungen halten, aber inhaltlich kannst du mir nicht vorschreiben, was ich zu sagen habe.«
Weickert ging zur Tür und hielt sie mir auf. »Tu ich auch nicht«, sagte er, grinste hämisch und deutete eine kleine Verbeugung an, als ich an ihm vorbeiging. »Begründe es inhaltlich, wie du willst. Aber dass du dich entscheidest, das schreibe ich dir hiermit vor.«

Als die Tür schon fast hinter mir geschlossen war, hörte ich noch, wie Weickert sagte: »Himmel, ich möchte endlich mal wieder mit Profis arbeiten.«

Natürlich rief ich dann später zu Hause nicht *seinen* Anwalt an, sondern meinen. Aber der konnte mir wenig Hoffnung machen. »Hmmm«, sagte er. »Sie können leider nicht beweisen, dass man Ihnen fest zugesagt hat, dass Sie bei der Wahrheit bleiben dürfen. Und normalerweise gehört es ja zum Charakter einer Dating-Show, dass die Kandidaten sich am Schluss für jemanden entscheiden. Vor Gericht werden Sie also garantiert verlieren, obwohl Sie natürlich im Recht sind. Ihr Honorar sind Sie damit los und sehr wahrscheinlich sehr viel mehr Geld. Wobei wir den Betrag von dreißigtausend Euro vielleicht durch eine geschickte Argumentation verringern könnten. Aber wenn ich Ihnen einen Rat geben darf: Lassen Sie es nicht darauf ankommen. Sagen Sie bei der Show einfach irgendeinen Namen und vergessen Sie das Ganze danach.«
Treffer, versenkt, dachte ich, als ich auflegte. Jetzt hatte Lars Weickert endgültig gewonnen. Und ich hatte den letzten Rest Selbstbestimmung in dieser Sendung verloren.
Es war vermutlich kein Wunder, dass ich auch jetzt plötzlich an Luke denken musste. Was würde er mir raten? Und ich fragte mich, ob er auch in dieser Situation authentisch bleiben würde.

41 LENA

Ich besuchte Moya in diesen Tagen, sooft ich konnte, denn ich machte mir Sorgen um sie. Was ich von Anfang an befürchtet hatte, war eingetreten: Sie hatte sich durch die Dreharbeiten verändert. Plötzlich war sie richtig zurückhaltend geworden.
Okay, könnte man denken, zurückhaltend sein, das ist ja eigentlich noch kein Alarmzeichen. Und bei jedem anderen hätte ich mir darüber auch keine Gedanken gemacht. Aber zu Moya passte das einfach nicht. Sie hatte immer zu allem eine feste Meinung gehabt und sie manchmal sogar dann verkündet, wenn ich sie gar nicht wissen wollte. So war sie eben gewesen, so kannte und mochte ich sie. Aber jetzt kam sie mir plötzlich vor wie ein Rennwagen, der mit angezogener Handbremse fuhr. Irgendwas hatte sie richtig getroffen, das spürte ich. Aber ich merkte auch, dass sie darüber nicht reden konnte, sie fand selbst noch keine Worte für das, was in ihr vorging.
Also redeten wir über unsere große Reise. Ein Lebenstraum wurde Realität, das gab genug Stoff. Und ich persönlich war auch dankbar über diese Ablenkung. Denn für das zwischen Karim und mir hatte ich auch noch keine Worte. Ich kannte ihn erst kurz, aber schon jetzt konnte ich mir ein Leben ohne ihn kaum noch vorstellen. Es war einfach toll, mal mit einem männlichen

Wesen ganz offen über Jungs und Liebe und diese ganzen Themen reden zu können. Nur als gute Freunde, natürlich. Diese Gespräche waren mir inzwischen so wichtig, dass ich mich jedes Mal richtig darauf freute. Deswegen war ich auch so aufgeregt, als Karim mich zum ersten Mal zu sich nach Hause einlud. Hoffentlich mochte ich Mario. Hoffentlich mochte er mich. Und hoffentlich konnten wir uns auch zu dritt so gut unterhalten wie bisher zu zweit.

Karim und Mario wohnten in einer Dachwohnung in Kreuzberg. Ich musste sechs Stockwerke hoch, bis ich atemlos vor ihrer Tür stand. Als Gastgeschenk hatte ich einen Wischmopp mitgebracht, den ich Karim als Grundstock für seine Putzfirma schenken wollte. Okay, seine Sonnenblume war poetischer gewesen, aber ich war trotzdem sicher, dass er den Mopp lieben würde. Er hatte einen extralangen Stiel und würde verhindern, dass Karim, der ziemlich groß war, einen Hexenschuss bekam. Ich versteckte ihn hinter meinem Rücken, so wie er bei seinem Besuch die Blume.

Die Wohnungstür war angelehnt, Knoblauchduft waberte daraus hervor.

»Komm rein!«, rief Karim. »Ich kann hier gerade nicht weg, sonst brennt alles an.«

Zögernd betrat ich den engen Flur, von dem nur zwei Türen abgingen. Seltsam. Nur zwei?

Die eine stand offen und ich betrat ein ziemlich leeres, ziemlich großes Wohn-Schlaf-Esszimmer. Der Tisch war schon gedeckt, aber nur für zwei. Neben der Tür war eine Kochzeile, und da stand Karim am Herd, er rührte in einer Pfanne. »Mein Spezialgericht!«, verkündete er. »Hörnchennudeln con carne. Frag nicht, was drin ist, du willst es nicht wissen. Aber es schmeckt hervorragend. Das sagen zumindest alle, die es überlebt haben.«

»Hey«, sagte ich und küsste ihn auf die Wange. »Ich hab euch was mitgebracht. Wo ist Mario?«

»Da drin!«, sagte Karim und wies mit dem Kinn auf einen selbstgebauten Käfig, der eine ganze Zimmerwand einnahm.

»Wie bitte?« Ich ließ vor Schreck fast den Mopp fallen. Vorsichtig näherte ich mich dem Gitter. Und da sah ich ihn. Er hatte schwarze Knopfaugen und knabberte an einer Nuss. »Nee, oder?«, stammelte ich. Mario war ein Streifenhörnchen.

»Ich weiß«, sagte Karim verlegen. »Er hat grauenhafte Tischmanieren. Er krümelt alles voll.«

Ich drehte mich langsam um. Karim stand noch immer am Herd und konzentrierte sich aufs Rühren. Seine Haare standen in alle Richtungen ab, seine Wangen waren ganz rot. Neben der Pfanne lag ein ziemlich bekleckertes Kochbuch, in dem er jetzt nachlas, ob er alles richtig machte. Er gab sich schrecklich Mühe, aber man sah ihm an, dass er nicht oft kochte. Ich ließ meinen Blick über den schön gedeckten Tisch wandern, den er mit Teelichtern und Rosenblättern verziert hatte. Und plötzlich kapierte ich: Hey, das war ein Date. Mit dem süßesten Jungen der Welt. Ich schnappte nach Luft. In meinem Kopf musste sich alles neu sortieren. Aber das ging überraschend schnell, denn irgendwie rutschten die vielen Puzzleteilchen von selbst an die richtige Stelle und ergaben ein stimmiges Bild. Plötzlich erinnerte ich mich an Moyas Worte: *Eigentlich müsste ein Lover doch alles sein. Kumpel, Gesprächspartner und sexy.*

Als Karim aufsah, lächelte ich ihn an. Er hörte sofort mit dem Rühren auf und ließ die Pfanne einfach stehen.
Die Nudeln waren dann irgendwann ziemlich schwarz und sie qualmten. Aber wir hatten sowieso keinen Hunger.

42 MOYA

Am Abend vor der Sendung rief mich mein Anwalt noch einmal an. »Es gibt da etwas, das Sie wissen sollten«, sagte er. »Aber Sie wissen es nicht von mir. Alles klar?«

»Einverstanden«, sagte ich.

»Der Ethikkommission des Psychologenverbandes liegt eine Beschwerde gegen den Love Test vor. Eine Mitarbeiterin des Psychologischen Instituts hat sie eingereicht. Tamara Gutmann. Kennen Sie sie?«

»Ja, klar. Sie hat die Tests betreut.«

»Nun, dann weiß sie ja, worum es ging. Und sie bemängelt in ihrem Bericht, dass schon bei den Vortests in Berlin nicht alles korrekt ablief. Frau Berger, offenbar hat man Sie schon damals bewusst getäuscht.«

Ich richtete mich auf. »Und was heißt das für mich?«

»Dass Sie vielleicht vor Gericht doch Chancen hätten.«

»Wie sicher ist das?«

»Das kann niemand voraussagen«, sagte er. »Es bleibt ein Risiko.«

»Und was mache ich jetzt?«

»Das können nur Sie entscheiden. Denken Sie gründlich darüber nach!«

Das tat ich. Aber ohne Erfolg. Das hier war eine Gleichung mit viel zu vielen Unbekannten, und die ließ sich nicht lösen, egal, wie lange man darüber nachdachte. Ein bisschen war's wie Roulette. Ich konnte auf Rot oder auf Schwarz setzen, aber den Lauf der Kugel konnte ich nicht beeinflussen. Was sollte ich tun?

Ich legte mich ins Bett und versuchte zu schlafen, denn morgen musste ich fit sein. Aber meine Gedanken kreisten weiter um die Show, und wenn ich die Augen schloss, sah ich das Gesicht von Luke vor mir. Dabei hatte er rein gar nichts mit meiner Entscheidung zu tun.

Ich sprang vom Bett auf, knipste das kleine Licht auf dem Nachttisch an, lief rastlos durchs Zimmer und blieb schließlich vor dem Spiegel stehen. Mein Gesicht war blass, unter den Augen zeichneten sich dunkle Ringe ab. Ich suchte in meinen Augen nach einem Zeichen. Angeblich weiß das menschliche Gehirn schon sieben Sekunden, bevor eine Entscheidung ins Bewusstsein dringt, wie der dazugehörige Mensch gleich handeln wird. Wussten meine grauen Zellen also längst, was ich tun würde? Wäre schön, wenn sie mir das mal verraten würden.

Ich zählte langsam bis sieben. Nichts. Mein Gehirn und ich, wir waren beide ratlos.

Auf meinem Schreibtisch stand die grüne Glasflasche, die Luke und ich aus dem Wehr am Waldfluss gezogen hatten. Ich nahm sie und fühlte das kühle Glas in meiner Hand. Was hatte Luke damals noch gesagt? Beim Fernsehen lügt man anders. Nicht mit dem, was man sagt oder zeigt, sondern mit dem, was man nicht zeigt. Vielleicht galt das nicht nur fürs Fernsehen, sondern auch sonst im Leben. Aber wie konnte ich zeigen, was mich so verletzlich machte?

Ich tappte in die Küche, machte mir einen Tee und setzte mich in dem dunklen Raum vor das ebenfalls dunkle Aquarium, das wie immer beruhigend blubberte.
Plötzlich sah ich die Silhouette meines Vaters an der Tür.
»Alles in Ordnung?«, fragte er und setzte sich zu mir an den Tisch. Ich war froh, dass er das Licht nicht einschaltete. So im Dunkeln konnte ich viel besser zugeben, wie schlecht es mir ging.
»Paps?«, fragte ich.
»Ja?«
Die Frage war mir irgendwie peinlich, aber ich stellte sie trotzdem. »Glaubst du, dass es die Liebe gibt?«
»Natürlich.«
»Wirklich?« Mit dieser Antwort hatte ich nicht gerechnet.
»Ja.« Seine tiefe Stimme klang sicher und warm.
»Aber woher weißt du das?«, wollte ich wissen. »Beweisen kann man es ja nicht.«
»Nein«, gab er zu. »Aber empirisch feststellen lässt sich Liebe durchaus.«
»Wie meinst du das?«
»Wenn man sie spürt, muss sie ja wohl existieren.« Hmmm. War das so einfach?
»Wen liebst du, Paps?« Ging diese Frage zu weit? Egal, ich musste das jetzt echt wissen. Zum Glück konnte er mein Gesicht nicht sehen.

»Dich. Deine Mutter.«
»Oh.« Ich wusste nicht, was ich sagen sollte. Dass er sie gern hatte, wusste ich natürlich. Aber war das Liebe?
»Ja«, sagte mein Vater, obwohl ich die Frage nicht ausgesprochen hatte. »Und sie liebt mich auch.«
»Aber warum lebt ihr dann nicht zusammen?«
»Weil es zu uns nicht passt. Das weißt du doch. Wir haben oft darüber gesprochen. Manche Menschen muss man freilassen, gerade, wenn man sie liebt.«
Ich hatte das wirklich oft gehört. Aber jetzt konnte ich mit dieser Antwort plötzlich nichts mehr anfangen. »Es passt nicht?«, hakte ich nach.
»Zu mir und deiner Mutter passt es nicht. Hat es nie. Wird es auch nie.«
Ich seufzte abgrundtief. »Und was passt zu mir?«
»Das wirst du herausfinden.«
»Werde ich?«
Er legte seine Hand kurz auf meine. »Ja.«
Mir wurde ganz warm, als er das sagte. Trotzdem war ich noch nicht überzeugt. »Aber was die Wissenschaftler beim Love Test über Liebe erzählen, ist völliger Blödsinn.«
»Mo, nicht mal der Magnetismus ist vollständig erforscht. Und wenn wir nicht wissen, wie sich Metalle anziehen, wie sollen wir dann verstehen, wie und warum sich zwei Menschen gegenseitig anziehen? Das ist ja noch viel komplizierter. Beim Thema Liebe sind wir alle Forscher und Versuchskaninchen zugleich.«
»Wie soll ich dann je herausfinden, was zu mir passt?«
»Empirisch«, schlug er vor. »Also in der Praxis.«

»Paps?« Ich lehnte mich an seine Schulter.
»Hmm.«
»Und wenn ich was falsch mache?«
»Der größte Fehler ist es, keine Fehler machen zu wollen.«
Ich schwieg.
»Wenn man anderen Fehler verzeiht, ist es manchmal auch leichter, sich selbst welche zu verzeihen«, setzte er noch hinzu. »Du nimmst es manchmal schon sehr genau mit den Menschen.«
Ich sagte immer noch nichts. Ich konnte nicht. In mir stürzte gerade alles zusammen und baute sich neu auf.
»Du schaffst das schon, Kleines«, sagte er. Ich hörte ein Lächeln in seiner Stimme. »Und jetzt ab ins Bett. Schlaf schön, Momo.«

43

Infos für Besucher der Liveshow *Love Test*

Jeder, der gebucht hat, erhält kurz vor dem Termin einen Kontrollanruf, mit dem geklärt wird, ob er auch wirklich kommt. Leere Sitze darf es bei einer Liveshow nicht geben.

Aus lizenzrechtlichen Gründen darf keine Kleidung mit großflächigen Markennamen getragen werden. Aufgrund der Kameratechnik sollte man auch auf klein gestreifte, karierte und rein weiße Kleidung verzichten.

Mit Übergabe der Eintrittskarte erhält Sunshine TV unentgeltlich das Recht, die Zuschauer filmen und diese Aufnahmen im Fernsehen und im Internet senden zu dürfen.

Die Sitzplätze werden von Platzanweisern nach optischen Kriterien vergeben. Es kann keine Rücksicht darauf genommen werden, wer neben wem sitzen will. Bitte mindestens eine Stunde vor Beginn der Sendung da sein, denn das braucht seine Zeit.

Jacken und Taschen, Smartphones und Handys müssen an der Garderobe abgegeben werden. Essen und Getränke sind nicht erlaubt.

Vor der Sendung übt ein Warm-Upper die Sendungsabläufe mit dem Publikum. Beifall und Gelächter werden geprobt und für Zwischenschnitte bereits vorher aufgezeichnet.

Die Produktionszeit einer Sendung ist teuer. Bei Livesendungen muss außerdem ein enger Zeitplan eingehalten werden. Daher sind Toilettenbesuche während der Sendung nicht möglich.

Niemals, bitte wirklich niemals in die Kamera winken!

Viel Spaß beim Love Test!!!

44 MOYA

Ich stand vor der riesigen Stahltür, die zum Studio führte, und wartete auf meinen Auftritt. Sie sah rabenschwarz, massiv und bedrohlich aus wie das Tor zur Hölle.

»Stimmt doch gar nicht«, sagte Lynn, die an meinen Haaren herumzupfte. »Das ist eine niedliche, nette Tür, und sie ist dunkelgrau, nicht schwarz. Außerdem führt sie nicht in die Hölle, sondern auf eine freundliche Bühne und von da direkt nach Neuseeland. Alles ganz harmlos. Du musst das positiv sehen.«

Sie hatte recht. Was konnte denn schon schiefgehen?

Außer ... alles. Hinter der Tür zum Beispiel kam erst mal eine Treppe. Und die war verdammt steil. Mein figurbetontes Kleid war ziemlich eng und ließ mir beim Laufen keine Beinfreiheit. Und die High Heels an meinen Füßen waren gefährlich hoch. In den Proben hatte ich mir auf dieser Treppe fast den Fuß gebrochen, weil ich umgeknickt war. Ich versuchte, mich zu beruhigen. Weiche Knie konnte ich in dieser Situation nicht auch noch gebrauchen.

»Augen zu«, kommandierte Lynn und besprühte meine Haare mit einem beißend riechenden Spray. »Kein Pheromon!«, sagte sie. »Nur Haarspray. So, Augen wieder auf.«

Lynn trat einen Schritt zurück und musterte mich mal wieder wie ein soeben von ihr erschaffenes Kunstwerk. Ganz zufrieden schien sie noch nicht zu sein. Sorgfältig wählte sie einen Pinsel aus ihrem Schminkkoffer und puderte mir noch einmal die Nase.
»Weißt du inzwischen, welchen von den dreien du nimmst?«, fragte sie auffällig desinteressiert.
Sie war leicht zu durchschauen. »Ole auf jeden Fall nicht«, versicherte ich ihr. »Versprochen. Ab morgen bindet ihn kein Vertrag mehr, und er kann tun und lassen, was er will.«
Lynns Gesicht verfärbte sich rot. Ich hatte also richtig getippt.
»Bitte erzähl keinem was von uns!«, flüsterte sie.
»Natürlich nicht!«
Plötzlich spürte ich eine Hand auf der Schulter. Die Aufnahmeleiterin stand hinter mir. »Noch drei Minuten!«
Ich nickte und atmete tief durch. »Lass mich noch ein bisschen allein«, bat ich Lynn. »Ich muss runterkommen. Sonst schaffe ich das mit der Treppe nicht.«
Sie lächelte mich verständnisvoll an und zog sich zurück.
Drei Minuten. Mir wurde heiß. Bevor meine Beine nachgeben konnten, erinnerte ich mich an die Entspannungsübungen, die mir meine Lehrer vor den Abi-Prüfungen empfohlen hatten. Ich ballte die Hände zu Fäusten und ließ sie wieder los, ließ die Schultern kreisen und entspannte bewusst meine Kiefermuskulatur. Dann schloss ich die Augen und stellte mir vor, wie sich die Tür gleich öffnen würde. Erst würde ich Schritt für Schritt die Treppe bezwingen. Und lächeln. Dann würde ich alles, was kam, geduldig über mich ergehen lassen. Und dabei lächeln. Und zum Schluss würde ich einen der Jungs wählen. Natürlich lächelnd.

Und ich wusste auch, welchen. Das hatte ich mir heute Nacht in langen, schlaflosen Stunden überlegt. Ole fiel weg, wegen Lynn. Jaro und ich waren zwar eine explosive Mischung, passten aber überhaupt nicht zusammen. Da blieb nur Maximilian übrig. Mit ihm könnte ich wahrscheinlich wirklich gut auskommen. Auch ohne Liebe. Also hatte ich mich für ihn entschieden. Natürlich nur für die Dauer der Show.

Lügen würde ich aber nicht. Ich hatte mir fest vorgenommen, nach meiner Wahl vor laufenden Kameras zu sagen, dass das eine reine Kopfentscheidung gewesen war, die nichts mit Liebe zu tun hatte. Ich wusste, dass keiner der Jungs enttäuscht sein würde. Sie sahen das genauso nüchtern wie ich. Bei den Tests hatte ich ja gemerkt, dass sie alle nicht an das Experiment glaubten.

Wieder erschien die Aufnahmeleiterin. »Noch zehn Sekunden bis zum Beginn der Sendung. Und dann kommst du nach ungefähr zwei Minuten dran«, sagte sie. Diesmal blieb sie neben mir stehen.

Fünf. Vier. Drei. Zwei. Eins. Badamm! Die Titelmelodie erklang. Tosender Applaus drang durch die Tür. Kein Wunder, den hatten die Warm-Upper gerade lange mit dem Publikum geübt. Auf einem Bildschirm neben der Tür konnte ich sehen, was die Kameras aufzeichneten. Eine goldglitzernde Moderatorin mit langen blonden Haaren namens Jenna van Dalen begrüßte das Publikum zum Love Test, der »weltweit ersten Datingshow, die auf wissenschaftlichen Fakten beruht«. Der Saal tobte.

Dramatisch warf Jenna ihre blonde Mähne zurück. »Liebe!«, deklamierte sie, aber man verstand sie kaum, weil die Leute immer noch so laut klatschten. Sie hob die Hände und der Lärm ebbte ab. Sie begann noch einmal. »Liebe. In den meisten Fällen endet sie als Desaster. Vielleicht sollten wir endlich mal jemanden fragen, der wirklich etwas davon versteht!« Verschwörerisch zwinkerte sie in die Kamera. »Und genau das haben wir getan. Begrüßen Sie mit uns: unsere Liebesexperten!« Und wieder reagierte das Publikum mit donnerndem Applaus. Es waren viel mehr Zuschauer da, als ich erwartet hatte. Und obwohl ich die ganze Show eigentlich schwachsinnig fand, bekam ich plötzlich schreckliches Lampenfieber.

»Und hier iiiiiist: Dr. Body!«, schmetterte Jenna ins Mikrofon. Fanfaren ertönten und Professor Klingenberg schritt in einem weißen Anzug von links auf die Bühne. Seine Zähne sahen heute mal wieder besonders zahlreich aus. Er deutete eine knappe Verbeugung an und Beifall toste auf.

»Dr. Soul!«, verkündete die goldglitzernde Schönheit, und nun erschien Professor Melchior von rechts, ebenfalls in Weiß. Er nickte bedächtig ins Publikum und strich sich über seinen Bart. Die Anzüge sollten wohl an Arztkittel erinnern, ließen die beiden aber eher wie Schlagerstars aussehen. »Und, last but not leeeeast: Dr. Love!«, jubelte die Moderatorin. Marie Lagarde schritt in einem weinroten Kleid anmutig auf die Bühne. Ebenerdig hätte ich das vielleicht auch so hingekriegt. Aber ich musste ja leider diese dämliche Treppe runter. Und zwar jetzt.

»Und hier ist sie, das Mädchen, von dem heute Abend alles abhängt – begrüßen Sie mit miiiiiir: Moya!«, rief Jenna van Dalen. Mein Herz raste.

Als eine fetzige Musik ertönte, öffnete mir die Aufnahmeleiterin die Tür. Scheinwerfer blendeten mich und ich konnte nichts sehen. Doch ich wusste: Da war die Treppe. Und da waren meine Füße. Irgendwie fühlte es sich an, als hätte ich mindestens drei davon. Ich sortierte sie und begann vorsichtig den Abstieg. Puh, war das wackelig. Nach ein paar Stufen blieb ich stehen und tat, als würde ich ins Publikum lächeln, das mich mit donnerndem Applaus empfing. In Wahrheit hoffte ich, dass sich meine Augen in diesen Sekunden an das gleißende Licht gewöhnen würden und ich die Stufen endlich sah. Die Rechnung ging auf. Ich raffte mein Kleid und bezwang den Rest der Treppe, die ich nun endlich erkennen konnte. Auf der Bühne begrüßte mich wieder tosender Beifall. Und Jenna van Dalen, die quietschte und mir Küsschen auf die Wangen hauchte, als wären wir alte Freundinnen.

»Wie fühlst du dich?«, fragte Jenna van Dalen, nachdem ich mich in einen hohen goldenen Sessel gesetzt hatte. Obwohl ich nach meinem gelungenen Abstieg nun innerlich wieder ruhiger war und mir in diesem protzigen Riesenstuhl einfach nur noch affig vorkam, gab ich brav zu, sehr aufgeregt zu sein. Und ich freute mich natürlich unheimlich, hier zu sein, das war ja klar. Natürlich lächelte ich an dieser Stelle auch vorschriftsmäßig. Wir hatten das schließlich den ganzen Vormittag lang geprobt.

»Moya, du hast intensive Wochen hinter dir«, sagte Jenna mit bedeutungsschwangerer Stimme. »Drei Männer haben diese Wissenschaftler dir ausgesucht. Drei, die wie für dich geschaffen sind. Du hast sie alle kennen- und lieben gelernt. Aber heute musst du dich für einen entscheiden.«

Ich nickte ergeben.

»Wir sehen uns jetzt noch einmal die schönsten Aufnahmen aus eurer Kennenlernzeit an.«

Auf einem riesigen Monitor sah ich, wie ich mit Ole Achterbahn fuhr und wie er mich danach in seinen Armen hielt. Wie Maximilian mir auf der schneeweißen Yacht ein hohes Glas mit unserem Liebeselixier reichte. Wie ich mit Jaro zwischen Himmel und Meer Kizomba tanzte. Ich unterdrückte ein Seufzen, als mir klar wurde, dass das noch ewig so weitergehen würde. Weickert musste Zeit schinden. Schließlich war hier eine Stunde Sendezeit für eine Entscheidung vorgesehen, die ich genauso gut in fünf Minuten hätte treffen können.

Weitere Bilder folgten, aber ich wandte den Blick ab. Solange der Spot lief, war ich unbeobachtet, das gab mir endlich die Gelegenheit, mich umzusehen. Ganz vorne im Publikum erkannte ich Lena, die mir zulächelte. Neben ihr saß Karim und hielt ihre Hand. Wow! Offenbar hatte sich ihr Problem mit der Liebe inzwischen geklärt. Und da war auch mein Vater. Zum Glück wusste Weickert das nicht, er hätte sonst garantiert ein Interview mit ihm eingebaut. Die anderen Gesichter kannte ich nicht. Ich sah ein Plakat, auf dem »Jaro« stand. Ein paar Mädchen trugen T-Shirts, auf denen »Nimm Ole!« stand. Und ein einzelner Typ mittendrin wölbte die Brust unter einem Shirt mit der Aufschrift »Nimm mich!«.

Ich grinste, wandte den Blick nach rechts und betrachtete das Team hinter den Studiokameras. War Luke hier? Schwer zu sagen. Die Lichter blendeten so stark, dass ich niemanden erkennen konnte. Kurz überlegte ich, was mir lieber wäre: dass er hier war oder dass er heute frei hatte? Aber ich konnte diesen Gedanken nicht zu Ende denken, denn jetzt war der Einspieler vorbei und Jenna van Dalen interviewte die drei Wissenschaftler, die in futuristischen Sesseln saßen wie Jurymitglieder bei einer Castingshow. Auf dem Monitor über unseren Köpfen liefen erneut Szenen aus der Zeit auf Millford Manor, und die Profs erklärten umständlich, welche wissenschaftlichen Überlegungen dahinterstanden. Aber so richtig konzentriert wirkten sie dabei nicht. Klingenberg schien sich Sorgen um seine Frisur zu machen; ständig fuhr er sich mit der Hand durch seine gegelten Strähnen. Melchior räusperte sich vor jedem Satz gewichtig. Und Marie Lagarde lachte glockenhell, sobald Jenna sie ansprach, was ziemlich überdreht wirkte. Vermutlich hatte sie Lampenfieber. Ab und zu wurde auch ich in die Fragerunde einbezogen und bejahte jedes Mal brav, dass die Zeit aufregend gewesen sei. Bestätigte, wie froh ich war, dabei gewesen zu sein. Und lächelte.

Dann ging Jenna wieder in die Mitte der Bühne. Erneut wurde effektheischende Musik eingespielt.

»Und hier sind sie nun endlich: Moyas Traumprinzen!«, schmetterte Jenna. Ein Scheinwerfer flammte auf und beleuchtete eine Ecke der Bühne, die bisher im Dunkeln gelegen hatte. Dort stand Ole. Hinter ihm pulsierte rotes Licht im Rhythmus eines schlagenden Herzens. »Ole«, sagte Jenna van Dalen in den aufbrandenden Applaus hinein. »Der Kandidat von Dr. Body. Zwischen Moya und ihm stimmte die Chemie, im wahrsten Sinne des Wortes.« Das Publikum klatschte und trampelte mit den Füßen. Ein Chor aus Mädchenstimmen rief: »Ole! Ole! Ole!«

Ein zweiter Scheinwerfer warf einen Lichtkegel auf Maximilian, der ein paar Meter entfernt neben Ole stand. Hinter ihm funkelte ein Meer aus kleinen Lichtern, das wie ein Sternenhimmel aussah. »Maximilian!«, rief Jenna. »Der Kandidat von Dr. Soul. Für Moya würde er die Sterne vom Himmel holen.«

Wieder donnernder Applaus. Ein Mädchen warf Kusshände in seine Richtung.

Ein dritter Scheinwerfer tauchte Jaro in Licht, hinter ihm loderten Flammen. »Jaro!« Die Stimme der Moderatorin überschlug sich jetzt fast vor Begeisterung, und das Publikum flippte förmlich aus. »Nach Ansicht von Dr. Love brennt zwischen ihm und Moya das Feuer der Leidenschaft!«

Uäääh, war das eklig. Trotzdem erntete Jaro natürlich tosenden Beifall. Der Applaus kam mir sogar noch lauter vor als bei den beiden anderen.

Auf den riesigen Monitoren wurden jetzt die Gesichter der drei in Nahaufnahme gezeigt. Es dauerte eine Weile, bis sich das Publikum beruhigt hatte und Jenna weitersprechen konnte.

»Der Traum jeder Frau! Aber: Es kann nur einer sein«, sagte sie und lächelte geheimnisvoll in die Kamera.

Und dann, ganz unvermittelt, gingen die Musik und die Scheinwerfer aus, als hätte jemand den Stecker gezogen, und eine Stimme aus dem Off verkündete eine Werbepause. Die Show wurde einfach gestoppt, als wäre das Publikum im Studio gar nicht da. Immerhin gab mir das die Gelegenheit zum Durchatmen. Jenna und die Profs verschwanden von der Bühne. Lynn erschien mit einem Pinsel in der Hand, um meiner Stirn und meiner Nase erneut den Glanz zu nehmen, irgendjemand zupfte an meinem Mikro herum, und die Jungs standen an ihren Plätzen, unschlüssig, was sie tun sollten. Auch ich blieb einfach sitzen. Reden konnten wir ja nicht, wir trugen Mikros, jeder hätte uns hören können.

Auf dem Bildschirm liefen während der Unterbrechung Werbespots der Sponsoren. Zum Pheromon-Parfüm. Der Partnerbörse. Den Romantikhotels. Vorsichtig schielte ich auf meine Uhr. Fünfzehn Minuten hatte ich inzwischen geschafft. Und fünf Minuten Werbung. Blieben noch vierzig Minuten, die ich irgendwie ablächeln musste. Das war hart, aber dann hatte ich es geschafft, und der Love Test war Vergangenheit für mich.

Plötzlich dröhnte Weickerts Stimme durch die Lautsprecher. »Noch dreißig Sekunden!«

Hektik setzte ein, alle gingen auf ihre Positionen zurück und Jenna tauchte wieder auf.

Die Titelmelodie der Sendung wurde noch einmal kurz eingespielt. »Wen wird Moya auserwählen?«, fragte Jenna. Ole, Max und Jaro schritten jetzt auf sie zu, um sich auf der funkelnden Bühne ebenfalls den Interviews zu stellen. Oh Wunder! Sie waren auch aufgeregt. Lächelten. Und freuten sich, hier zu sein. Wer hätte das gedacht?

Doch auf einmal hörte ich nicht mehr, was sie weiter sagten, denn hinter einer der Studiokameras fiel mir eine Silhouette auf, die mir vertraut vorkam. War das Luke? Schwer zu sagen in der Dunkelheit. Aber dann bewegte er sich ein bisschen nach links, und ich sah im Licht des Kameramonitors sein Gesicht. Er wirkte hochkonzentriert und abweisend. Obwohl er seine Kamera auf mich gerichtet hatte, schien er mich nicht zu sehen. Klar. Ich hatte ihn verletzt. Wahrscheinlich war ich für ihn jetzt nicht mehr Moya, sondern wieder nur Testperson 73/weiblich,

auf den letzten Metern eines lächerlichen Experiments. So hatte ich es gewollt. Warum fühlte sich dann alles nur so falsch an?
»Und so hat das Publikum gevotet!«, rief Jenna jetzt.
Ups, waren die Interviews schon vorbei?
Tatsächlich. Auf dem Monitor an der Wand sahen wir drei Balken, die langsam nach rechts wuchsen. Sie zeigten die Zahl der Anrufer an. Zwei blieben bald stehen, aber der unterste wuchs und wuchs. Dann erschienen daneben die Fotos der Jungs. Maximilian hatte die wenigsten Stimmen, lag also auf dem letzten Platz. Ole hatte geringfügig mehr Stimmen. Mit großem Abstand lag Jaro auf Platz eins in der Gunst des Publikums. Unsere Kizomba war wohl wirklich ziemlich heiß gewesen.
Die Zuschauer lagen mit ihrem Voting also komplett falsch. Aber auf meine Entscheidung würde das keinen Einfluss haben. Die Abstimmung war nur dazu da, Sendezeit zu füllen und die Spannung zu steigern. Das Licht im Studio wurde nun dämmrig und ein Scheinwerfer sauste hektisch über den Köpfen der drei Jungs hin und her.
»Der große Moment ist gekommen«, sagte Jenna mit gesenkter Stimme. »Moya – du musst dich jetzt entscheiden. Komm bitte hier vorne zu mir. Und dann sag mir: Wer ist der Mann deines Herzens?«
Doch bevor ich antworten konnte, gingen plötzlich wieder die Lichter aus. Werbung!!! Wieder das Pheromon-Parfüm. Die Partnerbörse. Und die Romantikhotels. Und wieder hatten wir zehn Minuten geschafft. Halbzeit. Jetzt kam noch die dramatische Enthüllung meiner Entscheidung, dann hatte ich das Schlimmste geschafft. Der Rest der Sendung würde aus Inter-

views mit meinem Auserwählten und mir bestehen. Danach würden die angeblichen Experten unsere Liebe noch pseudowissenschaftlich erklären. Und dann war dieser Albtraum zu Ende. Also, Mundwinkel hoch und durchhalten! Der Countdown lief. Ich saß auf meinem Thron und lächelte verkrampft. Jaro wippte auf den Fersen. Ole ließ die Fingerknöchel knacken. Maximilian zwinkerte mir zu. Wir verstanden uns ohne Worte. Was für eine alberne Show! Um echte Gefühle ging es nicht, das war uns allen klar. Ich sah zu Luke, aber als er meinen Blick auffing, wandte er sich ab.

Nach ein paar Minuten wurde das Licht erneut gedimmt, der Scheinwerfer sauste wieder über uns hinweg. »Die Spannung hier im Saal ist enorm«, erklärte Jenna den Kameras. »Niemand außer Moya weiß, was gleich passieren wird. In wenigen Momenten werden wir live miterleben, wie sie dem Mann, dem ihr Herz gehört, mit einem Kuss ihre Liebe offenbart.«

Sie legte eine dramatische Pause ein.

»Moya«, sagte sie. Wieder eine Pause.

»Du musst jetzt deine Entscheidung treffen.«

Na endlich. Das Publikum war jetzt ganz still. Die Musik spielte leise im Hintergrund. Auf der Bühne sah man vier Lichtkegel, die auf die Jungs und mich gerichtet waren.

Wie das Drehbuch es vorgab, ließ ich mich von meinem Thron gleiten und schritt langsam auf die drei zu, um meinen Traumprinzen mit einem Kuss auszuwählen.

Noch drei Meter trennten mich von Maximilian. Noch zwei. Noch einer.

Dann sah ich: Direkt hinter Maximilian stand Luke und hatte

mich mit seiner Kamera genau im Visier. Der riesige Monitor an der Wand zeigte, was er aufnahm: mich, wie ich immer näher auf ihn zukam und dabei größer und größer wurde.
Doch plötzlich hob Luke den Blick. Ich hatte erwartet, dass er mich voller Ablehnung mustern würde, doch das tat er nicht. Er sah mich einfach nur an. Ich wusste, seine Augen waren graublau und hatten einen schwarzen Rand um die Pupille. Und wenn ich ihm noch näher kommen würde, würde ich in diesen Augen versinken.
Ich ging weiter. Schritt für Schritt. Und mein Gesicht auf der Leinwand wurde immer größer. Tu's, sagte ich zu mir selbst. Verdammt noch mal, tu's einfach.

45 LUKE

Langsam kam sie näher. Ihre Augen waren groß und dunkel. Ich sah, dass sie auf Maximilian zusteuerte, und ein Stich schoss in meine Brust. Doch plötzlich hatte ich das Gefühl, dass sie nicht ihn ansah, sondern mich. Es war, als wollte sie mir etwas sagen, und ich versuchte, zu verstehen, was es war.
Doch was sie wirklich tat, begriff ich erst, als sie an Maximilian vorbeiging und aus dem Blickfeld meiner Kamera verschwand. Plötzlich stand sie vor mir. Nicht vor Maximilian. Sondern vor mir. Ihr Blick war so intensiv, dass er mir wieder Löcher in die Fassade brannte, die ich so mühsam errichtet hatte.
In meinem Kopfhörer hörte ich die Stimme von Lars Weickert. »Was ist da los?!«, brüllte er. »Scheiße. Was macht sie da?«
Was Moya machte? Nichts. Sie stand einfach nur da und sah mich an. Aber das konnte Weickert nicht wissen, denn sie war nicht mehr auf den Bildschirmen. Meine Kamera zeigte nur drei Jungs, die erstaunt beobachteten, was geschah.
»Kamera zwei auf Moya!«, brüllte Weickert in meinem Kopfhörer. »Kamera zwei, verdammt! Ich will sehen, was passiert!«
Aber Kamera zwei, das war Peter. Und der tat, als hätte er Weickert nicht gehört.
Moya nestelte im Ausschnitt ihres Kleides nach dem Mikro und

riss es ab. Jetzt konnte niemand mehr hören, was sie sagte. Nur ich.

»Luke«, begann sie und sah zu mir auf. Auf einmal wirkte sie unsicher. »Ich weiß, ich habe dich gekränkt. Ich konnte nicht ...« Sie stockte. »Ich wusste nicht, was der richtige Abstand zwischen uns beiden ist. Manchmal dachte ich, du wärst mir zu nah, und dann manchmal warst du zu weit weg. Viel zu weit.« Sie zögerte. Dann straffte sie die Schultern und setzte erneut an. »Ich war mir lange nicht sicher, aber jetzt weiß ich, dass ich gern viel näher bei dir wäre, als ich es mir lange Zeit eingestehen wollte. Ich weiß nicht, wohin das führt, aber ich weiß, dass ich bei dir sein will. Nur, wenn du das auch willst, natürlich.«

Ob ich wollte? Keine Ahnung, was sie damit schon wieder meinte. Aber egal, was es war, die Antwort hieß Ja. Wie in Trance nahm ich meinen Kopfhörer ab und legte ihn auf die Kamera.

Irgendwo ganz weit weg hörte ich noch die Stimme von Jenna van Dalen wie das Summen einer Mücke in meinem Ohr. Aber das war jetzt nicht mehr wichtig. Behutsam nahm ich Moyas Gesicht in meine Hände und küsste sie, wie ich sie schon seit unserem ersten Treffen küssen wollte. Wieder und wieder.

46 MOYA

Was danach geschah? Ich erinnere mich kaum. Ein Artikel, der noch in der Nacht im Internet auftauchte, fasst das aber ganz gut zusammen. »TV-Drama beim Love Test« stand da als fette Überschrift. Und darunter, ebenfalls fett: »Skandal in den letzten Minuten der Liveshow. Zuschauer-Liebling Moya weist alle drei Kandidaten zurück. Was ist nur in sie gefahren?«
Darunter erfuhren die Leser in Kurzform, wie der Abend verlaufen war:

Berlin. Es ist der Abend des lang ersehnten Finales der Datingshow Love Test. In einer spektakulären Livesendung steht Moya B. (18) vor drei Traummännern. Wochenlang hat sie mit ihnen geflirtet, getanzt und gelacht. Alle drei wollen ihr wahre Liebe schenken. Jetzt soll sie sagen, an wen sie ihr Herz verloren hat.
Doch Moya lässt alle stehen! Mitten in der Show verlässt sie die Bühne und küsst stattdessen Kameramann Luke S. (21) vor den Augen des sprachlosen Publikums.
Buhrufe und Pfiffe. Entsetzen bei Moderatorin Jenna van Dalen. »Kannst du das den Jungs und dem Publikum erklären?«, fragt sie. Doch Moya schüttelt nur den Kopf. »Liebe kann man nicht erklären.« Mit diesen knappen Worten nimmt sie die Hand des Kame-

ramanns und zieht ihn aus dem Scheinwerferlicht. Beide verlassen das Studio.

Zurück bleiben drei erstaunte Kandidaten, das schockierte Publikum, die fassungslose Moderatorin und drei Wissenschaftler, die zu erklären versuchen, was unerklärbar ist.

Doch die drei Märchenprinzen erweisen sich als echte Gentlemen. »Moya hat das Recht, ihrem Herzen zu folgen, wo immer es sie hinführt«, verteidigt Medizinstudent Ole L. den rücksichtslosen Schritt der schönen Berlinerin. »Sie kann sich nicht an die Regeln einer Show halten, wenn ihr Liebesglück auf dem Spiel steht.«

Physikstudent Maximilian W. meint: »Moya hat das wissenschaftliche Experiment ernst genommen und mit bewundernswerter Konsequenz durchgezogen. Ich ziehe den Hut vor ihrem Mut.«

Und selbst Jaro G., angehender Ingenieur und Publikumsfavorit, nimmt die rassige Schönheit in Schutz: »Hier ging es nicht ums Gewinnen, hier ging es um Gefühle. Wahre Gefühle. Und die sind nun mal unberechenbar.«

Muss Moya jetzt mit juristischen Konsequenzen rechnen, weil sie die Show abgebrochen hat?

Schon möglich, hört man aus Kreisen des Senders Sunshine TV.

Doch darüber herrscht offenbar noch Uneinigkeit. »Natürlich nicht«, sagt Professor Eckhard Melchior alias Dr. Soul. »Moya hätte uns das Ergebnis des Experiments wirklich früher mitteilen können, dann hätten wir die Show darauf abgestimmt und Luke vor die Kamera geholt. Aber sie hat keinen Fehler gemacht und keine Rechtsverletzung begangen. Ich werde mich persönlich dafür einsetzen, dass die Show keine Konsequenzen für sie hat.«

Und was bedeutet dieses Drama jetzt für die Wissenschaft? Ist

damit alles infrage gestellt, was die Professoren bisher über die Liebe herausgefunden haben?
»Im Gegenteil«, so Medizinprofessor Klingenberg alias Dr. Body. »Unsere nach wissenschaftlichen Kriterien entworfenen Challenges haben die Kandidatin offensichtlich tatsächlich in einen Liebesrausch versetzt. Die Locations, das Pheromonspray, die Aufgaben, die zu erfüllen waren – alles perfekt. Nur bei der Wahl des geeigneten Partners haben wir uns gründlich verschätzt. Da müssen wohl neue Studien Antworten liefern.«
Moya allerdings steht für diese Studien nicht mehr zur Verfügung. Sie hat Berlin nach Angaben ihres Vaters noch in derselben Nacht verlassen. Und auch Luke ist untergetaucht. Ist er an ihrer Seite? Wir bleiben dran!

Ja, die Journalisten blieben dran. Aber sie fanden uns nicht. Als wir diesen Artikel im Internet lasen, hatten wir Berlin nämlich längst verlassen und waren unterwegs nach Millford Manor.
Die Idee dazu stammte von Lynn: Nirgends würde man uns jetzt weniger vermuten als am Drehort, hatte sie gesagt. Und ein Anruf hatte genügt. »Natürlich sind Sie hier willkommen!«, hatte Mrs Tippleton am Telefon gesagt. »Nehmen Sie den nächsten Flieger. Mein Mann wird Sie in London abholen, es wird ihm eine Freude sein.«
Und genau so haben wir es dann auch gemacht. Klamotten in meiner und Lukes Größe hatte Lynn reichlich in ihrem Fundus. Wir reisten also nicht mal ohne Gepäck.
Auf dem Flug waren wir ganz still. Wir haben uns an den Händen gehalten und gehofft, dass uns niemand erkennt. Gesprochen

haben wir kaum ein Wort. Ich glaube, wir haben in dem Moment immer noch nicht wirklich verstanden, was da eigentlich passiert war. Wir waren wie unter Schock.
Die sittsame Mrs Tippleton wies uns dann mitten in der Nacht dieselben Zimmer zu wie schon bei den Dreharbeiten, und wir wagten es nicht, zu widersprechen. Todmüde zogen wir uns zurück.

Jetzt lag ich wieder zwischen den Spitzenkissen in meinem riesigen Himmelbett und lauschte in die Dunkelheit. Draußen fiel Regen auf die Blätter der alten Kastanie. Der leise Luftzug, der durchs Fenster wehte, roch nach nassem Moos. Die feinen Tropfen vermischten sich mit dem Rauschen der Blätter zu einem sanften Wispern, und normalerweise hätte ich dabei wundervoll schlafen können. Aber an Schlaf war nicht zu denken, denn im Nebenzimmer lag Luke. Und das war eindeutig noch immer nicht der richtige Abstand zwischen uns. Zum Glück war Millford Manor nicht mehr mit Kameras und Mikros verwanzt.

Lukes Tür knarrte ein bisschen, als ich sie öffnete. Da lag er, ein dunkler Schatten in einem riesigen antiken Holzbett.
Plötzlich bewegte er sich und ich spürte, dass er mich entdeckt hatte.
»Moya?«, fragte er leise.
»Ich hätte da ein Forschungsproblem«, sagte ich.
»Willst du wieder einen Frosch kochen?« Er griff nach seiner Uhr. »Um drei Uhr nachts?«
Ich schloss leise die Tür. »Nein. Es geht um Abstand und so. Du

weißt ja, eine Asymptote ist in der Mathematik eine Linie in einem Schaubild, die sich einer anderen langsam annähert. Die beiden kommen sich immer näher und näher, aber sie erreichen sich nie. Als würden sie sich nicht trauen. Eigentlich ist das doch schade, oder?«

»Was willst du mir sagen, Moya?«, fragte Luke. Seine Stimme klang sanft.

»Luke, mir ist kalt.«

Er klappte seine Bettdecke zur Seite. »Ich überlasse dir diese Seite meines Bettes zu Forschungszwecken. Stört es dich, wenn ich weiterschlafe, während du deine asymptotischen Überlegungen anstellst?«

Ich schlüpfte zu ihm unter die Decke und kuschelte mich an ihn. Er trug Boxershorts und roch nach Shampoo und frischer Bettwäsche. Sein Herz schlug ruhig und gleichmäßig, sein Oberkörper war warm.

»Kein Problem, schlaf du nur«, sagte ich ganz dicht an seinem Ohr. »Wenn du das schaffst …«

Fünf Wochen später saßen wir auf der Veranda unserer Bed-and-Breakfast-Pension in der Nähe von Piha, Neuseeland, und genossen die Frühlingssonne. Das heißt, nur Luke und ich saßen. Karim und Lena schaukelten zusammen in der Hängematte, die an zwei Verandapfosten angebracht war.

Die Jungs waren mitgekommen, um uns drei Monate lang auf unserer Reise zu begleiten. Karim hatte dafür ein Urlaubssemes-

ter beantragt, und Luke hatte seinen Job bei Sunshine TV gekündigt. Als Begründung hatte er angegeben, er wolle künftig nur noch mit Profis zusammenarbeiten.
Ich lehnte mich in meinem Korbsessel zurück. Die Aussicht auf den subtropischen Dschungel mit seinen Baumriesen, Palmwedeln und Farnen war atemberaubend. Exotische Vögel zwitscherten zwischen den Blättern.
In Deutschland fegte gerade ein Herbststurm über das Land. Das machte den Sonnenschein hier auf der anderen Seite der Weltkugel noch schöner.
»Hey«, sagte ich mit Blick auf mein Handy. »Nachricht von Ole und Lynn. Der Appalachian Trail wurde gecancelt. Stattdessen stehen die Pyrenäen auf dem Programm.«
»Wegen Wetter und so?«, fragte Karim.
»Wegen Dobby«, sagte ich. »Die beiden wollen ihm keinen Langstreckenflug zumuten.«
»Apropos Programmänderung«, meinte Luke. »Ich hab da ein Reiseziel entdeckt, das wir unbedingt sehen sollten: den Hot Water Beach bei Whitianga. Da kann man sich bei Ebbe ein Loch in den Sand graben, das sich von selbst mit warmem Wasser füllt. Und dann kann man sich da aalen, bis die Flut kommt.«
Jetzt kam Bewegung in Karim. »Klingt gut«, sagte er. »Und ich will unbedingt diesen Hügel sehen.«
»Welchen Hügel?«, wollte Lena wissen.
Karim schlug den Reiseführer auf und las den Namen ab: »Taumatawhakatangihangakoauauotamateaturipukakapikimaungahoronukupokaiwhenuakitanatahu. Dieser Hügel besitzt den zweitlängsten Ortsnamen der Welt. Da müssen wir hin.«

Ich nickte. »Einverstanden. Hoffentlich müssen wir unterwegs nicht nach dem Weg fragen.« In einem Baum über uns pfiff ein Kokako. »Aber jetzt lasst uns erst mal zum Wasserfall gehen. Der ist nur zwanzig Minuten von hier entfernt.«

»Och, nee«, brummte Lena. »Ist gerade so gemütlich hier.« Und auch Karim schien nicht gewillt, die Hängematte zu verlassen.

Aber Luke war sofort dabei. Hand in Hand liefen wir den Dschungelpfad entlang.

Zwanzig Minuten später standen wir tatsächlich vor einer dunkelgrünen Wasserfläche, in die ein Wasserfall von einem meterhohen Felsen herabstürzte. Und wir standen da ganz allein.

»In einem Film würden wir uns jetzt ausziehen und uns unterm Wasserfall leidenschaftlich küssen«, sagte Luke. »Und dabei würden Wassertropfen in unseren Wimpern glitzern.«

Ich hielt die Hand ins Wasser und zuckte zurück. »Hast du das immer noch nicht kapiert, Kameramann?«, fragte ich. »Leben und Film sind zweierlei. Das Wasser ist eiskalt. Die Schauspieler tun immer nur so, als ob das Spaß machen würde.«

Aber Luke ließ sich nicht bremsen. »Woher weißt du das?«, fragte er und zog sein Shirt über den Kopf. »Lass es uns doch einfach mal ausprobieren.«

»Ein Experiment?« Ich hob eine Augenbraue.

»Ein Experiment«, bestätigte er, und in seinen grauen Augen lag dieses besondere Lächeln, das er nur für mich lächelte.

Langsam knöpfte ich meine Bluse auf. Ja, das Wasser war kalt. Aber ich wollte diese Wassertropfen in seinen Wimpern sehen.

ZUM SCHLUSS …

Es gäbe noch einiges zu berichten. Zum Beispiel, dass Mario, das Streifenhörnchen, während Karims Neuseelandreise bei Moyas Vater gewohnt hat und dass die beiden sich sehr mochten. Erzählen könnte ich auch, ob und wie die beiden Pärchen nach der Abreise der Jungs die monatelange Fernbeziehung überstanden haben (leicht war's nicht, aber machbar). Ob Luke, als er zurück in Berlin war, schnell wieder einen neuen Job gefunden hat (Ja!). Und ob Moya juristisch belangt wurde (nein) und nach ihrer Rückkehr immer noch von Fans auf der Straße angesprochen wurde (ja, aber selten, seit sie die Haare deutlich kürzer trug). Interessant wäre vielleicht auch noch, was der längste Ortsname der Welt ist. Er lautet »Krung Thep Mahanakhon Amon Rattanakosin Mahinthara Ayuthaya Mahadilok Phop Noppharat Ratchathani Burirom Udomratchaniwet Mahasathan Amon Piman Awatan Sathit Sakkathattiya Witsanukam Prasit«. Dabei handelt es sich um den zeremoniellen Namen von Bangkok, der allerdings selten verwendet wird. Man muss nicht lange überlegen, woran das liegt.
Aber eigentlich ist das alles nicht wirklich von Bedeutung.
Viel wichtiger ist es, dass ich noch ein paar Sätze zum Entstehen dieses Buchs sage.

Normalerweise ist das Bücherschreiben eine sehr einsame Angelegenheit. Bei diesem war es anders. Für die kreative Zusammenarbeit und die vielen guten Ideen, die in das Buch eingeflossen sind, möchte ich mich herzlich bei Linde Müller-Siepen und Mathias Siebel bedanken. Bei Filmfragen hat mich Ruth Olshan beraten. Außerdem hat sie mir immer wieder Mut gemacht.

Bedanken möchte ich mich auch bei meinen Töchtern, ohne die es dieses Buch nicht gäbe. Sie haben mir unermüdlich geholfen, mich in Moyas und Lenas Gedankenwelt einzufühlen. Wir haben tage- und nächtelang diskutiert, getextet, gelesen, korrigiert, manchmal auch alles wieder verworfen und noch mal von vorn angefangen. Ihr Lieben, ich bin sehr gespannt auf die Bücher, die ihr eines Tages selbst schreiben werdet!

Mein ganz besonderer Dank gilt meinem Mann. Seine klugen Worte zu meinen Texten sind für mich von unschätzbarem Wert. Und unsere eigene Geschichte lässt mich unerschütterlich daran glauben, dass Liebe eben nicht so etwas ist wie der Yeti oder das Ungeheuer von Loch Ness, sondern ein ganz reales Wunder.

BEREIT FÜR EIN LIEBESEXPERIMENT?

Suche dir einen Gesprächspartner. Nehmt euch Zeit und stellt euch abwechselnd diese 36 Fragen, die der amerikanische Psychologe Arthur Aron entwickelt hat:

1. Wenn du dir von allen Menschen der Welt einen aussuchen könntest, mit wem würdest du Essen gehen wollen?
2. Wärst du gerne berühmt? Auf welche Art?
3. Probst du manchmal, was du sagen wirst, bevor du jemanden anrufst?
4. Was macht für dich einen perfekten Tag aus?
5. Wann hast du das letzte Mal allein gesungen? Wann in Gesellschaft?
6. Wenn du leben würdest, bis du neunzig bist, und entweder den Geist oder den Körper einer Dreißigjährigen für die letzten sechzig Jahre deines Lebens behalten könntest, was würdest du wählen?
7. Hast du eine geheime Vermutung, wie du sterben wirst?
8. Nenne drei Dinge, die du und dein Gesprächspartner gemeinsam haben.
9. Für was in deinem Leben bist du am meisten dankbar?
10. Wenn du etwas an der Art, wie du erzogen wurdest, ändern könntest, was wäre es?
11. Erkläre deinem Gesprächspartner in vier Minuten deine Lebensgeschichte so detailliert wie möglich.
12. Wenn du morgen mit einer neuen Fähigkeit aufwachen könntest, welche wäre es?

13. Wenn dir eine Kristallkugel die Wahrheit über dich selbst, dein Leben, die Zukunft oder irgendetwas anderes sagen könnte, was würdest du wissen wollen?
14. Gibt es etwas, was du schon lang tun willst? Warum hast du es nicht getan?
15. Was ist die größte Leistung deines Lebens?
16. Was an einer Freundschaft schätzt du am meisten?
17. Was war dein schönstes Erlebnis?
18. Was ist deine schrecklichste Erinnerung?
19. Wenn du wissen würdest, dass du in einem Jahr plötzlich stirbst, würdest du etwas an der Art, wie du jetzt lebst, ändern? Warum?
20. Was bedeutet Freundschaft für dich?
21. Welche Rolle spielen Liebe und Zuneigung in deinem Leben?
22. Sagt euch abwechselnd, was ihr an euch positiv findet. Nennt insgesamt fünf Charaktereigenschaften.
23. Wie warm und geborgen ist deine Familie? Glaubst du, dass deine Kindheit glücklicher war als die von vielen anderen?
24. Was denkst du über deine Beziehung zu deiner Mutter?
25. Macht je drei »wir«-Aussagen. Zum Beispiel »Wir sind beide in diesem Raum und fühlen uns …«
26. Vervollständige den Satz: Ich wünsche mir jemanden, mit dem ich darüber reden könnte, dass …
27. Wenn du ein enger Freund deines Gesprächspartners wärst, was müsste er über dich wissen?
28. Sage deinem Gesprächspartner, was du an ihm magst. Sei dieses Mal sehr ehrlich und sage Dinge, die du normaler-

weise nicht zu jemandem sagen würdest, den du gerade erst kennengelernt hast.

29. Erzähle von einem peinlichen Moment in deinem Leben.
30. Wann hast du das letzte Mal vor jemandem geweint? Wann alleine?
31. Sage deinem Gesprächspartner etwas, das du jetzt schon an ihm magst.
32. Was – wenn überhaupt – ist zu ernst, als dass man darüber Witze machen könnte?
33. Falls du heute Abend sterben würdest, ohne die Gelegenheit zu haben, vorher mit jemandem zu kommunizieren – was würdest du am meisten bereuen, nicht gesagt zu haben? Und: Warum hast du es ihm oder ihr noch nicht gesagt?
34. Dein Haus fängt Feuer, mit allem, was du besitzt. Nachdem du deine Liebsten und deine Haustiere gerettet hast, hast du noch Zeit, um ein letztes Mal ins Haus zu gehen und einen Gegenstand zu retten. Was wäre das? Und warum?
35. Denk mal an alle Leuten aus deiner Familie. Wessen Tod fändest du am schrecklichsten?
36. Erzähle ein persönliches Problem und frage deinen Gesprächspartner um Rat. Bitte ihn außerdem, zu reflektieren, wie du über das Problem, das du ausgesucht hast, zu fühlen scheinst.

Fertig? Okay! Jetzt seht euch vier Minuten lang in die Augen! Na??? Schreibt mir, was passiert ist!

mara.andeck@gmail.com

MARA ANDECK (geboren 1967) schreibt gern über die Liebe – und sie hat ihre ganz eigenen Theorien darüber. Wie es sich für eine gelernte Wissenschaftsjournalistin gehört, interessiert sie sich dabei besonders für die wissenschaftliche Seite des Phänomens. Dass sie darüber witzig, romantisch und so gar nicht knochentrocken schreibt, zeigt sie auch in ihrem neuesten Jugendbuch. Die Autorin, die 2013 mit *Wen küss ich und wenn ja, wie viele?* ihr Debüt hatte, lebt mit ihrer Familie und zwei Hunden in einem kleinen Dorf bei Stuttgart.